선애야 선애야

Fantasy Frontier Spirit

박신애 판타지 장편 소설

선애야, 선애야 3

박신애 판타지 장편 소설

초판 1쇄 찍은 날 § 2005년 8월 23일
초판 1쇄 펴낸 날 § 2005년 9월 3일

지은이 § 박신애
펴낸이 § 서경석

편집장 § 문혜영
편집 § 서지현 · 최하나

펴낸곳 § 도서출판 청어람
등록번호 § 제1081-1-89호
등록일자 § 1999. 5. 31
어람번호 § 제1-0627호

주소 § 경기도 부천시 원미구 심곡1동 350-1 남성B/D 3F (우) 420-011
전화 § 032-656-4452 팩스 § 032-656-4453
http://www.chungeoram.com
E-mail § eoram99@chollian.net

ⓒ 박신애, 2005

ISBN 89-5831-625-X 04810
ISBN 89-5831-622-5 (SET)

Fantasy Frontier Spirit

박신애 판타지 장편 소설

선애야 선애야

3

재회

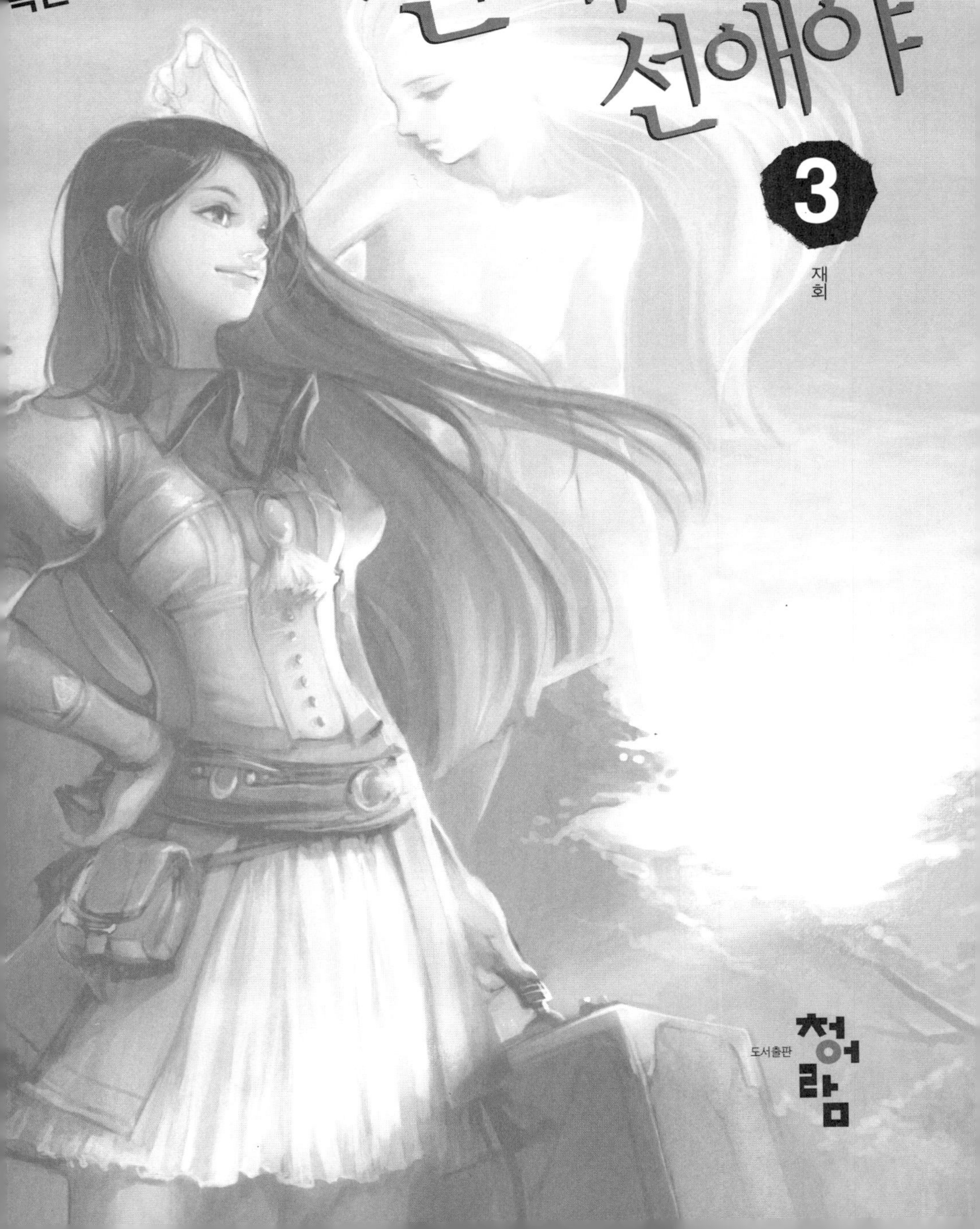

도서출판 청어람

Contents

재회 ●━━━

Chapter 14

　최대한 빨리 간다고 갔는데도 휴의 집에 도착하니 선애가 있는 방을 제외하고는 모두 어둠에 잠겨 있었다. 현관문이 잠겨 있을 게 뻔했기에 벽을 타고—이제는 완전히 익숙해져 스파이더맨 저리 가라 할 정도로 무지 능숙했다—올라가니 역시나 선애가 나를 기다리고 있었는지 창문이 열려 있었다. 내가 창문을 빼꼼히 열고 들어가자 과연, 책을 읽고 있던 선애가 기다렸다는 듯이 나를 맞았다.

　"어떻게 됐어?"

　나를 기다린 게 아니라 결과를 기다린 것 같았지만.

　[금고를 털었어.]

　그렇게 대답하며 선애에게 돈주머니를 넘겨준 나는 금고 터는 과정을 간략하게 설명했다.

　"헤에… 그 여자의 뒤통수를 때려서 기절시켰단 말이야? 오오, 검도를 해서 그런가?"

[검도하고는 전혀 상관없어. 영화에서처럼 수도로 멋지게 내려친 게 아니라 그냥 바가지로 휘갈겼거든.]

"더 잘됐네. 혹이라도 하나 크게 생겼으면 좋겠다. 사실 나는 그 여자를 그냥 놔두고 싶지는 않았거든. 언니가 그냥 대가만 받아 왔다면 좀 섭섭했을 거야."

선애는 생글생글 웃으며 돈주머니를 들어보더니 그 묵직한 무게에 입이 더 벌어졌다.

"오옷… 이거 꽤 무겁네. 얼마나 들었길래 그래?"

[뭐, 대충 말을 들어보니 좀 더 넓은 가게를 살 돈이라고 하긴 하더라만.]

"그으래? 어디……."

내 말에 선애는 눈을 반짝반짝 빛내며 침대 위에다가 주머니를 쏟아 놓았다.

그러자 와르르르~ 하며 떨어지는 은색의 광채들이란…….

"앗싸, 이거 다 은화잖아? 오옷, 횡재했네, 횡재했어. 언니, 빨리 세어보자."

무더기로 쏟아지는 은화들의 모습에 선애가 헤벌쭉해져서는 잽싸게 침대에 앉아 은화들을 세기 시작했다.

나 또한 그 반대편에 앉아서 은화들을 세기 시작하는데…

[어머나, 선애야, 이것 좀 봐라.]

은빛으로 빛나는 동전들 사이에서 다른 색을 띤 동전을 발견한 나는 놀라서 선애를 불렀다.

"왜? 어라라… 그거 금화잖아?"

그랬다. 은화들 사이에 금화가 섞여 있는 것이었다.

비록 대부분이 은화이기는 했지만, 금화가 하나라도 끼어 있다는 건 값어치를 화악 올리는 것이었다. 금화 하나가 은화 100개분이었으니 말이다. 그런데 그런 금화가 하나가 아니라 무려 세 개나 있었다.

"오옷! 이런 행운이. 그 여자 배 좀 아프겠는데? 킥킥킥."

[에… 너무 많이 가지고 온 건 아닌가 몰라. 좀 놔두고 올 걸 그랬나?]

뒤통수를 한 대 때려준 것도 있어서 생각보다 너무 큰돈을 본 나는 쬐게 양심이 찔렸다. 그러나 선애는 나와는 달랐다.

"무슨 소리. 이 정도는 되어야지. 언니는 유리병 하나 깬 거만 생각하고 다른 건 생각 안 해? 유리창이 두 개나 깨졌고 덧창도 완전히 부서졌잖아. 그것도 두 번이나. 거기에 창고 자물쇠도 달았고 말이야. 게다가 그동안 내가 열받은 것까지 생각하면 이 정도는 받아내야지."

[금화를 빼도 그 정도는 충분히 변상하고 남는데…….]

"금화는 이자야."

단호한 선애 말에 나는 기가 막혔다.

[이자가 너무 비싸잖아?]

"당연하지. 복리 이자니까. 이런 말 몰라? 은혜는 열 배로 원수는 백 배로."

[푸헐…….]

선애의 말에 내가 헛웃음을 흘리자 선애가 쌍심지를 켜고 날 바라봤다.

"언닛, 내가 그렇게 웃지 말랬지? 늙은이 같다고 했잖아!"

[뭐 어떠냐? 이제는 내가 이렇게 웃든 말든 너밖에 볼 사람이 없는데.]

"무슨 소리. 혹시 알아? 잘생긴 총각 귀신이라도 나타날지. 사람은 언제 어느 때고 항상 준비된 상태로 있어야 한다고. 그래야 기회가 왔을 때 딱 잡을 수 있지."

[기회는 무슨 얼어죽을 기회… 그냥 포기하고 살란다.]

내 말에 선애가 한심하다는 듯 날 바라보며 혀를 찼다.

"쯧쯧, 언니는 그러니까 연애 한 번 못해본 거라니까. 그래서 결국 처녀귀신이 된 거잖아. 억울하지도 않아?"

선애의 질문에 나는 피식 웃으면서 반 농담조로 말했다.

[왜 안 억울하냐? 많이 억울하지.]

"그렇다니까. 그러니까 지금이라도 태도를 조신하게 좀 해. 아아… 유령이 멋 부리게 할 수 있는 방법 어디 없나?"

[냅둬유. 그런데 그러는 너는 연애 안 하냐?]

"바쁜데 연애는 무슨 연애. 게다가 연애를 하려면 내가 어느 정도 능력이 있어야 괜찮은 남자를 물지. 지금 가게는 너무 작단 말이야. 하려면… 한 2층짜리 가게는 내놓고 해야지."

[어느 세월에 2층짜리 가게를…….]

"두고 보라니까. 노처녀 되기 전에 하고야 말 테니까. 물론 그전에 괜찮은 남자를 탐색해 놔야겠지."

[어떤 남자를 찾으려고?]

"으음… 나는 나랑 비슷하거나 좀 못한 남자랑 할 거야. 그래야 내가 휘어잡고 살지. 나보다 잘난 남자는 피곤해."

선애의 말에 난 왠지 미래의 제부가 될 사람이 불쌍해졌다. 과연 누가 될지는 모르겠지만.

[왠지… 무지 너다운 선택이라고 본다.]

"아아… 그러기 위해선 뭔가 좀 특별한 게 필요한데 말야. 어쨌든 우선 지금은 돈을 다 세는 게 관건이야. 이거 가게 자본으로 써야지. 후후후."

놀랍게도 돈은 금화가 세 개였고, 은화가 200개였다. 그러니까 총액이 금화로 치면 다섯 개고 은화로 치면 500개의 돈이었다.

"오옷, 완마, 완마……."

그 돈을 다시 주머니에 쓸어 담으며 선애가 행복하게 중얼거렸다.

[완전히 마음에 들었다고?]

"응, 응. 으흐흐흐……."

[너두 참… 웃음이……]

"괜찮아, 괜찮아. 므흐흐흐……."

[입 찢어진다.]

"이런 걸로 입이 찢어질 리가 없잖아. 쿡쿡쿡."

선애는 돈주머니를 고이 챙겨서 옷장 안에 마련되어 있는 궤짝에다 잘 집어넣었다.

이건 선애의 금고로, 휴에게서 보석을 판 대가로 많은 돈을 받았을 때 즉시 사서 마련해 둔 것이었다. 옷장 안에 붙어 있어서 궤짝을 들고 가려면 옷장에 붙어 있는 부분을 뜯어내거나 아니면 옷장째로 들고 가게 되어 있는 데다가, 궤짝도 제법 튼튼하고 자물쇠도 달려 있는 것이었다.

뭐, 그렇다 해도 허술한 면이 있긴 했지만, 그래도 이 집이 휴의 집이라는 사실 하나만으로도 든든한 방어벽이 되었다.

여기는 교육장이었기 때문에 규칙이 엄격했고, 엄격한 만큼 처벌도 강했다. 뭐, 가장 강한 처벌이라고 해봐야 여기서 쫓겨나는 것이었지만, 이곳에 있는 사람들이 가장 두려워하는 것이기도 했다.

그리고 가장 강한 처벌을 받는 것 중 하나가 도적질이었다. 혹 여기서 무사히 도적질을 해서 밖으로 도망칠 수 있다 해도 끝까지 정보 길드의 추적을 받아 잡힌다고 알고 있다. 그리고 그럴 땐 처벌이 가중되는 건 당연한 일이리라.

그런 고로, 이 집에서 도둑질을 해도 무사한 것은 휴 정도이겠지만, 그는 그런 짓을 할 위인이 아니라고 생각했다.

그러한 이유들 때문에 선애가 큰돈을 가지고 있어도 마음 놓고 자기 방에 간직할 수 있었던 것이다.

다음날, 선애는 벨타이거에게 가게를 맡기고 기분 좋게 거리로 나섰다. 어젯밤에 뜻밖의 수확이 커서 쇼핑도 하고, 날건달 녀석들에게 크게 놀란 사라에게 뭔가 위로품이라도 사줄 생각이었다. 게다가 슬슬 유리병도 떨어져 가고 있었고, 또 새로운 것들이 나왔는지도 알아보러 갈 겸, 겸사겸사였다.

[그러고 보니, 다른 향수 가게들을 둘러본 지 한 달 정도 되지 않았어? 이왕 쇼핑하는 김에 라이벌 가게들도 들러보지 그래?]

내 말에 선애가 아~ 하는 표정을 지었다.

"그것도 좋지. 흐음, 우선은 거기부터 가볼까나?"

큰길로 나와 걸음을 옮기며 선애가 의미심장한 미소를 지었다. 그 표정을 보자니 선애가 확실하게 어디라고 말하지는 않았지만 알 만했다.

[쿡, 어젯밤에 도둑이 든 가게 말이지?]

"후후후, 응."

[어차피 가는 길이잖아. 가까운 곳부터 돌아다녀 봐.]

"그러지 뭐."

하지만 우리 야생화 가게 근처에 있는 향수 가게들은 모두 작은 축에 속하는 곳이라 그런지 전에 왔었을 때와 달라진 점이 없었다. 신제품이 나온 것도 아니었고, 울 야생화 가게가 괜찮은 수입을 얻는 데 자극을 받아서 인테리어를 바꾼 것도 아니라 기껏 들른 보람도 없이 그 가게들을 나와야 했다.

[흐음, 아무래도 한 달 정도의 기간에 뭔가 달라진 곳이 있으려면 규모가 좀 커야 하는가 봐. 아니면… 한 달이 뭔가 변화하기에는 너무 짧은 기간이던가. 하기야 우리 가게도 한 달 좀 지났지만 인테리어를 바꾼 다음에 변한 건 없잖아.]

"그렇긴 하지. 그래서 슬슬 뭔가 변화를 주고 싶어. 신제품은 언제 나올지도 모르고, 그래서 차라리 향수 제조사를 한 군데 더 알아볼까 생각 중이야. 지금 향수를 대주는 제조사에서 좀 더 보내준다면 좋겠지만."

[아하, 그래서 향수 종류를 늘리게? 하지만 질이 낮은 향수는 들여놓지는 말아라. 차라리 종류가 적어도 질이 좋은 걸로 승부하는 게 좋을 것 같아. 숫자는 적어도 질은 괜찮은 가게로 인식되는 게 좋지 않아?]

"알았어, 생각해 볼게. 하지만 그게 아니면 차라리 향수와 화장품을 같이 팔아도 될 것 같기도 하구 말야. 바로 저기… 어라, 뭔 일이 있나 본데?"

몇 군데의 작은 향수 가게를 들렀다 드디어 선애가 그토록 가고 싶어 하는 가게에 막 도착해 들어서려던 우리는 안쪽이 뭔가 소란스럽다는 것을 알아채고 슬며시 살펴보기 시작했다.

"아이고~ 아이고오~ 그 돈이 어떤 돈인데에에~ 아이고오오오~"

가게 가운데에 주저앉아 땅을 치며 통곡하는 여인과 그 옆에서 안절부절못하는 덩치 좋은 남정네.

[야, 저들이 바로 이 집 주인하고 그 남편이야.]

그리고 주변에는 경비대원 복장을 한 여러 사람들이 가게 안을 해부라도 하려는 양 두 눈에 불을 켜고 샅샅이 살펴보고 있었다. 그건 우리 가게에 도둑이 들었다고 그들을 불렀을 때와는 정말 180도 다른 행동들이었다. 그 모습에 선애의 눈초리가 사나워지며 입 안에서 뿌득~거리는 소리가 나는 것이었다. 아마도 무지 열받은 듯.

하지만 그것도 잠시였고, 슬프게 우는 여인을 보더니 주먹이 스르르 풀렸고 입가에는 가벼운 미소가 피어올랐다.

"아아… 오늘 장사 안 하는가 보네."

괜히 아란티아 대륙어로 중얼거린 선애는 몸을 돌려 한참을 걸어 그곳에서 벗어나더니 작게 키득대기 시작했다.

"쿡쿡쿡… 아, 너무 고소하다. 그렇게 도둑맞은 기분이 어떤지 알았으니 다시는 남의 가게를 털라고는 못하겠지? 다시 한 번 그랬단 봐라, 다시는 가게를 열지 못하게 만들어주겠어."

[야, 야, 어차피 그것도 날 시킬 거면서 왜 네가 하는 것처럼 그러냐?]

내가 기막혀 묻자 선애가 날 보더니 태연하게 싱긋 웃어 보이는 것이었다.

"언니가 내 언니잖아."

[이야~ 내가 니 언니라는 이유 하나로 너무 부려먹는 거 아니냐?]

내가 슬쩍 째려보며 말했지만, 선애는 내 눈초리에 눈썹 하나 꿈쩍도 안 했다. 아니, 오히려 못마땅하다는 시선으로 날 바라보며 당당하게 말하는 것이었다.

"언니면서 그 정도도 못해주남? 언니가 좋은 게 뭔데?"

[허어… 너는 내가 뭔가 토달 때마다 매번 그러더라. 질리지도 않냐? 레파토리를 좀 바꿔봐라.]

차마 못하겠다는 말이 안 나오는 나는 대신 다른 말을 꺼내며 괜히 투덜거렸다.

'어휴, 저 녀석한테 꼼짝도 못하는 나도 바보지… 에휴, 내 신세야.'

그 뒤로 선애는 기분이 좋아 가벼워진 걸음걸이로 돌아다니기 시작했다. 라이벌 가게들을 한 바퀴 쭈우욱~ 돌아 새로 나온 신제품들을 꼼꼼하게 체크한 다음, 굉장히 고급스런 향수 두 개를 골랐다. 자스민과 휴에게 선물할 거였다. 사실 그동안 계속 그 둘에게 고마워하면서도 제대로 된 선물 하나 하지 못했는데, 이번에 큰마음먹고 하나 마련한 것이었다. 뭐, 내 보기에는 생각지도 않은 큰돈이 들어와 그런 것 같지만 말이다.

그 뒤에 유리 공예소에 들러 새로 나온 예쁜 장식품들 몇 가지와 향수병들을 주문하고는 돌아오는 길에 자신을 위한 쇼핑을 했다.

선애가 이곳에 와서는 모든 상황과 여건 때문에 못해서 그렇지, 사실 쇼핑을 무지 좋아하는 편이다. 그런 애였는데 그동안 못해서 얼마나 손과 발이 근질근질거렸겠는가? 전에 캐더린이 한 번 쇼핑을 데리고 다녀준 뒤로는 기회만 있으면 쇼핑을 하려고 벼르고 있던 차였다.

양팔 가득히 마음에 든 옷들과 액세서리들을 사 가지고 돌아오는 선애는 너무 기분이 좋아서 입이 마구마구 벌어졌다. 그 모습에 옆에서 쫓아가던 나는 웃으며 고개를 설레설레 저었다.

‘에구… 저렇게 좋을까. 이번에 받아온 돈 다 쓰는 건 아닌지 걱정했네. 그나마 사라 선물 안 잊어서 다행이야.’

선애가 이번에 인심을 팍팍 쓰기로 했는지 사라 선물까지 왕창 샀다. 근 한 달 동안 같이 일하면서 틈틈이 사라의 형편에 대해 들은 선애는 그 애가 안됐다는 마음을 가지고 있었던지, 이번에 자기 것들을 사는 중간중간 사라에게 어울릴 만한 여러 가지를 사들였던 것이다.

사라는 이 도시에서 좀 멀찍이 떨어진 작은 마을 출신이라고 했다. 사라의 아버지는 그 마을 근처 대부분의 땅을 소유하고 있는 귀족에게 땅을 빌려 농사를 짓는 가난한 소작농이었는데, 자식이 사라까지 총 다섯이라고 한다. 그런데 얼마 전에 그 집안의 장남 녀석이 뭔 사고를 쳐서 남의 집 기물을 부숴먹고, 자신도 다치고 남도 다치게 만들어 큰돈이 들었다나?

그리하여 그 집안의 첫째이자 장녀인 사라는 나이도 찼겠다 싶어 돈을 벌기 위해 이 도시로 왔다고 했다.

그런데 사라야 스스로 왔다고 하는데 내 보기에는 아무래도 캐더린의 가게로 팔려 온 것 같았다. 그런 걸 캐더린이 그 애를 가엽게 여겨 선애에게 맡긴 듯싶었다. 하기야 내가 지켜본 사라의 성격상 그러한 곳에서는 버티기 힘들 것 같기는 했다. 사라는 약삭빠르지도 못하고 애가 너무 착해빠져서 클럽 같은 데서 채 적응하기도 전에 망가져 버릴 듯했던 것이다. 캐더린도 그걸 아니까 가엽게 여긴 거겠지.

뭐, 소설상에서도, 아니면 과거 한국에서도 흔하디흔하던 이야기였지만, 선애는 막상 그러한 존재를 실제로 보니 무지 가엽게 느껴진 모양인지 그 이야기를 들은 후에 마치 자기가 친언니라도 된 양 이것저것 챙겨주기 시작했다. 꼬맹이 녀석이 학교에서도 친한 후배들에게는 이것저것 챙겨주는 자상한 선배라 인기있다는 건 알고 있었지만, 막상 그 모습을 눈으로 직접 보자 쬐게 서운하기는 했다.

'나한테는 바라기만 한 주제에…….'

선애가 사라에게 해주는 반만 나에게 해줬더라면 이렇게 서운하지는 않았을 거다.

하지만 뭐… 그러한 감정은 잠깐 뿐이었고—사실 이제 와서 선애가 나에게 뭘 해줄 수 있는 것도 아니고 말이다—선애가 사라를 잘 챙겨주는 걸 보니까 제법 기특하다는 생각도 들었다.

'뭐, 나도 사라가 안됐기도 하니 선애가 넉넉한 가운데서 챙겨주는 게 싫을 리도 없지.'

그렇게 혼자 여러 가지 생각을 해가며 고개를 끄덕이는데, 앞에서 잘만 걸어가던 선애가 딱 걸음을 멈춰 섰다.

"아, 저거……."

'으잉?'

선애의 목소리에 퍼뜩 정신을 차린 내가 고개를 들어보니 선애가 길 한쪽으로 다가가고 있는 게 보인다.

그래 뭔가 싶어 녀석의 뒤를 쫓아 가까이 가보니 길거리에 여러 가지 물건을 늘어놓고 팔고 있는 좌판대 앞이었다.

[이거 사주려고?]

그 좌판대 위에 올려져 팔리길 기다리고 있는 것들은 자그마한 인형들이었다.

한국에서 흔히 보던 비비라든지 미미라든지 아니면 커다란 곰 인형이나 강아지 인형이 아닌, 직접 손으로 새겨 만든 내 손바닥만한 자그마한 목각 인형들이었다.

장식용으로 만든 것 같은데, 솜씨가 좋은 사람이 만든 게 아닌지 조각이 꽤나 거칠었다. 게다가 그중 색을 입힌 것도 있었는데, 색이 잘 먹히지 않아 오히려 지저분한 느낌만 들게 하고 있었다.

그런데 선애는 그런 거에 별로 개의치 않는지 그 앞에 주저앉더니 하나도 아니고 두 개나 덥석 집어 드는 것이었다.

평소 나보다 더 센스가 높아서 조잡하다고 할 수 있는 것들에는 눈길 한 번 주지 않던 녀석이라 나는 솟아올라오는 놀라움을 감출 수가 없었다.

[야, 네가 웬일로 이런 것들을 사냐?]

그러나 내 말을 듣는 둥 마는 둥 좌판대에 앉아 있던, 두 개나 팔게 되어서 싱글벙글 웃고 있는 사내에게 값을 치른 선애는 아무 말 않고 몸을 돌려 척척 걸어가기 시작했다.

왠지 걸음이 아까보다 훨씬 빨라진 것 같다는 생각에 나는 잽싸게 선애의 뒤로 따라붙으며 다시 입을 열었다.

[아아~ 내 말 안 들려? 그리고 갑자기 왜 또 서두르는 건데?]

그러자 그제야 선애가 대꾸를 해온다.

"아아, 빨리 가게에 가려고."

[아까도 가게에 가는 길 아니었냐?]

그런데 선애가 또 갑자기 선다.

[이, 이번에는 뭐냐?]

당혹스러워하는 내 질문에는 대꾸도 안 하더니 지나가는 영업용 마차를 세우고는 잽싸게 탔다.

"동쪽 거리 끝 쪽으로 가주세요."

동쪽 거리는 야생화 가게가 있는 곳이다. 이곳 도시 중심부를 가로

지르는 거대한 도로 네 개가 있었는데, 각각 위치한 방향을 따서 이름을 붙였다. 동쪽 거리 말고 나머지는 서쪽, 북쪽, 남쪽 거리가 있다.

[이봐아, 꼬맹아.]

갑자기 잘 걷다가 마차를 타는 선애가 이해가 안 돼 계속 말을 걸자 선애가 찡그리며 날 바라본다.

"아, 거… 말 되게 많네."

[네가 대답을 안 하니까 그렇지. 마차는 갑자기 왜 타는데?]

그러자 선애가 인상을 찡그리며 귀찮다는 듯 대답했다.

"힘드니까 그렇지. 나 오늘 하루 종일 돌아다녔잖아. 빨리 가고 싶은데 짐까지 있어서 탔어."

'체엣, 미리미리 대답 좀 해주면 안 되나.'

너무 불퉁한 대답에 서운한 기분을 느낀 나는 더 이상 뭐라 하지 않고 입을 다물어 버렸다. 그러자 이번에는 선애가 힐끔 날 보더니 한숨을 내쉰다.

"또 삐쳤지? 입 나왔어."

[냅둬유.]

"으이구… 삐치기도 잘 삐쳐요. 도대체 나이는 어디로 먹는데?"

[체엣, 네가 보태준 거라도 있냐?]

내 불퉁한 반응에 선애가 한숨을 내쉬며 설명했다.

"어휴, 가게에 좀 새로운 시도를 해볼 게 생각났단 말이야."

그에 불퉁한 기운을 없애 버리고 호기심을 보이는 나.

[갑자기 뭔 새로운 시도?]

내 질문에 선애는 들고 있던 가방에 던져 넣다시피 넣었던 물건들을 꺼내 보인다. 그건 아까 선애가 좌판대에서 산 것들이었다.

하나는 내 손바닥만한 정육면체의 상자였다. 통나무의 겉을 네모나게 다듬고 속을 파고 뚜껑을 만들어 달았다 열었다 할 수 있게—물론 뚜껑이 몸체에 붙어 있는 게 아니라 따로 분리되어 있는 것이었지만—만들어져 있었다.

그리고 나머지 하나는 내 손바닥 반만한 새를 조각해 놓은 목각 인형이었다. 새 한 마리가 아닌 두 마리가 대나무로 만든 듯한 둥지에 사이좋게 들어가 있는 거였다. 그런데 둥지 안에서 잘 굴러(?) 다니는 걸 보니 둥지 안에다 붙여놓은 건 아닌 모양이다.

[이게 뭐?]

내가 어리둥절하게 쳐다보자 선애가 씨익 웃었다.

"포장하려고."

[포장? 아아… 향수병을?]

"응."

고개를 끄덕이는 녀석의 모습에 그제야 나는 꼬맹이가 뭘 생각했는지 알 수 있었다.

[오오, 좋은 아이디어인데?]

여기는 '포장'이라는 개념이 없었다.

한국에서야 어느 정도 가격 이상의 물건을 사면 손님이 원할 때 얼마든지 포장을 해주지 않던가? 그게 아니라고 하더라도, 하다못해 옷가게에서 옷 하나 사더라도 쇼핑백에 넣어주는 것이 한국이었다.

그러나 여기서는 포장이라는 것이 없었다. 뭐, 찾아보면 아예 없는 것은 아닐 테지만, 지금까지 선애와 내가 큰 가게를 쭈욱 둘러보면서 물건을 샀어도 한 번도 본 적이 없으니 말이다.

기실, 지금 선애가 쇼핑한 것을 담고 있는 가방도 옷가게에서 서비스로 하나 준 것이다. 커다란 천 가방을 말이다. 선애가 많이 사서 서비스로 준 거지, 아니었으면 선애가 따로 돈을 내고 사야 했다. 하기야 가방 두 개는 서비스로 받은 거지만, 나머지 하나는 직접 돈을 주고 산 거다.

아무래도 한국에서보다 종이가 극히 귀하고 비싸다 보니 종이로 만든 쇼핑백 같은 건 생각도 못할뿐더러, 포장지 같은 것도 없는 모양이었다.

그런데 만약 우리 가게에서 향수병을 팔 때 예쁘게 포장해서 준다면?

모르긴 몰라도 반응이 괜찮지 않을까 싶다. 흔하지 않은 거면 신기하게 생각할 테고, 한 번도 그렇게 받아보지 못한 거라면 제법 기분도 괜찮지 않을까 싶고 말이다.

"나무 상자를 만드는 건 어떨지 모르겠지만 알아보기나 하려고. 그리고 이것도……."

선애가 손가락으로 가리킨 건 대나무로 만든 듯한 새 둥지.

"이것에 담아주면 좋을 것 같아. 물론 이걸 예쁘게 칠해야 하겠지만, 연구해서 나쁠 건 없겠지. 아아, 하드보드지라도 있다면 딱인데."

[누구한테 알아보려고?]

"내가 물어볼 사람이 누구겠어? 당연히 자스민 아니면 휴지. 정보 길드라니까 이럴 때 정보를 캐내야지 언제 캐내?"

선애의 당당한 대답에 나는 킥킥 하는 웃음만 터뜨렸다.

하지만 알아보는 데 어려움… 까지는 아니라 하더라도 좀 시간이 걸릴 거라는 내 예상을 깨고 일은 손쉽게 해결되었다.

그것도 예상외의 인물에 의하여.

"어라, 갈대 바구니네요? 우와~ 정말 감회가 새로운걸요?"

선애가 사 들고 온 선물에 눈물을 글썽글썽하며 감격하던 사라가 선애가 선물을 꺼내던 와중 같이 꺼내져 탁자 위에 올려놓았던, 둥지 역을 하고 있는 갈대 바구니—나는 대바구니라고 생각했던—를 집어 들고 말했던 것이다.

"감회가 새롭다니?"

사라의 말에 선애가 지나가는 어투로 물어본 건데 의외의 대답이 돌아왔다.

"제가 집에 있을 때 우리 집에서 부업으로 이거 만들었거든요. 그때 갈대라면 정말 지긋지긋했는데… 큰 거, 작은 거, 그것도 네모 모양, 하트 모양, 원 모양에 색까지 입혔어요."

"헤에… 정말이야?"

뜻밖의 말에 선애가 눈을 동그랗게 뜨고 묻자 사라가 배시시 웃어 보인다.

"에이, 제가 왜 이런 거 가지고 거짓말하겠어요?"

"솜씨는 어때? 잘 만들었어?"

선애의 물음에 사라가 고개를 한 번 갸웃거리더니 다시 배시시 웃었다.

"에헤헤헤… 뭐, 자랑은 아니지만 사 가던 상인이 제법 잘 만든다고 하더라구요."

"오오… 굼벵이도 구르는 재주가 있다더니만… 한번 만들어볼 수 있을까? 음, 색도 넣어가지고 만들었으면 좋겠는데… 크기는 요만하게."

그러면서 선애가 양손을 붙여 약간 오므린 크기를 보여주자 사라가 크기를 눈대중으로 재고는 곧바로 고개를 끄덕끄덕한다.

"원한다면 만들어 드릴게요. 그런데… 색하고 모양은 어떻게 할까요?"

말하는 투가 완전 전문가인 걸 보니 솜씨에 자신있는 모양이다.

"네가 말한 네모하고 동그란 모양하고 하트 모양 다 만들어줘. 색은… 글쎄다, 예쁜 색으로만… 하얀색하고 노란색, 연두색, 파란색, 보라색 같은 걸로."

"네, 최대한 빨리 만들어 드릴게요. 그런데… 지금 재료가 하나도 없으니까 구하려면 시간이 좀 걸릴 거예요."

"아, 재료는 내가 자스민에게 부탁할게. 그럼 얼마든지 구해줄 거야."

적극적인 선애의 반응에 사라가 영문을 모르겠다는 표정이었지만, 어쨌든 고개를 끄덕였다.

물론 자스민은 기꺼이 도움을 줬다.

다행히도 이 항구 도시 근처에 바다로 흐르는 강이 있었기에 주재료인 갈대를 구하는 건 어렵지 않았다. 게다가 우리가 살고 있는 도시 또한 이 나라에서도 손꼽히는 큰 항구 도시였기에, 다른 재료들은 사라가 생각했던 것들보다 훨씬 더 좋은 것들로 구해줄 수 있었다.

그런데 그러한 재료들을 받아 든 사라의 표정이 참 묘~했다. 반가워하는 것 같기도 하고 씁쓸해하는 것 같기도 하고.

가게 일을 끝내고 돌아오자마자 재료들을 내민 게 약간은 양심에 찔렸던지 사라의 옆에 마주 앉아 그녀의 기색을 살피고 있던 선애가 그묘~한 표정을 알아채고는 조심스레 입을 열었다.

"에… 피곤하면 다음에 하던가… 뭣하면 휴가라도 내주련?"

선애의 말에 사라가 배시시 웃었다.

"에이, 요즘은 손님이 많아서 혼자 하기 힘드실 텐데요."

그랬다. 요즘 야생화에 대한 소문이 좀 퍼졌는지 전보다 사람이 조금 더 많아졌다. 사람이 많아지는 건 좋았지만, 여기에서 딱 멈출까 봐 걱정이다. 이럴 때 신제품이 하나라도 더 나왔으면 좋겠지만 그놈의 신제품이 언제 나올지 기약이 없으니 선애가 이런 수를 생각해 낸 거 아니겠는가.

그러는 동안 사라에게도 발전이 있어 그나마 유리병 정도는 팔 수 있게 되었다. 뭐, 유리병이야 '이거 주세요' 하면 '네~' 하고 써 있는 가격만 받고 건네주는 극히 쉬운 일이었지만, 전에 사라는 너무 숫기가 없어 손님 얼굴도 제대로 못 보는 데다가 손님 앞에만 서면 실수할까 봐 극히 긴장한 상태가 되어 말도 제대로 못했던 것이다. 선애의 특훈으로 인하여 인사만 겨우겨우 했었지.

그래도 한 달이 지나자 그놈의 숫기가 좀 가셨는지 이제 겨우 판매 대열(?)에 한발 들어설 수 있어서 전보다 선애에게 훨씬 도움이 되고 있었다.

그런데 그런 사라가 없다면 선애가 꽤나 피곤할 거다(사실 청소라든지 상품 진열 같은 건 사라가 거의 도맡아서 하고 있었다).

"뭐, 사장님 계시잖냐. 며칠 동안만 도와달라고 하면 되지."

"에헤헤… 전 괜찮아요. 피곤한 게 아니라 그냥 기분이 좀 이상해서……."

선애의 말에 사라가 배시시 웃으며 말하다가 끝에 가서는 고개를 푹 숙이는 것이었다. 목소리도 기어들어 가고.

좀… 아니, 많이 이상해 보이는 사라의 모습에 선애의 인상이 찡그려졌다.

　"왜 그래? 하기 싫어? 그럼 다른 사람을 찾아볼 테니까 너무 애쓰지는 말고."

　그러자 잠시 머뭇대던 사라가 고개를 들고 힘없이 미소 지어 보인다.

　"그런 게 아니라… 그냥 옛날 생각이 나서요."

　사라의 말에 선애가 어이없다는 표정을 지었다.

　"놀고 있네. 나이도 어린 게 무슨 옛날 생각이냐? 하기 싫으면 그만둬."

　'선애야, 너도 많은 나이는 아니라고 본다만…….'

　선애의 말이 좀 웃겼지만, 분위기가 분위기인지라 나는 입 다물고 있었다. 사라의 모습이 아무래도 심상치 않았는지 선애의 인상이 약간 찡그려져 있었던 것이다.

　선애의 약간 차가워진 말에―선애는 인내심이 별로 없는 녀석이다. 상담사는 절대 못할 녀석 같으니라구…―사라가 화들짝 놀라더니 황급히 고개를 좌우로 저었다. 많이 익숙해져서 편해졌다고는 하나 사라는 여전히 선애에게 꼼짝도 못했던 것이다.

　"아뇨, 아뇨, 그건 아니고요."

　"그럼 뭔데?"

　"그게… 그냥 예전에 집에 있던 생각이 나서요."

　"뭐? 아아, 집에서 부업으로 이런 일을 했다고 했지?"

　그제야 선애가 알아들었다는 듯 고개를 끄덕이며 말했다.

　"예에… 그런데… 그때는 좋아서 한 게 아니었는데……."

사라의 말에 선애의 눈썹이 치켜 올라갔다.

"그럼 지금 하기 싫다는 말이냐?"

그에 사라가 화들짝 놀라 손을 휘휘 저어 보였다.

"아뇨, 그건 아니에요. 점장님께는 정말 해드리고 싶어서 하는 거예요. 그냥… 이렇게 제가 하고 싶어서 할 수도 있구나… 하는 생각이 들어서요."

"흐음……."

선애의 눈썹이 제자리로 찾아오자 그제야 안심을 한 듯 다급해 보이던 사라의 안색도 평소대로 돌아왔다.

"제가 말씀드렸던가요? 저희 집이 가난했다고."

"그랬지."

"음… 저희 아빠는 농사일을 하셨는데요… 저희 엄마는 그걸 도와드리긴 했지만, 영주님께 빌린 땅이 별로 넓지 않아서요… 그래서 대부분 제 동생이랑 아빠랑 농사일을 하고 엄마랑 저는 다른 일을 했거든요."

사라가 주절주절 말을 늘어놓으며 탁자 위에 올려진 갈대들을 익숙한 손길로 다듬기 시작했다. 그러자 선애도 대충 대답해 줘가며 요즘 읽기 시작한 '상업에서 성공하려면…' 이라는 책을 펼쳐 들었다. 책 읽기 무지 싫어하는 녀석이라 얼마나 인상을 찡그리며 읽는지 모른다.

"무슨 일?"

"종이 만드는 일이요."

"종이?"

마악 책을 읽으려던 선애가 뜻밖의 말을 들었는지 고개를 들어 사라를 바라봤다. 뭐, 사라는 여전히 갈대를 다듬고 있어 선애를 마주 보지는 않았지만 말이다.

"예. 갈대로 종이를 만드는 일이요."

"헤에… 갈대로 종이를 만드냐?"

이곳이 종이가 무지 귀한 것도 알았고, 그나마 쉽게 구할 수 있는 종이는 한국에서 흔히 보던 것보다 질이 훨씬 훠어어얼씬 안 좋다는 건 알았지만, 그 종이를 갈대로 만드는지는 몰랐다. 어쩌면 그래서 질이 나빴는지도 모르겠다. 한국에서 흔히 보던 종이는 나무 펄프로 만드니까 말이다.

갈대로 종이를 만든다니 생각이 나는 건데, 이 세계에서 가장 비싼 고급 종이가 무엇인지 아는가?

그건 바로 '한지'다.

그 이야기를 듣고 나는 웃어야 되는 건지 감탄을 해야 하는 건지 헷갈렸다. 하기야 한국의 '한지'도 참 훌륭한 종이로 이름이 높지 않은가 말이다. 이곳 '서대륙'의 '한국'에서 만든 '한지'도 그렇게 이름이 높단다.

여기에서 우리가 사용하는 갈대로 만든 종이는 한국에서 쉽게 보는 종이를 서너 장 합쳐 놓은 두께지만 별로 질기질 못해 잘못하면 찢어지기 일쑤인데다가, 습기에 약해서 보관을 잘못하면 장마철에 방구석에 한 달은 처박아놓은 땀에 절인 운동복처럼 쉽게 곰팡이가 생긴다.

그러나 그 유명한 '한지'는—우리는 너무 비싼 종이라 아직 직접 본 적이 없다. 그냥 듣기로—얇기가 얼마나 얇은지 햇빛에 비추면 건너편의 손이 희미하게 보일 정도인데도 불구하고 갈대로 만든 종이보다 훨씬 질기다고 한다. 게다가 습기에도 강할뿐더러, 오랜 세월이 지나도 누렇게 뜨는 것 외에는 거의 변질되는 것이 없는 아주 우수한 종이라나?

하지만 그만큼 우수하기 때문에 값이 엄청 비싸다.

물론 갈대로 만든 종이도 비싸지만, 이건 종이의 성능도 성능이지만 수입 용지(?)이기 때문에 값이 장난이 아니게 비쌌다.

하기야 갈대로 만든 종이 A4 용지만한 게 한 장에 1실링 하는데―그러니까 한국식으로 치자면 A4 용지 한 장이 500원을 한다는 소리다―한지는 한 장에 50실링이라니까 보통 사람은 사서 쓸 생각을 아예 하지 못하는 것이다.

그리하여 일반 계층에서 사용하는 갈대지(?)를 사라가 살던 마을에서 부수입을 얻고자 공동 제작으로 만들었다고 한다.

뭐, 들어보니 대충 한지 만드는 것하고 비슷한 과정을 거치는 것 같은데…―갈대를 꺾어 와서 씻은 다음 열심히 삶고 빻고를 반복하여 죽처럼 만든 다음 얇게 펴서 말리면 종이가 된다는 것이다―그러면서 부업으로 짬짬이 시간날 때마다 갈대로 바구니를 짜서 종이를 가지러 오는 상인에게 팔았다고 한다.

그렇게 해서 모든 사람들이 일한 만큼 돈을 잘 벌어서 잘 먹고 잘살면 좋았을 텐데, 문제는 그 종이와 바구니를 사러 오는 상인이 얼마나 악독한 놈이었던지, 그렇게 고생해서 만드는 종이를 열 장에 1실링으로 사 갔다고 한다. 바구니 또한 열 개에 1실링으로.

그 마을이 이 도시와 얼마 떨어지지 않았다는 걸 계산하면 그 상인이 얼마만한 폭리를 취하고 있었는지는 쉽게 짐작할 수 있었다. 그러니 아버지는 농사짓고 어머니는 종이 만드는 일을 하며 사라와 그 밑에 있는 동생까지 나서서 일을 거드는데도 그 집이 가난하게 살 수밖에 없었던 것이겠지.

그래 기가 막힌 선애가 다른 상인에게 팔면 안 되었냐고 물었더니만,

그 주위의 땅을 가진 영주 놈하고 그 상인하고 작당을 했는지 영주 녀석이 다른 상인에게 종이를 팔면 땅을 빌려주지 않음은 물론이고, 세금을 높이겠다고 협박을 했다는 것이다.

"허어… 정말 나쁜 놈들이네."

"그래서 솔직히 그때는 갈대를 보기만 해도 지긋지긋했거든요. 마을에서는 다른 일을 찾아보려고 했는데 그때마다 영주의 대리인이 와서 협박을 하는 바람에 다른 일을 하지도 못하고… 거의 억지로 하는 일이었기에…….'

"우와~ 그런 나쁜 놈들이 다 있나!"

선애의 기가 막혀 하는 말에 사라가 생긋 웃어 보였다.

"에… 그래도 그때의 경험으로 이렇게 점장님께 도움이 되어 드릴 수도 있잖아요."

"허이구 야… 나는 절대로 그렇게는 생각 못할 거다."

사라의, 착해도 너무 착해 빠진 녀석의 심성을 단적으로 나타내 주는 그 말에 선애가 고개를 설레설레 저었다.

'하기야 네 성격에…….'

그런 선애의 모습을 보며 나는 키득키득 웃었다.

며칠 후, 완성된 사라가 만든 갈대 바구니는 선애가 사 가지고 온 것에 비한다면 좀 더 작아서 그런지 모르겠지만 훨씬 정교하그 앙증맞고 예뻤다. 양손을 모으면 쏘옥 들어갈 정도의 크기였으니 엉성하게 만들어도 귀엽게 보일 텐데 전혀 엉성하지 않고, 오히려 솜씨 좋은 장인이 만든 것만 같았다. 그만큼 사라의 솜씨가 훌륭하다는 것이겠지만.

대나무보다 훨씬 가는 갈대의 껍질을 예쁜 색으로 물들여 자른 굉장히 가느다란 줄기로 엮어 만든 것이라서 일반 대나무 바구니보다 강도는 약해 보였지만, 너무 예뻤기에 약하다는 것쯤은 얼마든지 허용될 것 같았다. 그것만이 아니라 그런 앙증맞은 바구니 위에 뚜껑까지 만들어 덮을 수도 있게 하자 선애의 입은 떠억 벌어졌다.

"오오! 이거 대박날 것 같다!"

사라가 만든 갈대 바구니를 보니 이것만으로도 충분할 것 같았는데 사라의 솜씨는 그것으로 끝이 아니었다. 갈대로 종이를 만드는 식으로 삶고 빻고 하여 죽처럼 되었을 때 종이보다 약 세 배 정도 즈음 두껍게 해서 말리는 것이다. 그러니까 대충 하드보드지보다 약간 더 두꺼운 상태에 강도는 얼추 비슷한 정도가 되는 것이었다.

사라는 그걸 잘라서 척척 상자를 만들어내는데, 그걸 보니 내가 고등학교 다닐 때 한때 유행했던, 하드보드지 잘라서 필통 만드는 게 생각이 났다. 그러고 보니 이렇게 두꺼운 갈대지 만드는 모습은 또 종이 죽으로 탈 만드는 걸 생각나게 하는 것이… 그렇게 만든 탈도 꽤 가볍고 튼튼했던 것 같았는데, 이것도 그런 것 같았다. 물론 습기에는 어떨지 모르겠지만 말이다.

'여러 가질 생각나게 하는 작업이군.'

그렇게 해서 상자를 만들자 꽤 가벼운 데다가 색도 마음대로 넣을 수 있었고, 크기와 모양 조절도 무척이나 쉬웠다. 그런 것들을 만드는 사라의 솜씨는 무척이나 뛰어났고 말이다.

사라가 만든 갈대 바구니나 상자 안에다가 솜처럼 뽀송뽀송한 갈대 솜을 채워 넣고 그 위에 향수를 담은 유리병을 놓자 뭔가 되게 그럴듯~ 해 보였다.

"오오… 연타 대박이야!"

선애가 기쁨의 탄성을 지른 건 어쩌면 당연한 듯했다.

그러나 문제가 있었다. 사라의 솜씨가 좋고 그 모든 과정에 익숙하다는 건 좋은데, 문제는 그 과정이 길고 힘들다는 거였다. 사라 혼자서는 무리인데다가 사라가 그쪽 일에 매달리면 선애를 도울 사람이 없다는 것도 문제였다. 그 일을 임시로 하면 좋겠지만, 반응이 좋으면 앞으로도 쭈욱~ 계속할 터인데 그러면 사라를 대신해 선애를 도울 사람이 필요했던 것이다. 거기에 사라의 일을 도울 사람도.

처음에는 아예 사라네 식구들을 이쪽으로 데리고 오면 어떨까 생각했다. 어차피 사라도 그게 좋을 테고, 게다가 선애 입장에서 봐도 사라 엄마 또한 사라처럼 이쪽 일을 오래 했을 테니까 사라만큼이나 솜씨를 가진 한 사람을 더 고용할 수 있어서 좋았다.

그래서 휴에게 슬그머니 부탁을 해봤는데, 휴가 고개를 설레설레 저었다. 사라의 동생들은 어떻게 한둘 데리고 올 수는 있겠지만, 사라 부모님은 영주에게 발이 묶여서 이주가 불가능하다는 것이었다.

바로 옆에 큰 도시가 있는 데다 영주 또한 무지 나쁜 놈일 경우—아마 살기 힘든 영지민들이 도시로의 이주를 심각하게 고려할 것이다—영지민이 줄어드는 걸 방지하는 방법이 뭐가 있겠는가? 바로 영지민의 이동을 불가능하게 묶어두는 것이지. 사라의 부모님이 그렇게 묶여 있었던 것이다.

뭐, 정식으로 길드 쪽에서 움직여 주면 어떻게든 해볼 수 있겠지만 그걸 위해서는 큰 대가가 필요하다며 휴가 선애보고 그걸 지불하겠냐고 했을 때 선애는 쫌 망설이더니 고개를 설레설레 저었다.

사라에게는 좀 미안한 일이지만, 냉정하게 따져 사라의 가족들을 데리고 와서 생기는 이익이 그들을 데리고 오기 위하여 지불하는 대가를 충분히 상회하고 남을 거라고는 생각할 수 없었기 때문이다. 게다가

그렇게 해서 데리고 왔다 해도 야생화 가게에 취직시켜 주는 것 외에
는 그들을 책임져 줄 수도 없었고 말이다. 설사 취직이 된다고 해도 처
음 투자한 돈을 이제 막 회수하기 시작한 시점에서 그들에게 제대로
월급을 줄 수 있을지도 장담할 수 없었다.

"아아… 그럼 다른 방법을 찾아야 하나? 자스민에게 부탁해서 고용
할 사람들을 찾아봐?"

이것저것 생각하느라 골머리를 앓는 선애를 본 나는 한숨을 내쉬며
조언했다.

[우선은… 반응부터 살피는 게 어때? 사라네 가족들을 데리고 올 수
있는지 알아보려고 며칠이나 기다리는 사이 사라가 만든 게 좀 많아졌
잖아. 그게 얼마나 잘 팔리는가를 보고 사람을 얼마나 고용해서 하루
에 몇 개 이상씩을 만들 건지 결정하는 게 좋을 것 같다. 이렇게 계속
시간만 끌다가는 사라만 고생하겠어. 벌써 낮에는 점원 일을 하고 밤
에 바구니하고 상자를 만든 지 며칠이냐? 이러다 애 병나면 어쩔겨?]

그런데… 그 반응은 무지 좋았다.

하기야 한국에서 여러 가지 장식품이나 인형들에 익숙해진 나나 선
애에게서도 감탄을 끌어낼 솜씨였으니 야생화 가게를 드나드는 소녀나
아가씨들, 혹은 새댁들의 반응을 이끌어내는 것은 무리도 아니었으리
라.

반응이나 좀 알아보려고 몇 개를 골라 시범 케이스로 향수병을 넣어
장식 삼아 진열대 위에 올려놨더니 반응이 폭발적이었던 것이다.

"어머어~ 이 바구니 너무 귀엽다아~"

"어쩜. 이렇게 하니까 너무 괜찮다."

"어머머… 이렇게 자그마한 상자가 있었네. 색깔도 예쁘다."

그렇게 감탄하는 여인들에게 선애는 생긋생긋 웃으면서 설명해 준다.

"선물용으로 들여놓은 거랍니다. 예쁘죠? 혹시 다른 분들에게 선물할 때 이렇게 상자에 넣어서 주면 향수병만 주는 것보다 훨씬 모양새가 좋지 않겠습니까? 게다가 여기에 리본까지 곁들인다면 금상첨화죠."

그들 앞에서 상자나 바구니 뚜껑을 닫고 그 위에다 리본을 십자 모양으로 두른 다음 리본 묶기로 마무리를 짓자 여인들은 무지 감탄한 표정이었다.

"어머~ 나 이런 거 처음 봐."

"아아~ 나도 이런 선물 받아봤으면……."

새댁으로 보이는 한 여인이 그렇게 중얼거리자 그때를 놓치지 않은 선애가 생긋 웃으며 말했다.

"남편 분께 결혼 기념일이나 생일 때 사달라고 졸라보시지 그러세요? 비싸지 않습니다. 바구니나 상자에 넣어서 이렇게 리본으로 묶어 드리는 것이 단돈 5실링이니까요. 다른 거 다 빼고 단지 바구니와 상자 값만 계산한 거랍니다."

"어머, 그럼 바구니나 상자만 따로 살 수도 있어요?"

"원하신다면 그렇게 드릴게요."

"그럼 나 이거 사고 싶은데……."

"아, 그런데 지금은 반응을 보기 위해서 몇 개만 가져다 놓은 상태라서요. 반응이 좋으면 아예 정기적으로 가져다 둘 예정이기 때문에 사시려면 조금만 더 기다리셔야 될 텐데요."

"그래요? 언제부터 판매가 가능하죠?"

"예, 처음에 반응을 보려는 기간이 5일 정도였으니까, 그 후부터 정식으로 판매할 겁니다."

아마 그 기간 안에 사라를 도울 사람들과 사라를 대신해 점원 일을 해줄 사람들을 구해야 할 것이다.

선애의 친절한 설명에 바구니와 상자에 감탄한 대부분의 여인들은 5일 뒤를 기약하며 돌아갔고, 몇몇 성급한 아가씨들은 아예 진열대 위에 올려져 있는 상자와 바구니들을 꼬옥 자신들에게 팔라며 찜해놓기도 했다.

그런 사람들의 반응에 헤벌쭉해진 선애는 집으로 돌아오자마자 자스민에게 사람들을 구해달라고 부탁했다.

요즘 들어 선애와 나는 처음 자스민에게 가지고 있던 이미지를 완전히 깨뜨리고 있었다. 단순히 미래의 길드원을 교육시키는 교육장의 기숙사를 운영하는 사감 비슷한 존재라고만 생각했던 그녀에게서 의외의 모습들을 계속 보게 되었기 때문이다.

사실 그동안 휴와 자스민의 저택을 드나드는 선생님들이 자스민에게 깍듯이 예의를 차리는 건 그녀가 휴의 부인이기 때문이라고만 생각했다. 그러나 이제는 그들이 자스민에게 예의를 차리는 건 휴의 영향이 아닌, 오로지 그녀 자신이 만들어낸 위치 때문이 아닐까… 라는 생각이 든다.

오랜 기간 동안 미래의 길드원의 기숙사(?)를 계속 운영해 왔다는 그녀는 집에만 있는 것 같음에도 불구하고, 이 도시 곳곳의 여러 계층의 사람들과의 탄탄한 인맥을 가지고 있었다.

그 대표적인 예가 바로 캐더린이었다.

자스민과 전혀 접점이 없는 것 같으면서도 이상하게도 친한 관계를 가져 자스민의 부탁 하나만으로 그 바쁜 와중에도 자신의 일을 잠시 미루고 며칠 동안 선애를 데리고 다니며 교육시켜 줬으니 말이다.

뭐, 캐더린은 그 뒤로도 가끔 사람을 보내서 틈틈이 선애와 안부를 주고받으며 가게의 근황에 대하여 물어보고 있다.

그런데 그것 말고도, 그 뒤에도 자스민의 인맥의 능력(?)은 끊임없이 선애와 나를 놀라게 만들었다. 자스민의 능력은 마치 말만 하면 무엇이든지 이루어주는 마법 램프의 지니처럼 느껴졌으니 말이다.

그 자스민의 능력으로 선애의 사람을 구해달라는 부탁은 하루 정도 지나자 금방 이루어졌다. 선애가 있는 이 도시가 크다 보니 도시 변두리 쪽에서도 갈대로 종이를 제조하는 사람들이 있었으며, 사라처럼 갈대로 바구니를 만들어 파는 사람들 또한 있었던 모양이다. 자스민의 인맥은 그들 중 실력이 괜찮으면서도 경제적인 형편이 안 좋아 정기적이고 괜찮은 수입을 원하는 사람들만 골라내 하루 만에 선애 앞에 데려다놓았다.

처음에 선애는 갈대 바구니나 갈대 종이 상자로 포장을 하는 것은 새롭게 시도하는 것이라 반응은 좋지만 그렇게 많이 팔릴 거라고는 생각도 못했다. 기실 선애가 운영하는 가게가 큰 것도 아닌 데다가, 그 가게 대부분의 손님들은 남에게 선물할 것을 사러 오기보다는 자신이 사용할 것을 사러 오기 때문에 기껏해야 향수를 사는 사람들의 10~20%의 사람들이 살 것이라고 예상했던 것이다.

그래서 갈대 바구니나 상자를 판매하는—어차피 포장할 때도 포장비를 받았으니—대금은 모조리 사라와 그것을 만드는 사람에게 주기로 했다. 재료비를 제하고 남은 돈이 대충 바구니나 상자 하나당 대략 1.5실링 정도밖에 안 되었던 것이다.

갈대 바구니 하나를 만들 때 드는 비용이 갈대를 꺾어서 가져다주는 사람의 수고비가 0.5실링, 갈대로 바구니를 짤 수 있게 가늘게 잘라서 염색까지 해주는 사람의 수고비가 1실링, 거기에 갈대에 색을 입히는 염색약이 비싸서 2실링이 들었다.

염색약은 좀 싼 걸로 하고 싶었지만, 웬만한 걸로 염색하는 건 제대로 들지 않아서 몇 번이나 반복해서 염색해야 하거나 아니면 얼룩이 지기 일쑤라서 좀 비싼 걸로 사야만 했다. 게다가 색이 예쁜 걸로만 해야 했기에 거기에서 염색약 값이 올라가 버렸다. 사실 이러한 아기자기한 바구니는 색 또한 상당히 신경 써야 하지 않은가 말이다. 모양이 예뻐도 색이 별로면 그 상품의 가치가 많이 떨어지니까.

원래는 사라의 솜씨에 대한 대가도 한 2실링 정도 받게 하고 선애도 1실링 정도 먹게 하려고 계산을 하다 보니 5실링이 훌쩍 넘어가 버리는 것이었다. 그렇게 되니 되게 비싸게 느껴지면서 바구니가 이 가격에 팔릴까… 하는 생각이 든 것이었다. 한국에서 그 정도 크기의 선물 상자가 큐빅 장식 같은 것이 달리지 않은 단순한 스타일의 것으로 생각해 볼 때 2~3,000원 정도였으니 그 정도가 적정 가격이지 않을까 싶었던 것이다.

그래 선애가 먹는 것은 과감하게 포기하고, 사라가 받는 것은 좀 낮춰서 딱 5실링으로 만들었건만, 사라는 그 이야기를 듣고 무지 감격하는 것이었다. 너무나 많이 줘서 고맙다나? 하기야 사라가 집에서 바구니를 팔 때는 이보다 훨씬 못한 가격에 팔았으니 말이다.

나와 선애 입장에서는 이것도 엄연한 수공예품인데 너무 사라가 적게 받는 건 아닌가 좀 걱정을 했지만, 사라가 기뻐하니 나쁠 건 없다 생각하고 그냥그냥 넘어갔다.

종이 상자는 염색약이 1실링에 종이 상자 만드는 사라의 수고비가 1실링이었고, 나머지 3실링이 종이죽 값이었다. 죽이라서 그런지 갈대보다는 염색이 굉장히 잘 들어서 염색약 값은 좀 아낄 수가 있었다. 하지만 대신 죽 값이 가장 비쌌다. 아무래도 재료비는 싸지만 죽을 만드는 과정이 무척 힘든 데다가, 같은 크기로 따질 때 종이 세 배의 양이 필요했으니 말이다. 뭐, 종이로 만들 만큼 얇게 펴는 기술이 필요없어 그나마 나았긴 했지만.

어차피 종이 상자를 만드는 건 종이죽만 아주 곱게 만들어 표면이 울퉁불퉁하지 않고 매끄럽게만 만들어 색만 잘 입히면 종이 상자의 대부분을 완성한 거나 마찬가지였으니 말이다. 그렇게 두껍게 만들어지면 상자 만드는 데는 큰 기술이 필요없었으니.

그래 처음에는 사라보고 상자를 만들게 할 생각이었는데, 꼭 사라가 만들 필요성이 느껴지지 않아 이건 종이를 만드는 한 공장과 아예 전속 계약을 맺어버렸다. 공장이라고 해봐야 총 일군이 한 가정인 다섯 명이라 그들의 생산량 정도라면 야생화 가게에서 수용하기가 적당할 것 같았던 것이다.

그렇게 본격적으로 종이 상자와 갈대 바구니를 수용하게 되자, 가게 안에는 진열대를 하나 더 들여놔 상자와 바구니만 전문적으로 진열할 수 있도록 했다. 물론 그들 사이사이에는 향수병까지 같이 끼어 있는 포장 시범 케이스도 끼워놓았고 말이다.

그리고 자스민의 배려로 사라에게는 좀 미안한 말이지만 그녀보다 좀 빠릿빠릿한 아가씨를 사라를 대신할 점원으로 고용할 수 있었다. 그런데 이게 참 재미있는 인연인 것이, 그녀는 바로 카밀의 친누나였다. 이름은 칸나로 나이는 사라보다 세 살이나 어린 15세의, 햇볕에 그

을려 까무잡잡한 피부에 평범한 인상을 가진 소녀였다. 하지만 초롱초롱 빛나는 갈색 눈이 참으로 인상 깊었다.

그녀를 고용함으로써 우리는 휴가 카밀에게 눈독(?)을 들이고 있다는 걸 자스민에게 들을 수 있었다. 칸나는 휴의 눈에는 약간 못 미쳐 미래의 길드원은 되지 못했지만, 빠릿빠릿한 행동을 보아하니 아무래도 미래의 협력인이 될 가능성이 많아 보였다. 어쩌면 그래서 자스민이 선애에게 칸나를 소개한 걸지도.

그렇게 해서 정식으로 상자와 바구니를 판매하자 반응이 굉장히 좋았다. 처음의 예상치인 손님들 중 10~20%보다 훨씬 많은 30~40%가 상자나 바구니를 사 갔으니 말이다.

그건 좋았는데, 좀 씁쓸한 게 있다면 팔린 상자나 바구니의 대부분이 포장용이 아닌 집의 장식용으로 사 갔다는 걸까나? 때문에 상자보다는 바구니가 판매의 대략 60~70%를 차지하고 있었다.

포장이랍시고 판매된 경우에도 진열대에 놓아진 시범 케이스를 보고 남에게 선물하는 것이 아닌 자신의 집에다 그렇게 보관하고 싶어서 포장해 달라는 사람이 대부분이었다.

그래도 좋은 건 뭐, 바구니를 사러 오는 사람들 때문에 손님들이 전보다 10% 정도 늘었다는 걸까?

이런 때 빠릿빠릿한 칸나의 행동은 정말 크나큰 도움이 되고 있었다.

"으음… 역시 포장이라는 개념의 인식이 너무 희박한 것 같아. 하기야 선물로 사러 오는 사람이 거의 없어서 그런가?"

바구니와 상자를 판매하기 시작한 지 대략 한 달 정도 지난 어느 날, 선애가 가게가 한가한 틈을 타 장부상에 적힌 바구니와 상자 판매 내

역을 들여다보며 중얼거렸다.

[아무래도 그런 것 같지? 향수를 선물로 사러 오는 사람들이 있다면 좋을 텐데… 이 시대에는 남자들이 여자들에게 향수 같은 거 선물 잘 안 하나?]

같이 장부를 들여다보고 있던 내가 중얼거리자 선애가 가게 안을 쓰윽 살펴보더니 작게 속삭였다.

"우리 가게 손님은 여자들이 대부분이니 남자들이 들어오기 어려운 것 같아. 이거 아무래도 남자용 향수를 들여놔야 하는 거 아닌가 몰라. 우리 가게는 몽땅 여자용 향수잖아. 남자용 향수를 들여다 놓으면 여자들이 선물하지 않을까?"

[네가 원한다고 남자용 향수를 들여놓을 수 있겠냐, 그 향수 제조하는 사람이 남자용 향수를 만들어줘야 들여놓을 수 있지.]

"에… 그건 또 그렇네. 사장 녀석에게 한번 말이나 해볼까?"

[그래라. 참, 새로운 제조사를 찾는다고 했잖아?]

"아… 맞다. 요즘 바빠서 깜빡하고 있었다. 그것도 말해 봐야지."

그렇게 선애와 내가 가게의 미래를 두고 논의하고 있을 때였다.

딸랑~

문이 열리는 소리와 함께 문에 달아놓은 맑은 종소리가 들려왔다. 점심 먹고 얼마 쉬지도 않았는데 다시 손님들이 몰릴 시간이 된 모양이다.

잠시 쉬는 시간을 이용하여 사라와, 그녀와 같이 갈대 바구니를 만들게 된 중년 부인에게—사라와 그 부인은 따로 작업장을 마련할 필요없이 가게에서 바구니를 만들고 있었다. 손님들의 반응을 보면서 수량 조절이 가능하고 따로 손님들의 주문도 받을 수 있어 좋았다—바구니 만드는 법을 배우던 칸나가 황급히 자리에서 일어나며 인사했다.

"어서 오세요오~!"

그러고 나서야 보이는, 오후 시간의 첫 손님은 정말 뜻밖의 사람들이었다.

"어이, 드레엑……."

무지 난처한 표정으로 주위를 두리번두리번 거리는, 저 약간 어벙한 인상의 남자와 그 뒤를 따라 들어오는, 다시 보고 또 봐도 우는 아이도 뚝 그치게 만들 험악한 인상의 남자는…

"어라? 세상에! 여긴 어쩐 일이십니까?"

칸나의 목소리에 얼른 장부를 덮고 고개를 들던 선애는 익숙한 얼굴에 환한 미소를 보이며 다가갔다.

"정말 오랜만에 뵙습니다. 이제 정식 기사가 되셨겠지요?"

험악한 얼굴 앞에 서며 정식으로 허리를 살짝 숙이며 인사하는 선애에게 드랙 암스트롱은 정중히 고개를 숙여 답했다.

"오랜만입니다, 레이디."

"아하하하… 기사님께 그렇게 불릴 줄은 몰랐는데요. 그냥 편하게 대하세요, 편하게. 모르는 사이도 아닌데."

선애의 말에 드렉이 기다렸다는 듯 말을 놨다.

"그럼 그쪽도 편하게 말하지? 기사라고 부르지 말고 드렉이라고 해. 그쪽 말대로 모르는 사이도 아니고."

역시 얼굴에 비해 성격이 무지 좋은 녀석이었다.

그의 말에 선애는 싱긋 웃었다.

"그럼 드렉님이라고 하죠. 아무리 그래도 저까지 말을 놓을 수는 없는 법이니까요. 시오나는 잘 있나요?"

선애의 말에 드렉이 고개를 끄덕였다.

"이번에 정식으로 엠브라 부인의 하녀가 되었지. 선배 하녀들이 모두 본관 하녀로 이동되는 바람에."

"오오, 그럼 모두 승진이 된 거군요. 정말 잘된 일이네요. 오랜만에 뵈어 무척 반가운데, 차 한 잔 드릴까요?"

선애의 말에 칸나가 얼른 부엌으로 가려는 움직임을 보이자 드렉이 손을 들어 제지했다.

"말은 고맙지만 잠깐 들른 거라… 에… 자네…….."

드렉이 선애를 힐끗 보며 말끝을 흐리자 선애가 얼른 입을 열었다.

"아, 드렉님도 편하게 선애라고 불러주세요."

그에 드렉이 고개를 끄덕이며 말을 이었다.

"그래, 선애를 여기서 만날 줄은 몰랐으니까. 여기서 일하나 보지?"

"예, 운 좋게 여기 관리를 맡게 되었답니다. 그럼… 무슨 볼일이라도 있으신 모양이군요?"

선애의 질문에 드렉은 계속 자신의 옆에서 어정쩡하게 서 있던 사람을 선애 앞으로 끌어당겼다.

"이 녀석 좀 도와주겠어?"

드렉의 갑작스러운 행동에 어버버 하던 남자의 얼굴이 붉어져 어쩔 줄을 몰라 한다.

선애가 당황한 얼굴로 그 남자와 드렉의 얼굴을 번갈아 보는데, 어째 그 남자가 누구인지 모르는 기색이기에 내가 선애에게 친절하게 속삭여 줬다.

[야, 이 남자가 그 루빈스타인 후작가 저택에서 하녀들에게 인기있는 미남 3인방의 마지막 남자야. 맥 루돌프라고, 귀여운 미소로 하녀들에

게 인기 끌었다고 가르쳐 줬잖아. 네가 이름이 루돌프라고 무지 웃었는데, 기억 안 나?」

나의 설명에 선애가 아~ 하는 표정을 지었다.

"아아, 저택에 있을 때 멀리서 한 번 뵌 기억이 납니다. 맥 루돌프 씨지요? 이렇게 직접 뵙게 될 줄은 몰랐군요."

선애의 무지 자연스러운 '아는 척' 하는 말에 나는 비질 웃음이 나왔다.

'아이고… 이제 이 녀석도 장사꾼이 다 됐어.'

선애의 말에 원망의 눈초리로 드렉을 바라보던 맥 루돌프가 어색하게 웃으며 선애에게 시선을 돌렸다.

그 약간 아방하면서도 귀여운, 루빈스타인 저택의 하녀들에게 '누님' 으로서 귀여운 동생을 키우고 싶게 만드는 심리를 마구 일으키는 미소에 힐끔힐끔 보고 있던 칸나를 비롯한 사라와 중년 부인의 뺨이 발그레해졌다.

"아… 저… 어머니께 선물을 좀 드리려고 하는데……."

그에 선애가 생긋 웃어줬다.

"선물을 사러 오셨군요. 여기는 향수 가게이니 물론 향수를 사러 오신 거겠죠?"

"예에… 여기가 가격이 싸고 향수도 괜찮다고 소문이 나서……."

"예, 저희 가게가 비록 작고 향수가 몇 개 없지만, 그래도 향수의 질 하나는 자신있답니다. 이쪽으로 오시겠어요? 우선 향수를 고르시는 게 좋을 것 같군요."

그렇게 말하며 선애가 맥을 향수를 진열해 놓은 진열대로 이끌자 맥이 황급히 손사래를 쳤다. 이런 가게가 처음인 듯 무지 거북스러운 모양이었다.

"아뇨, 저… 그냥 괜찮은 걸로 하나 알아서 골라주시면 안 되겠습니까?"

그러나 그 말을 덥석 들었다가 잘못 골라줘서 나중에 마음에 안 들면 큰일이었다.

"물론 제가 추천은 해드리겠습니다만, 그래도 선물하실 건데 향은 맡아보셔야 하지 않겠습니까? 게다가 저는 어머님의 스타일도 모르니 직접 골라보시지요. 그냥 편하게 어머니께 이 향이 났으면 좋겠다… 하는 걸로 골라보세요."

선애의 권유에 맥이 불만 어린 표정으로 주춤주춤 진열대로 다가가자 선애가 그 뒤에 가만 서 있는 드렉에게도 말했다.

"아, 드렉님도 한번 골라보시겠어요? 저희 가게에서 남자 향수를 판매했다면 제가 드렉님께 선물을 드릴 텐데, 여기는 여자 향수뿐이라 아쉬운 대로 시오나에게 선물을 좀 하고 싶은데요. 시오나에게 어울릴 거 한번 골라보시겠어요?"

선애의 권유에 드렉이 순순히 고개를 끄덕였다.

"아니, 시오나 건 내가 사도록 하지."

"그러시면 저야 좋지만, 저도 하나 선물하고 싶으니 드렉님이 고르시는 거 말고 하나 더 골라야겠군요."

[야야, 시오나 거 챙기는 김에 에밀리 거하고 달시 것도 챙겨라.]

내 말에 선애가 보일 듯 말듯 살짝 고개를 끄덕였다.

맥은 어정쩡하게 향수의 향을 맡아보더니 그래도 두 개를 골라내고는 선애의 권유를 받아 그중 하나를 선택했다. 향수병은 그나마 향수보다 고르기 쉬웠던지 그래도 제법 비싼 은화 일곱 개짜리를 고르는 거였다. 그런 그에게는 직사각형 모양의, 초록색으로 염색된 종이 상자에 잘 포장해 주고 그에 어울리는 하얀 리본까지 매어주자 거북스러워하는 표정 가운데에 만족해하는 빛이 보였다.

그런 그는 잠시 옆에 치워두고, 드렉의 품에는 맥에게 준 것 못지않게 예쁘고 잘 포장된 꾸러미를 네 개나 안겨줬다. 하나는 드렉이 시오나에게 선물하는 것, 그리고 나머지 세 개는 선애가 시오나, 달시, 에밀리에게 선물하는 것이었다.

드렉은 시오나 선물은 자기가 산다고 했지만, 선애도 자기가 하고 싶은 거라고 극구 우겨서 드렉은 결국 시오나의 향수 하나 값만 계산했다.

모두 예쁜 유리병에, 그것도 은화 다섯 개짜리에 담은 거라 선물 값이 이 둘에게 판매한 것보다 더 많았지만 그래도 선애는 무척이나 기분이 좋아 보였다.

"정말 감사합니다. 제가 직접 선물을 가지고 찾아가야 하는데 대신 가져다주신다니… 그 대신… 이라고 할 것까지는 없고, 오랜만에 드렉 님을 뵈어서 제가 너무 기쁘니 두 분께 가격을 좀 깎아드리도록 하죠."

여자들은 이렇게 가격을 좀 깎아준다고 하면 무지 좋아하는데 남자들은 그렇지 않은 모양이다.

"괜찮아."

"아, 아뇨, 선물인데 그냥 제값을 내겠습니다."

선애가 기껏 인심 써서 깎아주겠다고 하는데도 거부하는 남자들을 보고 이해가 안 간다는 표정이었지만, 그것도 잠시였다. 그냥 제값을 다 낸다는데 싫어하는 상인이 어디 있으랴.

그리하여 선애는 다시 방긋방긋 웃으며 '뭐, 두 분 의향이 그러시다면야…' 하면서 제값을 다 받고는 큰일을 해낸 듯한 표정을 지으며 잽싸게 밖으로 나가는 맥과 그 뒤를 따르는 드렉을 현관 문밖까지 나가서 배웅했다.

[헤에~ 그러고 보니 저 둘이 이 가게 처음 남자 손님이네. 선애 네가 맡은 뒤로 말이야. 그런데 맥 루돌프하고 드렉하고 친구였나 보네?]

그렇게 멀어져 가는 드렉을 보면서 나는 언제나 다시 저 무서운 얼굴을 보게 될까나… 생각했다.

그런데 이게 웬일?

보더라도 아주 오랜 시간 후에나 볼 거라고 예상했던 드렉이 5일 만에 다시 가게를 찾은 것이었다. 이번에는 맥이 아니라 동료로 보이는 기사들 세 명을 데리고 말이다.

"어서 오세요~!"

언제나 발랄한 칸나의 인사를 들으며 가게 안으로 들어선 드렉은 선애를 보더니 살짝 고개를 까딱이며 먼저 인사를 해왔다.

"드렉님, 어서 오세요."

생각지도 못한 그의 등장에 선애 또한 놀란 모양이었지만, 그와 함께 무척이나 반갑다는 표정으로 그를 맞았다.

"아아… 시오나가 무척이나 고맙다고 전해달라는군. 향수 잘 쓰겠다고. 그리고 그 선배 하녀들도."

"아하하하, 기쁘게 받아줬다면 저야 고마운 일이죠. 혹시 향수를 다 쓰면 언제든지 향수 병을 가지고 오라고 전해주세요. 얼마든지 리필을 해준다고."

"훗, 그러지. 아, 그리고… 같이 일하는 선배님들이 여자에게 선물할 게 필요하다고 해서 모시고 왔는데……."

[오오… 무지 기특한데?]

시오나의 청인지 아니면 드렉 혼자의 생각인지 모르겠지만, 그는 부인 혹은 애인, 아니면 가까운 여성 가족에게 선물해야 할 사람들을 데리고 온 것이다.

맥 정도까지는 아니었지만, 그래도 꽤나 어색해서 불편해하는 사람들에게 선애는 빨리 고르게 해주는 게 좋을 거라는 생각이 들었는지 그들에게 선물할 사람의 연령 대를 물어 자신이 먼저 몇 개를 추천해 줬다. 그리고 그에 잘 어울릴 것 같은 디자인의 유리병까지도 몇 개 골라서 그들 앞에 내놓자 그 기사들이 무지 고마워했다. 거기에 포장 또한 그들에게 묻는 대신 선애가 알아서 척척 해주자 기사들은 많은 돈을 척척 내놓았다. 아무래도 이렇게 선물을 골라본 경험이 없는지 모든 과정이 재빠르게 끝나자 그게 무척이나 좋았던 모양이다. 뭐, 그게 아니라고 하더라도 남자들은 쇼핑할 때 이것저것 요모조모 따져 보기를 별로 안 좋아한다고 하지 않던가.

전에 맥이 향수를 사 가지고 간 뒤 선애와 남자들의 쇼핑에 대해서 잠깐 이야기를 한 적이 있었는데, 꼬맹이가 그걸 잘 기억해 뒀다가 이 기사들에게 최대한 불편해하지 않도록 배려해 준 모양이다.

'오오… 가면 갈수록 점점 더 능숙해지는 것 같아.'

그 후로도 드렉이 또 시오나의 향수를 리필한다는 핑계로 다른 기사들을 데리고 한 번 더 방문해 준 후에는 띄엄띄엄 남자 손님들이 가게를 찾기 시작했다. 처음에는 후작가에 근무하는 기사들이 대부분이었는데, 그 소문이 퍼졌는지 일반 남자 고객들도 하나둘 늘기 시작했다.

[야… 아무래도 드렉에게 선물 한번 해야 하지 않을까?]

"으음… 그래야겠어. 그리고 이 기회를 빌어서 남자 향수도 들어놓자고 한번 해봐야지."

[그것도 좋겠지. 그러면 여자들도 남자 선물 살 수 있을 테고 말이야.]

하지만 이런 가게를 번창시킬 좋은 제안을 하고 싶어도 막상 제안받을 사장 녀석이 보이지 않으니 할 수가 없었다. 선애가 가게를 다니기 시작할 때부터 가게 일에는 전혀 신경을 안 쓰면서도 줄기차게 얼굴 도장은 찍었던 녀석이었는데, 뭔 일인지 막상 필요할 때에는 가게에 출근도 안 하는 거였다.

"뭐냐, 이 인간. 정작 필요없을 때는 줄기차게 나타나더니 필요할 때는 코빼기도 안 보여?"

[그러고 보니… 요 며칠 계속 안 왔던 것 같은데?]

기억을 더듬으며 중얼거리자 선애가 여전히 투덜거리는 어조로 대꾸했다.

"그건 나도 알고 있었어. 하지만 그 인간이 필요없으니 가만히 있었던 거지. 아씨, 이럴 줄 알았으면 전에 억지로라도 향수 제조사를 알아두는 거였는데……."

선애 말대로 향수 제조사만 알고 있었다면 벨타이거를 기다릴 필요 없이 직접 향수 제조사를 찾아가 부탁하면 될 터였다. 만약 그 제조사에서 안 되겠다고 한다면 양해를 구하고 다른 제조사를 찾아볼 수도 있고 말이다. 정보를 다루는 길드가 아니라고 하더라도 자스민이 있으니 다른 제조사를 찾는 건 어려운 일이 아니었다.

그런데 문제는 지금 거래하고 있는 향수 제조사였다.

생각 같아서는 벨타이거 하고만 직접 거래한다고―벨타이거가 해준 말이다―선애에게는 정체를 감추는 그 제조사를 무시하고 다른 곳을 찾고 싶었지만, 그래도 그건 너무 예의가 아니었기 때문에 참는 수밖에 없었다. 그래도 그곳 향수 때문에 향수가 싸고 훌륭하다는 이미지를 고수하고 있는데, 거기서 기분 나쁘다고 거래를 끊으면 선애만 불리하기 때문이었다.

사실 캐더린이나 자스민이 해준 말이 아니라고 하더라도 이 도시에 있는 괜찮다는 향수 가게는 다 돌아본 선애로서도 이 정도 수준의 향수 값이 은화 20개 정도라면 싼 가격이라는 걸 알고 있었다. 계속 이렇게 싼값으로 향수를 공급해 준다면 정체를 알지 못하는 것쯤이야 얼마든지 감수할 만하다고 선애 스스로 말한 적도 있었으니 말이다.

그런데 그놈의 비밀스러운 정체가 지금 문제였으니…….

"아… 젠장, 전혀 도움이 안 되는 사장 녀석 같으니라고. 도대체 어디 있기에 코빼기도 안 비치는 거지? 이거 집도 모르니 쳐들어갈 수도 없고."

[저기… 휴에게 그의 정체를 물어보는 게 어때? 휴가 만약 필요하다고 생각된다면 그의 정체를 가르쳐 주겠다고 했잖아. 아니면 집 주소만이라도 가르쳐 달라고 하던가. 만약 그가 안 된다고 하면 내가 찾아볼게.]

내 말에 선애가 나를 빤～히 쳐다보더니 그제야 알아챘다는 듯 고개를 끄덕였다.

"맞다! 언니가 있었지?"

[뭐냐, 너. 내가 있다는 걸 되게 자주 잊어버리는 것 같다?]

선애의 말투에 내가 약간의 서운함을 느끼며 중얼대자 선애가 쓰게 웃었다.

"아니, 그게 아니라 언니가… 음… 지금 특별한 처지라는 걸 계속

잊고 있어."

선애의 말이 뭔 말인지 못 알아들을 내가 아니었다. 그리고 그 말 때문에 선애에게 가졌던 서운함이 한순간에 사라졌다는 건 두말할 필요도 없었다.

[짜슥.]

그런데 정말 황당하게도 코빼기도 안 보여서 선애의 심기를 상하게 했던 벨타이거가 그 다음날 떠억 하니 나타난 것이었다. 문제는 하루 일과를 끝마치고 선애를 비롯한 일행이 가게 문을 닫고 마약 집으로 돌아가려 할 때 나타났다는 거지만. 게다가 그는 오자마자 선애에게 커다란 봉투를 척 맡긴 다음에 '잘 부탁해'라는 한마디만 남기고는 선애가 뭐라 말할 틈도 주지 않고 그대로 몸을 돌려 걸어가 버리는 것이었다.

"이봐요, 사장님!!"

선애가 그의 뒤를 따라가며 그를 소리쳐 불렀지만, 황당하게도 그는 대기하고 있던 영업용 마차를 타고 가버렸다.

"뭐, 뭐야, 저 인간……."

그에 닭 쫓던 개가 되어버린 선애가 기가 막힌 표정으로 저 멀리 사라지고 있는 영업용 마차만 노려보며 중얼거리기에 내가 물었다.

[쫓아가 볼까?]

그에 선애가 뒤를 힐끔 보고는―아마 사라와 칸나를 살펴본 듯―작게 속삭였다.

"됐어. 어차피 휴를 만날 테니 휴에게 물어보지 뭐."

그 말도 일리가 있다는 생각에 순순히 선애의 뒤를 따라갔건만,

"미안하지만 선애가 조금 참고 기다리면 안 될까?"

믿었던 휴가 선애의 기대를 저버리고야 말았던 것이었다아~

단박에 거절하는―물론 말은 부드럽게 우회하고 있었지만…―휴의 말에 선애의 눈썹이 꿈틀거렸다.

"정체를 다 말해 달라는 것도 아니고, 단지 연락하겠다고 집 주소 좀 가르쳐 달라는 건데 그것도 안 된다는 거예요?"

선애의 심기가 안 좋았던 터라 말도 약간 딱딱해졌다.

하지만 선애의 심정을 잘 헤아리는 것인지 휴는 변함없이 미안한 미소를 지으며 말했다.

"그게… 벨타이거 씨의 집을 알면 그의 정체를 금방 알아차릴 수 있거든."

'집을 알면 정체를 알아차릴 수 있다라… 집이 대단한가 보군? 마치 후작가의 저택에 살면 후작가네 집 사람이라고 생각하는 것처럼. 어허라? 그럼 벨타이거도 혹시 그 비슷한 수준의 사람이었던가?'

이럴 줄 알았으면 아까 그냥 쫓아가 볼걸… 하고 덧붙여서 생각하고 있는데, 휴가 꾸욱 입만 다물고 있는 선애를 달래기 위함인지 다시 입을 열었다.

"지금 벨타이거 씨 상황이 좀 복잡하거든. 무슨 일인지는 모르겠지만, 선애가 지금 간다고 해도 그와 제대로 이야기하기도 어려울걸?"

"흠… 그냥 제가 알아보지도 말고 가만히 기다리라는 말씀이죠?"

선애의 말에 휴가 씨익 웃었다.

"오, 역시 내가 보는 눈이 있다니까. 급한 거 아니면 조금만 기다려 주라. 만약 이번 상황을 잘 해결하고도 벨타이거가 선애에게 협조를 잘 안 해 준다면 내가 그와의 관계를 끊는 한이 있더라도 벨타이거의 정체를 알려줄게."

이건 내 생각인데, 아마 지금 벨타이거 녀석이 처해 있는 상황만 해결되면 벨타이거와의 계약 관계가 끝나는 것 같았다. 그 후에 새로 계약을 하든지 아니면 관계를 끊든지 하겠지.

'그렇다는 건, 지금 벨타이거 녀석이 처해 있는 상황이 정보 길드를 절실하게 필요로 하는 상황이라는 거네?'

휴의 말이 사실이라면 내가 애써 움직여서 벨타이거 녀석의 집을 알아내도 아무런 소용이 없을 것 같았다.

하지만 그래도 나는 알아둬야 하지 않을까 싶었다. 벨타이거가 아무리 가게의 모든 운영권을 선애에게 넘겨줬다고 하더라도 엄연히 사장은 벨타이거였고, 가게의 소유자 또한 그였으니 만약 그에게 뭔 일이 생긴다면 그동안 선애가 열심히 해왔던 게 홀랑 날아가 버릴지도 모르기 때문이다. 선애에게 말해 둘까 싶었지만, 휴를 믿고 있는 선애는 그만두라고 말할지 모르는 일이었기 때문에 나는 그냥 혼자 알아보기로 했다.

그리하여 그날 밤부터 나는 선애가 잠든 사이 밖으로 나가 커다란 저택부터 골라서 일일이 다 뒤져 보기 시작했다. 무식한 방법이긴 했지만, 달리 뾰족한 수가 없었다. 내가 할 수 있는 유일한 방법이었으니 말이다.

그러나 이 방법은 시간이 너무나 오래 걸리는 일이었기 때문에 나는 한 달이 다 되도록 벨타이거 녀석의 집을 찾지 못했다. 이 도시의 지리나 도시에 거대한 저택이 몇 개나 있는지, 또 어디가 누구의 소유인지 조금도 알 수 없는 나로서는 어쩔 수가 없는 일이었다. 그나마 위안이라면, 그 주변을 줄기차게 돌아다녀서 어느 정도 이 도시의 지리에 익숙해졌다는 걸까나?

　그동안 선애는 벨타이거를 만나기만 해봐라… 하고 벼르고 있었지만, 벨타이거의 상황이 녀석을 엄청 바쁘게 했는지 휴에게 전해줄 종이 봉투를 선애에게 가지고 온 뒤로는 다시 코빼기도 보이지 않고 있었다.

　그 즈음 지구가 다시 그 아름다운 모습을 서서히 잃어가면서 더운 여름이 시작되었다.

　나야 겨울이 오든 여름이 오든 별 느낌이 없었지만, 선애의 인상이 서서히 찡그려져 가는 걸 보면 높은 기온이 꽤나 짜증스러운 모양이다. 그렇지 않아도 보이지 않는 벨타이거 녀석 때문에 기분이 안 좋은데, 거기에다 더위까지 선애의 신경을 긁자 그렇지 않아도 더러운 성격이 언제 터질까 조마조마했다.

　"아아… 이거 바다 옆이라 그런지 습도는 높은데 도시 안에 가게가 있어서 그런지 바람은 적고."

　목덜미에 방울방울 솟아나는 땀을 신경질적으로 닦아내며 선애가 투덜거렸다.

　휴네 집이나 루빈스타인 후작가 저택이나 모두 언덕 위에 있어서 그런지 여름에 문을 열어놓으면 살랑살랑 바람이 잘 들어왔는데, 시내 변두리에 위치한 가게는 그런 것도 없었다. 해변가에 있는 가게들은 바람이 잘 들어올지도 모르지만, 가게가 위치한 곳은 해변에서 멀어도 너무 멀었던 것이다.

　그러한 환경 속에서도 여전히 손님들을 상대할 때는 상냥하게 대해야 했으니 선애로서는 더욱더 짜증스러운 일일 것이다.

　"하아~ 루빈스타인 후작가 저택은 시원했는데… 특히나 그 자작이라던 후계자 녀석 사무실이 시원했지. 돈이 많아서 뭔가 조치를 취한 걸까나?"

점심 시간, 입맛이 별로 없는지 거의 먹지 않고 의자에 축 늘어지다 시피 앉아 있던 선애가 푸념하듯 중얼거리자, 그 더위에도 아랑곳 않고 열심히 바구니 만드는 법을 익히던 칸나가 지나가듯 선애의 말을 받았 다.

"돈이 많으면 마법 물품으로 시원하게 했겠지요. 돈만 있다면야 그 비싼 마법 물품도 살 수 있는 거잖아요."

칸나의 말에 축 늘어져 있던 선애의 눈이 번쩍 떠졌다.

"마법?"

그러자 오히려 선애의 반응이 당황스러웠던지 칸나가 얼떨떨한 표 정으로 고개를 끄덕거렸다.

"예에… 부잣집에서는 마법으로 더운 여름을 시원하게 하기도 하고 한여름에도 얼음을 만들어 먹기도 하고 그런다던데요?"

그녀의 말에 선애가 자리에서 벌떡 일어났다.

"맞아, 그 수가 있었구나! 내가 왜 그 생각을 못했지?"

희색이 만연해진 선애는 그날 당장 집으로 돌아가 자스민을 붙들고 마법사를 만나게 해달라고 부탁했다.

"갑자기 왜?"

"너무 더워서요. 가게를 시원하게 만들 마법이라든지, 에… 그 마법 물품이라든지 하여간 뭔가를 구할 수 있을까 싶어서요."

선애의 말에 자스민이 이해했다는 듯 고개를 끄덕였다. 아마 그녀도 요즘 들어 더위 때문에 짜증스러워하는 선애를 눈치채고 있었던 모양 이다.

"마법 물품을 사용하면 좋기야 하겠지만, 가격이 어마어마하다고 하던데.”

칸나의 비싸다는 말에는 그런가 보다라고 생각했지만, 자스민까지 비싸다고 하자 무시하지 못하겠는지 선애가 잠시 망설였다.

“어느 정도나요?”

“글쎄… 나도 직접 사보지는 않아서 잘은 모르겠지만… 그런데 그렇게 절실해?”

“너무너무 절실해요. 제 전 재산의 절반을 달라고 해도 기꺼이 주고 싶을 정도예요.”

절절한 선애의 말에 자스민이 풋, 하고 웃었다.

“저런, 무지 견디기 힘드나 보네. 하기야 여기보다 가게가 좀 덥지?”

“좀이 아니라고요. 어쨌든 부탁드릴게요. 최소한 알아보기라도 하죠 뭐.”

선애의 말에 자스민이 생긋 웃었다.

“그래, 그래, 선애가 그렇게 부탁을 하니… 게다가 마법사가 없는 것도 아니고 말이지.”

그렇게 해서 선애는 다음날 손님이 없는 점심 시간을 이용해 가게는 칸나와 사라에게 맡기고—사라에게는 미안한 말이지만, 칸나가 워낙 빠릿빠릿해서 선애는 망설임없이 칸나에게 잠시 가게를 맡길 수 있었다—자스민이 가르쳐 준 마법사를 찾아 나섰다.

자스민이 알려준 마법사는 선애도 알고 있는 사람이었다. 전에 두 번이나 선애를 테스트하러 왔고, 선애를 자기 제자로 삼고 싶어 했던 바로 그 마법사였으니 말이다. 자스민이 가르쳐 준 건 그 마법사가 살고 있는 곳하고 이름뿐이었다.

그 마법사는 도시 어디에서도 볼 수 있는, 고만고만한 도시의 건물들 틈에서 위로 툭 튀어나온 높은 탑에 살고 있었는데, 알고 보니 그 탑이 바로 이 도시 마법사 길드의 건물이라고 했다.

정보 길드 소속이 아니라 협력자였던 그 마법사는 마법사 길드의 탑에서 거주하며 연구하고 있었는데, 그의 전공은 마법 물품을 연구, 설계하여 만드는 것이라고 했으니 선애가 원하는 조건은 따악 갖춰져 있었다. 단지 이번에 또 만난다면 선애보고 마법을 배울래 어쩔래 하고 들러붙을까 봐 문제였지만.

멀리서 봐도 높다는 걸 알 수 있었던 그 탑은 가까이서 보니 생각보다 더 높아 보였다.

[우와~ 높다. 우리가 살던 아파트보다 더 높은 것 같아. 대충 30층 되려나?]

"더 높은 것 같은데."

정확히는 35층이란다. 그리고 우리가 찾는 마법사가 거하는 곳은 10층.

안으로 들어가니 마치 한국의 호텔에라도 온 것처럼 데스크가 있었고, 데스크에는 30대 초반으로 보이는 마법사가 앉아 있었다. 그런 그에게 마법사 이름을 대면서 찾으러 왔다고 하자 친절하게 계단을 가르쳐 주면서 10층에 가보라고 하는데… 하는데……

"제, 젠장… 헉헉, 있으려면… 헉… 좀… 헉… 낮은 곳에나… 헉 헉… 있을 것이지… 여긴… 헉… 엘리베이터도… 헉… 없냐?"

[그래서 대신 내가 업어주고 가잖냐.]

처음 나선형으로 위로 올라가는 길~다란 계단을 보며 암담한 표정을 짓던 선애는 결국 9층까지 올라오곤 주저앉았다.

하기야 힘들긴 힘들었을 거다. 이 녀석이 언제 10층짜리 계단을 올라가 봤겠는가. 루빈스타인 저택에 있어도 많이 오르내려 봐야 5층이었고, 그것도 어쩌다 한 번씩이었을 뿐이니.

그래 마지막 한 층은 내가 선애를 업고 올라가는 중이었다.

그나마 계단을 사용하는 사람들이 없어서 다행이었지, 안 그랬으면 내가 이렇게 업지도 못했을 거다.

"어라, 네가 여긴 웬일이냐?"

10층에 도착해 널따란 복도 양옆으로 띄엄띄엄 일정한 간격으로 있는 문에 달린 패를 확인하고 문을 두드렸다. 그러자 한참 후에야 문이 열리며 낯익은 얼굴이 빼꼼히 나오더니 선애를 발견하고는 의아한 표정으로 물었다. 그러면서도 문을 열고 들어오라는 말은 해주는 마법사였다.

"호오, 설마 갑자기 마법에 흥미가 생겨 제자로 받아달라고 온 건 아닐 테고… 아, 혹시 마법 물품이 필요해서 온 거냐?"

그의 말에 선애가 놀란 눈빛을 잠시 보이더니 배시시 웃으며 고개를 끄덕였다.

"우와, 정말 잘 아시네요. 어떻게 아셨어요?"

"그거야 척 하면 착이지. 그래, 뭐가 필요한데?"

"방 안을 시원하게 해주는 장치요. 차가운 바람이 불게 한다든지, 온도를 낮춰준다든지 하는."

담백한 마법사의 태도에 선애는 편안한 표정으로 입을 열었다.

그 둘의 대화를 보자니 이야기가 잘 통할 것 같아 나는 둘의 대화에 관심을 끄고는 안을 둘러보았다.

문을 열자마자 보이는 게 바로 작업실이었던지, 아주 커다란 방에는 한쪽 벽면을 꽈악 채운 책장과 그 책장으로도 모자라 바닥에까지 자리를 잡은 수많은 책들이 보였다. 그리고 그 반대편 벽면을 채우는, 내가 졸업한 대학 식당 주방에나 있을까 한 무지 커다란 넓이를 자랑하는 테이블이 있었다. 그것도 직사각형이 아니라 'ㄷ'자 형으로 제작되어 벽면 하나를 온전히, 그리고 두 개의 벽면은 반쯤 차지하고 있는 거였다. 그런데 그것만으로는 모자랐는지 공간 가운데에도 제법 큼직한 탁자가 버티고 있었고, 그러한 탁자들 위에는 여러 가지의 용도를 모를 신기한 물품들이 잔뜩 어질러져 있었다.

우리가 들어온 문 반대편에는 좀 작은 문이 있어서 그쪽으로 가보니 그곳은 화장실이 딸린 침실이었다. 거기에도 책장과 책상이 마련되어 있었고, 책들이 마구 어지럽혀져 있었다.

남의 침실을 자세히 살피는 건 좀 실례인 것 같아서 거기는 그냥 한 번 훑어보기만 하고는 다시 작업실로 온 나는 작업대 위에 있는 물품들을 구경했다.

그런데 거기에서 내 눈을 화악 잡아끄는 것이 있었으니…

중심체가 되는 것은 동그랗고 검은 구슬이었다. 어렸을 때 흔히 가지고 놀던 유리 구슬만한 크기의 그것은 가운데에 고정되어 있었는데, 그 주위를 그것과 똑같은 크기와 색을 가진 구슬이 뱅글뱅글 돌고 있었다.

허공에 떠서 말이다.

물론 아무것도 연결되어 있지 않은 건 아니고, 중심을 잡고 있는 구슬을 고정시키는 금속 대와 연결된 가느다란 철사 같은 것이 'ㄴ'자 모양으로 꺾인 모습으로 뱅글뱅글 도는 구슬을 잡고 있었다.

그 모습을 보자마자 생각나는 건 태양계.

마치 태양의 주위를 돌고 있는 지구의 모습을 보는 것 같아 반가운 마음까지 들 정도였다.

그에 거의 자동적으로 선애에게도 보여주고 싶어서 선애를 부르려던 나는, 난처한 표정을 하고 있는 선애의 모습에 잠시 멈칫거렸다.

"에… 그래도 좀 비싼 게 아닌가 싶은데……."

선애의 말에 마법사가 어깨를 으쓱해 보였다.

"미안하지만 그게 최대로 깎아준 거야. 나도 그냥 재료비만 받는 거라고."

"음… 그래도 금화 30냥이라니……."

"네가 원하는 대로 시원한 바람을 불게 하거나 기온을 낮추려면 마법진을 그리고, 그 마법진을 움직일 동력인 마법석도 달아야 해. 마법진이야 그냥 내가 그려준다고 쳐도 세 달 동안 계속 쓸 마법석 값이 그 정도인걸."

"그럼 바람만 불게 하는 건……."

"그것도 비슷하게 들어. 마법진이 좀 작아지는 것뿐이지."

더위를 식힐 수만 있다면 자기가 가진 재산의 절반이라도 내놓는다고 말한 선애였지만, 금화 30냥은 절반이 훨씬 넘는 돈이었다.

게다가 그게 아니라고 해도 단 세 달 쓸 건데 금화 30냥을 쓴다는 건, 돈이 너무 많아서 주체를 못하는 사람이 아니고서야 절대 못할 일이 아닐까 싶다.

"하아… 금화 15냥 정도면……."

선애의 말에 마법사가 잠시 고개를 갸웃거리더니 말했다.

"그 정도라면 옷에 걸어줄 수 있는데. 더위나 추위에 크게 구애받지 않을 수 있고, 금화 다섯 냥 정도면 충분해. 그 정도면 1년 정도는 사용할 수 있을 거다."

그 마법석이 뭔지는 모르겠지만 엄청나게 비싸긴 비싼 모양이다. 금화에서 노니 말이다.

어쨌든 그 마법사의 제안이 마음에 들었던 듯 선애의 안색이 활짝 펴졌다.

"그렇습니까? 그건 마음에 드는군요."

"그럼 그걸로 할 테냐? 그러면 네가 좋을 망토를 가지고 오너라. 망토까지 내가 마음대로 고를 수는 없는 거 아니겠냐."

마법사의 말에 활짝 펴졌던 선애의 안색이 얼어붙었다.

"망… 토요?"

"그래, 망토. 설마 일반 옷에다 해달라는 건 아니겠지? 그런 건 면적이 너무 좁아서 마법진을 새기기가 어려워. 옷에다 마법을 걸 때는 망토만큼 좋은 건 없지. 아니면 나보다 대단한 마법사라면 몰라도."

"에에… 난처하네요."

일할 때 더위를 피하기 위해 여길 찾아온 건데, 망토를 입고 향수 가게를 운영할 수는 없지 않은가.

그에 선애의 인상이 미미하게 찌푸려졌다.

그걸 본 나는 선애를 불렀다.

[선애야, 이쪽으로 와봐.]

나의 부름에 선애가 슬며시 고개를 돌렸지만, 얼굴에는 '별거 아닌 일이면 가만 안 있을 거야'라는 메시지가 분명하게 드러나 있었다.

[이리로 와보라니까. 아마 이거면 네가 원하는 걸 만들 수 있을 거다.]

그에 선애가 주춤주춤 다가오자, 나는 제일 관심있게 지켜보던 걸 손으로 가리켜 보였다.

[야, 여기다가 선풍기 날개만 달면 딱일 것 같지 않냐?]

내 말과 함께 뱅글뱅글 돌아가는 두 개의 검은 구슬을 바라보던 선애가 눈을 빛내며 마법사를 돌아보았다.

"저기요."

하지만 선애의 원은 단박에 이룰 수가 없는 거였으니…….

우선 이 세계에는 선풍기 날개 같은 프로펠러가 없었던 모양이다.

선애의 설명에도 잘 이해 못하는 마법사를 위해 종이다 그림을 그려줬지만, 그것도 몰라 하기에 그곳에 있는 여러 부품들을 대충대충 가져다가 대략 날개가 세 개 달린 프로펠러 엇비슷하게 만들어 보여줬다.

하지만…

"이상한 물건이군. 그런데 이게 바람을 일으킨다고? 부채도 아닌데 어떻게 그럴 수가 있지?"

라고 물으며 모르겠다는 표정을 짓는 마법사를 위해 또 급조된 프로펠러의 중간을 잡고 다다다 손으로 돌려 바람을 일으키는 시범을 보여줬던 것이다.

그 모습에 마법사가 놀라워했다는 건 넘어가고, 그렇게 해서 내가 본 것과 선애가 급조한 프로펠러를 합체(?)하여 선풍기를 만들 수 있을 거라고 기대를 했건만… 그놈의 검은 구슬들은 선애의 기대에 못 미친다는 게 문제였다.

가만 냅두면 잘만 뱅글뱅글 돌아갔는데, 이 돌아가는 힘이 강하지 않았기에 급조된 프로펠러를 붙였더니 돌아가기는커녕 꼼짝도 못하는 것이었다.

그리하여 좀 더 작고 가벼운 걸로 붙이길 여러 차례, 결국 돌아가게 되기는 되었는데 프로펠러의 크기가 내 손바닥 두 개 정도를 합쳐 놓은 크기에, 그것도 힘에 부쳤는지 돌아가는 속도가 극히 느려 선풍기의 '미풍' 속도의 절반도 못 미치는 것이었다. 그래도 대충 약하게 바람은 불어오기야 오는데, 그 정도로는 선애를 흡족하게 할 수가 없었다.

새로운 발견(?)에 흥분해서 어쩔 줄 몰라 하는 마법사와는 반대로 선애와 나는 한숨만 푹푹 내쉴 뿐이었다.

그나마 좀 나은 건, 그 마법사가 '프로펠러'를 가르쳐 준 걸 무지무지 고마워하며 공짜로 선애가 흡족해할 만한 선풍기를 만들어주겠다고 한 거랄까? 문제는, 그놈의 선풍기가 언제나 만들어질지 도르겠다는 거지만.

마치 공전하는 지구처럼 뱅글뱅글 도는 두 개의 구슬은 마법사가 우연히 만들어낸 마법 물품이라고 했다. 재미있어서 자꾸 돌아가게 만들기는 했는데, 쓰임새를 생각 못해서 아직 제대로 된 연구는 하지 않았다는 게 문제였다. 그걸 언제 연구해서 선애가 흡족할 만큼 힘센 녀석으로 만든단 말인가.

결국 선애는 기껏 왔는데도 흥분해서 당장이라도 연구에 들어가고 싶어 하는 마법사에게 반 강제로 떠밀리다시피 해 아무 소득도 없이 방을 나와야 했다.

C **h a p t e r** 15

기대했던 마법사에게서 아무런 성과도 없이 돌아오자 선애는 다시 더위 속에서 일을 해야 하는 현실에 처하게 되었다. 그나마 녀석이 종업원이 아니라 고용주의 입장이라서 다행이었지, 만약 고용인이었다면 녀석의 짜증은 크게 한 번 터지고도 남았을 거다.

'그래도 칸나나 사라에게 짜증을 안 부리는 게 용하지.'

더위 속에서도 손님들을 상냥하게 맞이하는 칸나와 땀을 흘리면서도 묵묵히 일하는 사라를 바라보며 나는 속으로 중얼거렸다.

그리고 보니 칸나는 이곳에서 태어나 자라서 그런지 더위 때문에 별로 힘들어하지 않는 것 같았다.

게다가 덥다고 손님들이 줄어드는 것도 아니고.

아니, 오히려 좀 더 는 것 같다. 가게의 소문이 나서 그런 건지, 아니면 여름이라 땀 냄새를 숨기고 싶어 하는 사람들의 심리 때문에 그런 건지 모르겠지만 말이다.

'오오, 여름이라서 향수가 많이 팔리는 거라면 방향제나 공기 청정제 같은 것도 잘 팔리겠다. 나중에 선애에게 말해 봐야지.'

스스로 생각해도 기특하게 가게의 미래를 위하여 열심히 아이디어를 짜내면서 나는 선애가 일하는 것을 구경하고 있었다.

그러는 동안 시간이 흘러 어느새 저녁이 가까워졌고, 가게도 문 닫을 시간이 되었다.

그에 모두들 '오늘도 보람찬 하루를 보냈다' 하는 표정으로 슬슬 가게 안을 정리하기 시작하는데, 더위 때문에 활짝 열어놓았던 가게 문 안으로 어디서 많이 봤던 얼굴이 불쑥 들어왔다.

"여어, 더운 날씨에 고생들 하는군?"

그리고 익숙한 목소리가 들리자마자 선애의 인상이 파악 찡그려지며 눈초리가 살벌하게 빛났다.

그 목소리의 주인공이 바로 벨타이거 녀석이었기 때문이다.

"웬일이세요?"

녀석에게 향수 제조사를 알아내든지 아니면 녀석에게 부탁해서 말을 전달하든지 해야 하는 입장이었지만, 그래도 녀석이 얄미운 건 어쩔 수 없었는지 선애의 입에서는 차가운 말이 튀어 나왔다.

그러나 그에 움찔거릴 벨타이거가 아니었다. 녀석은 눈 하나 깜짝 안 한 채 여전히 싱글싱글 웃는 얼굴로 선애에게 다가왔다.

"어이, 오랜만에 보는데 너무 쌀쌀 맞잖아?"

그의 말에 선애의 눈썹이 꿈틀거렸다.

"웃기시는군요. 언제 사장님과 제 사이가 만나기만 하면 생글생글 웃어줄 정도로 친밀한 사이였던가요?"

"어어, 너무하네. 나는 그 정도로 친밀한 사이라고 생각했는데."

능청맞은 벨타이거의 말에 선애가 코웃음으로 응답했다.

"착각이 심하시군요. 조심하셔야겠네요, 착각은 노망의 지름길이라던데. 노망들기 전에 이 가게나 얌전히 저에게 넘겨주셨으면 하는 소망이 있는데요."

그러면서 선애가 씨익 웃는데, 왠지 짜증스러운 요즘 스트레스를 풀 기회를 잡았다 싶은 모양이었다.

그런데 참으로 안타깝게도, 벨타이거 녀석은 지금 선애와 말싸움을 즐길 생각이 없나 보다.

"나쁘지 않지."

뜻밖의 말에 말싸움을 본격적으로 할 태세를 갖추던 선애가 멈칫하더니 의심 가득한 얼굴로 벨타이거를 천천히, 그리고 샅샅이 훑어보기 시작했다.

"뭐 잘못 드셨어요? 상한 거 먹어서 배탈이라도 났나 보죠?"

평소 가게의 모든 일에는 관심도 없는 주제에 가게 소유권만은 꼬옥 쥐고 안 내놓으려고 하던 놈의 입에서 긍정적인 대답이 나왔으니 의심이 가는 건 당연했다.

"에이, 설마… 나는 이제껏 배탈이란 게 나본 적이 없다고. 어쨌든 가게 소유권에 관심이 많으면 나랑 진지하게 이야기해 보지 않겠어?"

그의 말에 선애의 눈썹이 꿈틀거리더니 옆에 있던 날 힐끔 바라보았다. 나 또한 선애의 눈길을 심각한 표정으로 받았다.

[으음… 드디어 벨타이거 녀석에게 가게가 필요치 않은 시점이 왔나 보네.]

어차피 언젠가는 이런 날이 올 줄은 예상하고 있었지만, 너무나 갑작스레 찾아오니 선애가 약간 당황한 표정이었다.

하지만 그것도 잠시, 선애는 진지한 표정으로 고개를 끄덕였다.

"좋습니다. 이야기하도록 하죠."

이럴 때 어떻게 할지는 전부터 계획해 놓은 상태였으니 말이다.

"잘됐군. 그럼 가게 문을 닫고 저녁이나 같이하면서 이야기해 볼까? 그러고 보니 선애와 단둘이 데이트를 해본 적이 한 번도 없었네?"

그의 능글맞은 말에 선애의 눈썹이 치켜 올라갔다.

"사이가 안 좋았으니 당연한 거 아닙니까?"

"어어, 그 무슨 서글픈 말을… 나는 이래 뵈도 선애를 정말 좋아한다고."

"전 사장님을 정말 싫어합니다."

"컥! 그렇게 슬픈 말을……."

"슬프다는 말이 웃으면서 하는 건 줄 몰랐네요."

그렇게 둘이 노는(?) 동안 칸나와 사라, 그리고 중년 여인이 가게 안을 말끔히 정리했다.

"이야~ 정리가 벌써 다 끝난 거야? 그럼 이제 그만 나가도록 하지?"

그들의 재빠른 동작에 벨타이거 녀석이 감탄하며 선애를 돌아보자 선애가 인상을 꽉 찡그렸다.

"에잇, 사장님 때문에 장부 정리를 다 못 끝냈잖아요!"

그에 벨타이거가 허탈하게 웃었다.

"선애는 날 무척 미워하나 봐."

"그 당연한 걸 말이라고 하십니까?"

"아아… 이럴 수가… 나는 선애에게 미움받기 싫은데……."

벨타이거가 과장되이 절망적인 표정으로 말하자 선애가 코웃음을 치며 펼쳐 놨던 장부를 주섬주섬 정리했다.

"그럼 저에게 미움받을 짓을 하지 마시죠?"

"내가 뭘?"

아무것도 모르겠다는 듯한 표정에 선애가 인상을 찡그리며 말을 내뱉었다.

"어머나, 정말 뻔. 뻔. 스러우셔라."

"무슨 소리. 나처럼 진실한 사람이 어디 있다고."

"진실한 사람이 이 세상에서 멸종 되었나 보군요. 칸나, 사라, 그리고 아주머니, 이만 나가죠."

선애의 말에 벨타이거가 뭐라 대꾸를 하려고 했지만, 선애는 그에게 대꾸할 여유를 주지 않고 뒤에서 구경하고 있는 세 사람에게 말하며 밖으로 향했다.

"자, 선애는 이쪽."

밖으로 나와 문단속까지 다 끝내고 나자 벨타이거가 은근슬쩍 선애에게 붙더니만 선애의 팔을 잡아당겼다. 그에 선애가 녀석을 한 번 찌릿 노려보고는 손을 탁 쳐냈다(선애는 자기가 붙는 거면 몰라도 남이 달라붙는 건 무지 싫어한다. 나 때문에…). 그리고는 사라에게 다가가 챙겨 들었던 장부를 넘겨주며 말했다.

"이것 좀 집에 가지고 가줄래? 그리고 자스민에게 나는 늦게 들어간다고 말해 줘."

"예, 조심해서 다녀오세요."

"안녕히 가세요~"

"내일 봬요."

사라를 선두로 칸나와 중년 여인이 인사를 하며 멀어져 갔다. 그 모습을 확인한 선애가 벨타이거에게 돌아섰다.

"가요. 말해 두지만, 맛없는 곳으로 가면 당장 나올 겁니다."

"기대에 어긋나지 않게 노력하지."

선애의 말에 벨타이거가 비식 웃으면서 앞장섰다.

아까 선애가 손을 한 번 뿌리쳤더니 아무래도 선애에게 단단히 미움 받는 거라고 생각했는지 이제는 손을 대려고 하지도 않고 거리도 어느 정도 띄고 있었다.

그 모습에 나는 쓴웃음이 나왔다.

'음… 선애는 단순히 스킨십을 싫어하는 건데… 뭐, 아무래도 상관 없겠지.'

벨타이거가 데리고 간 곳은 해변에 위치한 2층짜리 레스토랑이었다.

1, 2층 전체가 레스토랑인데다가 엄청 넓었고, 바다를 향한 면은 온통 두터운 통유리로 되어 바다를 바라볼 수 있게 만들어진 거 보니 엄청 고급스러운 데임이 틀림없었다.

여름이라 그런지 바깥에서도 식사를 할 수 있도록 자리가 마련되어 있었지만, 벨타이거는 선애를 건물 안으로 이끌었고, 거기서도 구석진 자리로 데리고 갔다.

식당 안 공간 자체가 무지 넓어서 그런지 각 좌석마다 거리가 널찍 널찍하게 떨어져 있었고, 앉으면 건너편이 보이지 않게끔 각각 칸막이 까지 쳐져 있어 좀 비밀스런, 진지한 이야기를 하기에는 딱 좋은 것 같 았다.

"자, 우선 맛있게 식사부터 할까? 이야기는 후식을 나누면서 천천히

하자고. 원래 맛있는 음식을 먹을 때는 심각한 이야기를 하는 법이 아니거든."

"그러세요."

선애도 음식을 즐기는 편이었기에 벨타이거의 제안을 가지고 뭐라 하지 않았다.

"뭐 원하는 음식 있어?"

반듯한 제복을 입은 웨이터가 다가와 메뉴판을 내밀자 벨타이거가 선애에게 물었다. 그러나 이곳이 처음인 선애에게 그런 게 있을 턱이 없었다.

"여기 처음 오는 거라서요. 알아서 시켜주세요."

"가리는 건 없지?"

'없긴 왜 없어? 콩은 무조건 싫어해서 콩밥은 진저리를 치고, 생선 구이는 가시 때문에 싫어하고, 가지랑 오이도 싫어하지. 하여간 식성이 이상한 애라니까.'

"가시 많은 생선은 싫은데요. 일일이 가시를 빼내는 거 귀찮아요. 거기에 콩하고 오이하고 가지."

선애의 말에 벨타이거는 피식 웃었다.

"까다롭군."

"싫은 건 싫은 거예요."

"그래, 그래, 그러면……."

그러면서 메뉴판을 살피던 벨타이거는 적당한 것을 발견했는지 웨이터에게 메뉴판을 가리키며 뭐라 뭐라 주문을 했다. 그가 주문한 것을 다 받아 적은 웨이터가 메뉴판을 들고 사라지자 선애가 벨타이거를 바라보며 물었다.

"뭘 주문했어요?"

"음? 아, 나오면 알 텐데 뭘."

"미리 마음의 준비를 하고 있게요."

"하하하, 그렇게 긴장하지 않아도 돼. 나온 걸 보면 만족스러워할 거야."

벨타이거의 말에 선애의 눈은 점점 가늘어져 갔다. 아무래도 벨타이거 말을 반어법으로 해석한 듯.

그에 벨타이거가 양손을 펼쳐 보이며 말했다.

"정말이라니까. 앞으로 선애에게 부탁할 게 있는데 내가 설마 선애가 싫어하는 것만 골라서 주문했겠어?"

"왠지… 그럴 것 같은데요?"

선애의 냉담한 말에 벨타이거의 어깨가 축 처졌다. 물론 일부러 과장스레 그런 것 같다.

"이런, 이런, 내가 이렇게 신용이 없었던가?"

"평소의 행실을 돌이켜 보시면 될 텐데요."

가차없는 선애의 말.

"아아… 그러면 앞으로 내가 하는 말도 안 믿어주는 거 아니야?"

"아마도 그럴걸요? 하지만 뭐…….."

선애가 말끝을 흐렸지만, 그 뒤에 하지 않은 말이 뭔지 나는 알아챌 수 있었다. '정보 길드'를 생각하는 거겠지.

벨타이거도 그걸 눈치챈 듯 고개를 끄덕였다.

"하긴… 선애 뒤에는 그들이 있었지?"

벨타이거의 말에 선애는 한 번 비죽 웃어 보였을 뿐 뭐라 하지 않았다. 뭐, 변명할 것도 없는 게, 처음 벨타이거와의 만남은 정보 길드와의 연락책으로서였으니 말이다.

지금도 그렇지만.

"오히려 잘됐군. 그럼 내가 거짓을 말하는지 진실을 말하는지 금방 판별될 수 있을 테니 말이야."

"그나마 다행이죠."

벨타이거의 말에 선애가 진지한 얼굴로 고개를 끄덕인다.

선애의 표정에 벨타이거가 피식피식 웃는데, 웨이터가 커다란 쟁반을 들고 다가왔다. 쟁반에 올려져 있는 건, 보는 것만으로도 입맛을 팍팍 돌울 것 같은 예쁘게 장식이 된 간단한 샐러드와 수프였다.

"헤에… 생각보다 음식이 빨리 나오는데요?"

장식만 예쁜 게 아니라, 그것들을 담고 있는 그릇들도 장난이 아니었다. 예쁜 장식이 새겨진 도자기였으니 말이다.

도자기는 이 아벤티노 대륙에서 만들지 못해 전부 서대륙에서 수입하는 고급 물품이었던 것이다.

그러고 보니, 식탁 위에 놓인 촛대나 선애 앞에 놓인 포크와 숟가락은 전부 섬세한 조각이 되어 있는 은공예품이었다. 그런 것 하나하나가 이 식당이 고급이라는 것을 노골적으로 드러내고 있었다.

거기다가 손님을 오래 기다리지 않게끔 나오는 음식들까지.

"여긴 그게 마음에 들어. 물론 음식 맛도 괜찮지. 어쨌든 우선 먹지."

"그러죠."

벨타이거의 권유에 선애는 사양없이 숟가락을 집어 들었다.

'크흑… 부럽다……. 녀석이 먹는 동안 나는 딴 데 가 있을까? 세상에 제일 추잡한 게 남 먹는 거 보는 거라고 하던데.'

수프를 떠먹는 선애의 만족스러운 표정을 보아하니 꽤나 맛있는 게 틀림없었다.

그걸 바라보고 있자니 미각을 다시 되찾고 싶은 마음이 너무너무 간절해졌다. 뭐, 간절하다고 해서 다시 되찾을 수는 없겠지만 말이다.

그 다음 나온 것은 접시라고 하기보다는 쟁반이라고 하는 게 합당할 만큼 엄청나게 커다란 도자기 접시 위에 통째로 요리된 바다가재가 올려져 있었다. 한국에서 보던 바다가재 요리는 기껏해야 내 팔뚝만했는데—사실 그것도 엄청 크다고 여겼지만—이건 길이가 내 팔만했고 굵기는 내 팔뚝의 네 배 정도였다. 그러니 벨타이거와 선애 앞으로 단 한 마리만 나온 거겠지만.

탁자 위에 놓아진 바다가재의 크기에 선애의 눈이 휘둥그레졌는데, 웨이터가 커다란 칼을 가지고 와서 마치 통조림 뚜껑 따듯 가재 등 부분을 따서 먹기 좋게 살코기를 드러내 주는 것이었다.

"즐거운 시간 되십시오."

'오오… 여기서도 이런 소리를 하네? 이건 차원을 넘어선 웨이터들의 공통 용어인가?'

그러나 선애는 그 웨이터가 공통 용어를 하든 말든 상관없이, 시선은 온통 하얀 김이 모락모락 피어오르는 하얀 살코기를 드러낸 가재에게 향해 있었다.

'체엣~ 맛있겠군.'

선애의 시선에 벨타이거는 피식 웃더니 선애 앞으로 자그마한 도자기 접시를 밀어줬는데, 그 안에는 연두색 가루가 점점이 뿌려진 밝은 베이지색 소스가 담겨 있었다.

"여기에 찍어 먹는 거야. 소스가 꽤 맛있지. 먹어봐."

선애는 이번에도 사양 않고 포크를 들어 하얀 살코기를 크게 하나 떠서 소스를 찍더니 입으로 가져갔다.

"으음… 이거 되게 맛있네요."

"맛있다니 다행이군. 내가 좋아하는 음식이지. 어때, 이만하면 만족하겠지?"

"물론이죠."

'크허허허~ 부럽다아아아~'

절규하는 내 모습을 본 것일까?

맛있게도 냠냠 먹던 선애가 갑자기 한국말을 슬쩍 던져 왔다.

"언니, 부럽지?"

'쿠어어어~ 치사한 녀석 같으니라구.'

그 말을 들었는지 벨타이거가 선애를 바라보며 의문을 표하자 선애가 피식 웃어 보인다.

"아니, 맛있다구요."

"그거 잘됐군."

벨타이거 녀석이 선애를 여기로 데리고 온 이유가 맛있는 음식으로 환심을 사기 위해서였다면 그건 반쯤 성공했다. 후식으로 나온 맛있는 쵸코 케이크까지 먹어치운 선애는 무지 기분 좋은 표정을 지었던 것이다. 내 경험에 의하면, 꼬맹이가 저런 표정을 지을 때는 무지 귀찮거나 어려운 거를 제외한 웬만한 부탁은 다 들어줬다.

후식 뒤에 입가심으로 차를 한 잔씩 주문해 앞에 놓자 드디어 벨타이거가 본론을 꺼내려는 것인지 진지한 표정으로 입을 열었다.

"자, 그럼 이제 본론을 말해도 되겠지?"

"하세요."

역시나 선애의 목소리는 이 식당에 들어오기 전보다 훨씬 부드러워져 있었다.

'뇌물 하나는 잘 선택했군.'

울 꼬맹이는 보기와는 달리 먹을 거에 좀 약했던 것이다. 뭐, 다른 뇌물에도 약하기는 하지만.

선애의 목소리에 벨타이거는 한 번 싱긋 웃더니 입을 열었다.

"간단하게 말하지. 우리 정식으로 동업하지 않을래?"

"하아?"

뜻밖의 말이었는지 선애의 눈썹이 살짝 올라갔다.

사실, 나도 벨타이거의 말이 뜻밖이었다. 나는 가게에서 그가 선애에게 할 말이 있다고 했을 때 이만 인연을 끊자고(?) 할 줄 알았던 것이다.

선애와 나의 예상 중에서 최악은 선애에게 가게를 그만두고 나가달라고 하는 것이었고, 최상은 선애에게 가게를 살 생각이 없냐고 하는 것이었다. 뭐, 최악이라 하더라도 벨타이거에게 가게를 얻어내려 노력은 할 것이었고, 만약 그게 안 된다면 녀석의 집에 침입해서라도 가게에 투자한 본전은 뽑아내리라는 것이 선애와 내가 짠 계획이었다.

그런데 녀석의 입에서 나온 말은 우리가 예상 못한 것이었으니……

힐끔 내 얼굴을 한 번 바라본 선애가 다시 벨타이거에게 시선을 돌려 침착하게 입을 열었다.

"그게 무슨 말씀인지 설명해 주시겠어요?"

벨타이거가 진지하게 나오자 선애도 진지한 태도를 취하고 있었다.

"말 그대로야. 정식으로 동업을 요청하겠어."

선애는 그가 장난을 하는 건지 아닌지 가늠해 보기라도 하듯 그의 얼굴을 찬찬히 살펴보다가 입을 열었다.

"솔직히… 뜻밖인데요. 뭐, 어쨌든… 그건 그거고, 제가 사장님과 동업을 한다면 무슨 일을 하게 되며 얻는 이익은 무엇이죠?"

선애의 말에 벨타이거가 기다렸다는 듯이 대답했다. 아무래도 단단히 준비한 모양이다.

"우선 야생화 가게를 정식으로 선애에게 넘기도록 하지. 이제부터 야생화 가게의 사장은 선애야. 물론 그 가게가 타이거 상회 소속인 건 변함이 없지만."

"그러니까… 타이거 상회 회장은 사장님이 하고, 나는 그 상회 소속 가게의 사장님을 시켜주겠다?"

"그렇지."

선애의 말에 벨타이거가 고개까지 끄덕이며 대답한다.

"나쁘지는 않네요. 그런데 그게 다는 아니죠?"

"야생화 가게에 향수를 대주는 제조사를 소개시켜 주겠어."

"오! 획기적이네요. 그렇게도 안 가르쳐 주려고 하더니."

그 말은 좀 의외였는지 선애가 눈을 크게 떴다.

"전에도 말했지만, 내가 숨기고 싶어서 숨긴 게 아니라 제조사 쪽에서 숨겨달라고 한 거야. 하지만 만약 선애가 내 정식 동업자가 된다면 그쪽에서도 기꺼이 만나겠다고 했어."

"헤에… 그렇습니까? 그런데 이게 다인가요? 이 정도라면 동업자가 아닌데요? 그냥 상회에 고용하는 거지."

"음… 상회에서 고용하는 거라고 할 수 있군. 하지만 직함은 내 측근으로 될 거야. 상회의 모든 일을 선애 또한 다루게 될 거고."

이건 이쪽 일에는 잘 모르는 내가 들어봐도 너무나 파격적인 것이었다. 처음 정보 길드 연락책이라고 아무런 쓸모도 없던 가게를 맡긴 사람에게 제의할 수 있는 일인지 의심스러울 정도로 말이다.

그러한 생각은 선애도 마찬가지였던지, 지금까지 진지함을 담고 있던 얼굴에 이제는 의심을 가득 담고 있었다.

"저에게 무척이나 과분한 제의군요. 제가 그 제의에 합당한 능력을 가지고 있다고 생각하세요?"

"어쩌면……."

벨타이거의 말에 선애는 기가 막히다는 표정이었다.

"하아, 어쩌면이라… 그러한 예측만 가지고 하기에는 너무나 파격적인 것 같은데."

그러나 벨타이거의 말은 거기서 끝나지 않았다.

"내가 지금 말한 건 선애 개인의 능력이야. 아무 쓸모 없던 야생화 가게를 짧은 기간 내에 저만큼이나 끌어올린 걸 보면 어느 정도는 맞다고 생각해. 물론 그게 나와 같이 상회를 이끌어가면서 더욱더 펼쳐질지 아니면 상회에 그저 그런 도움밖에 안 줄지는 모르겠지만."

기분 나쁘기는 하지만 정확한 판단이었다. 사실 야생화 가게를 키운 건 선애의 능력이라기보다는—뭐, 능력도 조금 있기야 있었지만…—환경이 좋았던 것뿐이었다. 자스민이 있었고, 내 입으로 말하기는 뭣하지만 나도 있었고, 게다가 벨타이거가 조달해 준 향수도 있었으니 말이다. 그 모든 걸 가진 사람이 가게를 망하게 하기가 오히려 어려운 게 아닐까?

선애 또한 그걸 인지하고 있었는지 그거 가지고는 뭐라고 하지 않았다.

"그럼, 제 개인 능력 말고 또 뭔가 있나요?"

"첫째로는 선애 뒤에 있는 이들에 대한 안전장치."

"하아?"

이해 못하겠다는 듯한 선애의 표정에 벨타이거가 말을 이었다.

"그들과 나와의 관계는 임시였지. 물론 앞으로도 계속 관계를 가질 수도 있어. 자랑은 아니지만, 난 그들과 관계를 지속시킬 재력 정도는 가지고 있거든."

"그럼 관계를 지속시키면 시켰지, 갑자기 웬 안전장치?"

"정확한 사정은 지금 알려줄 수 없지만, 간단히 말하면 난 지금 세력 싸움을 하고 있어. 거기에는 그들의 힘이 절대적으로 필요해."

그 정도는 대충 눈치채고 있었다. 하긴 뭔가 일이 있으니 정보 길드와 거래를 하고 있는 거겠지.

"그럼 관계를 지속시키면 되잖아요."

"그런데 솔직히 말하면 그들이 불안해서 말이지. 선애는… 말하자면 그들의 인질인 셈이랄까?"

"하아?"

"나와 적대적인 관계에 있는 쪽에서 그들과 거래를 하지 말라는 보장은 어디에도 없잖아? 그래서 난 그들을 전적으로 신임할 수가 없어."

이건, 전에 휴에게서 들었던 말과 비슷했다.

"그런데 어떻게 제가 안전장치라는 거죠?"

'그래, 나도 그게 의아해.'

선애의 황당하다는 질문에 벨타이거가 진지한 표정으로 설명했다.

"사실 얼마 전에 그들과 마지막 거래를 했거든. 그때 관계를 연장시킬지 끝낼지를 결정하는 거였는데… 그들을 믿을 수 없다고 솔직히 말하니까 그쪽에서 제안하더군. 널 측근으로 두면 내가 먼저 배신하지 않는 한 배신하지 않을 거라고. 큰 변수가 없는 한 말이지."

"하아아?!"

선애가 그들과 협력 관계인데다 휴를 배경으로 두고 있기는 했지만, 벨타이거와의 거래에서 이야기가 나올 정도일 줄은 몰랐다.

선애의 기가 막힌 표정에 벨타이거가 덧붙였다.

"선애는 내 쪽에서는 안전장치겠지만, 그들 쪽에서 보면 나의 감시인이겠지. 허튼짓을 할지 안 할지 하는. 그러니 측근으로 두라고 하는 게 아니겠어?"

"측근이 나 하나인 건 아닐 텐데요? 그럼 아무리 측근이라고 해도 숨길 수 있는 건 얼마든지 숨길 수 있는 거 아닌가요?"

"그럴 수도 있지. 하지만 숨기는 기미가 보이면 그쪽에서는 단번에 의심할걸."

"그것도 그렇군요. 그럼… 단지 그것 때문에 절 그런 파격적인 조건으로 고용하겠다는 건가요?"

"앞서 말했듯이, 동업이야. 아무래도 선애는 그들 대표쯤이 되겠지만."

꼬투리를 잡는 벨타이거의 말에 선애의 목소리가 퉁명스러워졌다.

"고용이든 동업이든 말이에요."

"두 번째는 선애의 능력이지."

벨타이거의 말에 선애의 눈초리가 날카로워졌다.

"'어쩌면'이라면서요?"

"아니, 상회를 꾸려 나갈 능력은 차차 보게 될 것이고… 내가 말하는 것은 자기 몸 하나는 지킬 수 있는 능력을 말하는 거야. 내 측근이 된다면 목숨의 위협을 좀 받을지도 몰라."

"허어……."

"그쪽에서 말하더군, 선애는 그럴 능력이 충분히 있다고 말야. 믿겨지지는 않지만."

벨타이거의 말에 선애는 머리가 아픈 듯 손으로 이마를 짚었다. 그러다가 잠시 후 벨타이거를 바라보며 물었다.

"생각 좀 해봐도 돼요?"

아무래도 집에 가서 휴와 자스민과 이야기를 해보려는 듯.

"좋아. 하지만 오래 기다려 줄 수는 없어."

"내일 말해 줄게요."

"빨라서 좋군. 그럼 내일 가게 문 닫을 때 찾아가도록 하지."

"좋아요."

"그럼, 이만 일어날까?"

"그러죠."

"어두워졌으니 바래다줄게."

벨타이거의 말에 밖을 내다보니, 해가 완전히 져서 사방이 깜깜했다.

"됐어요. 혼자 갈 수 있어요."

벨타이거 녀석은 그냥 한 번 해본 말이었는지 선애가 거절하자 순순히 물러났다.

"뭐… 좋을 대로 해."

"그럼 내일 뵙죠."

선애는 빨리 생각을 해보고 싶었던 건지 벨타이거가 계산을 끝낼 때까지 기다리지도 않고 자리에서 일어나자마자 작별 인사를 하고 식당 밖으로 걸음을 옮겼다.

"하아… 머리 아프네."

한번에 여러 가지 이야길 들어 용량이 오버되었는지 선애가 인상을 찡그리며 머리를 짚었다.

[어쩔 거야?]

"몰라. 우선은 휴랑 자스민하고 이야기를 해보고."

"으음, 나는 선애가 그 제안을 받아들이길 원하는데? 사실 벨타이거 씨에게 그렇게 제안을 한 게 내 지시였거든."

"엑! 어쩐지 절 안전장치라느니 해서 좀 수상했지만… 역시 뒤에 휴가 있었던 거군요?"

언제나처럼 시원시원하게 웃어 보이는 휴를 향해 선애가 인상을 살짝 찡그려 보였다.

그리고 그건 옆에 있던 자스민도 마찬가지였다. 이제는 완전히 모든 걸 의논할 상대라고 생각되어지는 자스민과 휴를 같이 놓고 선애가 벨타이거에게 들었던 제안을 털어놨던 것이다.

"신변에 위험이 생길지도 모른다면서요? 그런 자리에 선애를 보내다니, 선애는 정식으로 교육도 받지 못한 데다 더 더욱이나 몸을 지키는 훈련은 전혀 받지 못했다구요."

"에이, 내가 설마 아무 생각 없이 선애를 그 자리에 밀어 넣겠어? 자스민도 알잖아? 선애에게는 신기한 능력이 있다는 거 말이야."

변명조 같은 휴의 말에도 자스민의 인상은 펴지지 않았다.

"그 능력 정도로 선애가 위험 속에서도 안전할 거라 생각해요? 단순히 불을 일으키는 능력이라면서요?"

"아니야, 난 충분히 가능하리라고 생각해. 내가 말해 줬잖아, 처음에 선애를 만났을 때 선애는 스스로 날파리 녀석들을 혼내주고 있었다고."

"건달들 몇 혼내줄 정도의 실력 가지고 충분해요?"

자스민의 질문에 휴는 잠시 천장을 바라보더니 다시 씨익 웃어 보였다.

"나는 선애의 능력을 믿어."

그의 말에 자스민과 선애는 인상을 더 더욱 찡그리며 휴를 노려봤다.

하지만 잠시 후 선애는 한숨과 함께 인상을 펴고는 입을 열었다.

"벨타이거의 정체가 뭐예요? 그가 누구인데 휴는 절 그의 옆에 있게 하려고 하는 거죠? 전에도 휴가 권해서 그의 밑으로 간 거였잖아요?"

"그는 얼마 전에 남작의 작위를 받았지."

"하아?"

그동안 계속 벨타이거의 신분을 밝히지 않으려고 했던 것이 믿어지지 않을 만큼 휴는 쌈박하게 술술 털어났다.

"그가 우리 정보 길드와 거래를 한 건 남작의 작위를 차지하기 위해서였어."

"설마… 다른 정통적인 후계자가 있었는데 그를 밀어버리고 차지한 건 아니겠죠?"

역사에나 영화에서 그런 일은 쉽게 접할 수 있는 일이었지만, 만약 벨타이거 녀석이 그런 나쁜 녀석이라면—사실 정통 후계자가 너무 못돼서 영지민들을 괴롭히는 바람에 정의를 위해 나서는 사람들도 가끔 있지만, 내 보기에 벨타이거 녀석은 절대로 그럴 타입이 아니었다—내가 나서서라도 선애와의 인연을 끊어버리고 말 것이다. 그렇게 생각하고는 선애의 질문에 대답하기를 주시하고 있는데, 다행히 그건 아닌 듯 휴가 싱긋 웃어 보였다.

"에이, 이래 뵈도 내 마음에 든 사람인데… 그는 남작 작위를 받을 정통 후계자야. 그러니 남작 작위가 정통 후계자에게 간 거지."

"그런데 왜 남작 작위를 받기 위해 그가 우리와 거래를 한 거죠?"

자스민까지 호기심이 생겼는지, 선애가 질문하기도 전에 자스민이 물었다.

"문제는 전 남작이 자신의 후계자를 별로 안 좋아했다는 거에서 발생했어. 덕분에 벨타이거 씨, 아니, 크리스웰 남작은 정통 후계자임에도 불구하고 집안에서 존재감이 미미했거든. 그러니까 다른 녀석이 작위를 노릴 수 있었던 거고."

"그 사람 성이 크리스웰이에요?"

"응, 정식 이름은 벨타이거 크리스웰. 이 도시에 터를 잡고 있는 가문 중에서 수위를 다투는 집안이지."

"잘 나가는 집안이네요. 그런데 그렇게 작위를 받았으면 됐지, 왜 정보 길드와 거래를 계속하길 원하는 거죠?"

선애의 질문에 지금까지 시원하게 웃고 있던 휴의 얼굴이 살짝 찡그려졌다.

"으음, 그게… 마지막에 가서 시원하게 뒤통수를 맞았거든. 이건 우리 쪽에서도 정말 예상치 못한 일이었지."

"좀 더 자세한 설명을 부탁드려도 될까요?"

선애의 요청에 휴가 자세를 바로잡고 잠시 생각하더니 천천히 입을 열었다.

"음… 그러면 대략적으로 말해 주도록 하지."

그렇게 해서 시작된 휴의 설명에 의하면, 크리스웰 남작가는 원래 귀족이 아니었다고 한다. 몇십 년 전까지만 해도 귀족이 아니라 평민이었는데, 서대륙과의 무역이 서서히 시작될 즈음 무역업에 뛰어들어 크게 돈을 번 크리스웰이라는 사람이 그 재력을 무기 삼아 귀족 작위를 얻게 되었다고 한다. 그리하여 크리스웰 남작이 탄생되었고, 그 첫 크리스웰 남작이 바로 벨타이거의 증조부다.

그렇게 되어 잘 먹고 잘살았으면 좋았겠지만, 사람의 욕심이란 끝이 없었는지 벨타이거의 할아버지, 정확하게 말하면 외할아버지 대에 오자 남작의 작위에 만족하지 못한 그는 좀 더 높은 작위를 생각했다고 한다. 계속 상업에서 종사해 온 그로서는 중앙 쪽으로 진출하여 사업도 좀 더 크게 키우고, 그에 맞는 권력도 움켜쥐어 자신의 가문을 루빈스타인 후작가 같은 가문으로 만들고 싶었던 모양이다.

뭐, 취지는 나쁘지 않았지만, 그 방법이라는 것이 자신의 하나밖에 없는 외동딸을 몰락하여 작위만 있는 백작가의 후계자와 결혼시키는 거였다.

힘있는 사람들 사이에서는 집안의 이익을 위한 정략결혼이라는 게 흔한 일이라지만, 크리스웰 남작 영애는 자신의 인생을 정략결혼 따위로 허비하고 싶지 않았던 모양이다. 참으로 용감무쌍한 아가씨라고 칭찬하고 싶으나, 안타깝게도 그 아가씨의 끝은 그리 좋지 못했다.

아버지에 대한 반항인지 아니면 정말 좋아서 그랬던 것인지는 모르겠지만, 그녀는 서대륙에서 온 상인과 연애를 하여 아이를 가졌다고 한다.

"중간에 여러 일이 있었겠지만, 결국 남작 영애는 아이를 낳았지. 그 아이가 바로 벨타이거 크리스웰이야. 그 일로 인하여 정략결혼은 물건너가 버렸고 말이야. 크리스웰 남작은 그 뒤에도 여러 번 결혼을 시키려고 했지만 영애가 완강하게 버틴 모양이야. 그랬으니 크리스웰 남작에게 벨타이거 씨가 곱게 보였겠어?"

"거… 안됐다고 해야 하나요?"

별로 안됐다고 말하고 싶지 않다는 표정으로 선애가 묻자 휴가 피식 웃었다.

"안됐지. 아버지는 그가 태어났다는 것도 모르고 서대륙으로 돌아가 버렸다고 하고, 하나뿐인 어머니도 그가 열 살이 되던 해에 죽었거든."

"저런……."

자스민이 안타깝다는 듯 중얼거렸다.

"만약 남작 영애가 지금까지 살아 있었다면 벨타이거의 지위가 흔들릴 일도 없었겠지. 하지만 영애는 죽고, 벨타이거를 좋아하지 않는 외할아버지 밑에서 자랐으니 기반이 약해도 너무 약했지."

"그래도 어쨌든 작위는 차지했다면서요?"

선애의 말에 휴가 어깨를 으쓱해 보였다.

"차지하긴 했는데… 완전히 껍데기만 차지한 꼴이 되어버렸지."

이제는 휴의 설명에 몰입한 선애와 자스민이 자연스레 의아한 표정이 되자 휴가 그 얼굴들을 만족스레 보고는 계속 설명하기 시작했다.

"핸들리 크로스웰이라는 녀석이 있는데, 이 녀석은 크로스웰의 먼 친척으로 성만 크로스웰이지 거의 평민인 녀석이야. 그런데 머리는 좋아서 전 남작의 눈에 띄어 오른팔로 활동을 했지. 이번에 벨타이거 씨가 자신의 오촌 숙부를 제치고 남작이 될 때 결정적인 역할을 해준 사람이기도 하고."

"그럼 뭐가 문제인데요?"

"실권을 다 자기가 장악했다는 거지. 마치… 그래, 어린애를 왕으로 올려놓고 뒤에서 실정을 잡아 흔드는 섭정처럼 말이야. 아주 교묘해서 우리 쪽도 순간적으로 알아채지 못했다니까. 덕분에 벨타이거 씨와 우리 쪽이 같이 뒤통수를 맞았지."

그의 설명을 듣던 선애가 갑자기 손을 살짝 들어올렸다. 마치 수업 중에 선생님께 질문하려는 학생처럼 말이다.

"아, 잠깐만요. 내가 아까 벨타이거 녀석에게 세력 싸움을 할 거라는 이야기를 들었는데, 혹시 그 핸들리 크로스웰이라는 사람과 싸우게 되는 겁니까?"

"맞았어. 전에는 남작 작위를 놓고 싸우는 싸움이었다면, 이번에는 실권을 되찾느냐 잃느냐의 싸움이지."

"헤에……."

알겠다는 듯 고개를 끄덕이는 선애를 향해 휴가 진지한 얼굴로 말했다.

"어려운 싸움이 될 거야. 벨타이거 크로스웰은 이름뿐이 남작일 뿐, 전권은 핸들리 크로스웰에게 있으니까 말이야. 벨타이거 손에는 그나마 외할아버지에게서 물려받은 재산과 작위가 있다는 게 다행일까?"

"어, 잠깐만요. 그럼 타이거 상회는요?"

"그건 거의 이름뿐인 상회야. 핸들리 녀석이 전권을 자기가 장악하면서 선심 쓰듯 벨타이거에게 넘겨준 일이지. 그동안 서대륙과의 무역만을 전문적으로 했을 뿐, 국내로는 유통망이 없는 상회에서 국내 유통망을 관리하라고 내준 자리니까 말이야."

"네에?"

휴의 설명에 선애의 입이 떠억 벌어졌다. 그동안 벨타이거 상회 소속 가게에서 일했는데, 상회가 이름뿐이라는 말을 들었으니 놀라는 건 당연했다.

"하기야 정확하게 말하면 핸들리 녀석이 내준 건 아니지. 그전에 남작 작위를 놓고 싸우던 오촌 숙부가 지금 남작이 상회에서 기반을 조금도 마련하지 못하게 하려고 준 자리거든. 핸들리 녀석은 그걸 그대로 이용했을 뿐이고."

휴의 말에 놀란 빛이 역력했던 선애의 눈빛이 차분하게 가라앉더니 한층 짙은 빛을 띠기 시작했다.

"그럼… 만약 제가 그 남작의 제안을 받아들인다면 어떻게 되는 거죠?"

"으응? 그걸 왜 나에게 묻지? 앞으로 어떻게 될지는 전적으로 그 남작의 손에 달린 일이야. 우리는 단지 그가 궁금해하는 정보를 제공할 뿐이라고. 하지만……."

자신과 전혀 상관없는 일이라는 듯 무책임한 표정으로 말하던 휴가 말끝을 슬쩍 흐렸다.

그에 선애의 눈빛이 빛났다.

"하지만 뭐요?"

"선애에게는 엄청난 도박이 되지 않겠어? 아무것도 없다시피 한 타이거 상회를 이끌고 크로스웰 무역 상회를 먹으려고 하고 있으니 말이야."

그러자 갑자기 자스민이 끼어들었다.

"엄청 위험하잖아요. 만약 선애가 그곳에 뛰어든다면 분명 핸들리 쪽에서 가만두지 않으려고 할 거 아니에요?"

"에이, 큰 도박판에는 그만큼의 위험이 도사리고 있는 거라고. 하지만 앞에서도 말했듯이, 나는 선애의 능력을 믿어."

휴는 씨익 웃으며 말했지만, 자스민은 불안한 얼굴로 선애를 바라봤다.

"너무 위험할 것 같은데… 그냥 야생회 가게만 인수하면 안 될까?"

그러나 선애는 고개를 저었다.

"오면서 그것도 생각해 봤는데요… 그러면 향수 제조사를 영영 알 수 없게 되잖아요. 그런 상태로 가게를 계속 운영해 나갈 수 있을지… 새 제조사를 찾으려면 좀 어려울 것 같은데요."

"그거야… 하지만 그래도……."

자스민도 야생화 향수 가게를 지탱하는 가장 커다란 기둥이 벨타이거가 이어주는 향수 제조사에서 오는 향수라는 걸 잘 알고 있었다. 만약 그 제조사와의 거래가 끊겨 새로운 제조사를 찾아야 한다면, 그곳에서 오던 향수만큼이나 좋은 품질의 향수를 찾아야 할 것이다.

'뭐, 찾는 거야 정보 길드가 있으니 크게 어렵지는 않겠지만, 지금까지 지불해 오던 향수 가격만큼이나 싼 가격으로 거래를 할 수 있느냐가 문제지. 그것만 해결된다면야 나도 선애를 벨타이거 녀석과 붙여놓고 싶지 않다고.'

나는 속으로 한숨만 푹푹 내쉬었다.

울 꼬맹이는 아직 젊어서 그런지 벨타이거의 상황이 상당히 구미가 당기는 모양이었다. 왜, 굉장히 어려운 상황을 보면 해결해 보고 싶게끔 만드는 의욕이 마구마구 솟아오르게 하지 않는가 말이다. 게다가 우리 꼬맹이는 어려운 수학 문제를 접할수록 그 문제를 풀어냈을 때의 성취감을 맛보고 싶어서 안달하는 녀석이었으니까 말이다.

'에… 그럼 그런 생각이 들지 않는 난 나이를 먹었다는 소리인가?'

그렇게 쓸데없는 생각에 빠져 허우적거리는데 선애의 목소리가 들렸다.

"저, 할래요."

'역시나……'

꼬맹이가 아까 눈을 빛낼 때부터 혹시나 하고 있던 일이었다.

어쩌면 휴는 선애의 이런 성격을 알고 있었기에 벨타이거에게 그런 제안을 하라는 지시를 내린 것이고, 선애보고 받아들이라고 하는 걸지도 모른다.

선애의 당찬 말에 휴가 씨익 하고 웃었다.

"받아들일 줄 알았어."

그 옆에서 자스민이 인상을 찡그렸지만, 곧 길게 한숨을 내쉬더니 어쩔 수 없다는 표정을 지었다.

"도움을 청할 일이 있으면 언제든지 말해 줘. 최대한 도와줄게."

자스민의 말에 선애가 환하게 웃었다.

"자스민이 있어준다는 것만으로도 든든한걸요. 그래도 앞으로도 잘 부탁할게요."

나중에 알게 된 거지만, 휴가 선애에게 그 자리를 자신있게 권해줄 수 있었던 근거 중에는, 전에 라이벌 가게의 음모로 찾아온 다섯 건달을 물리쳤다는 것도 포함되어 있었다.

그 일을 휴나 자스민에게 말하지 않아 당연히 모를 줄 알았는데 사라가 말해 알고 있었던 것이다.

그래서 깨달은 건데, 그 당시에 사라도 가게에 있었다. 나는 선애를 보호하는 데에만 신경이 쏠려 있어 깜빡하고 있었지만.

아마 다른 근거보다도 그것 때문에 휴가 선애를 선택한 걸지도 모른다.

뭐, 그 이유가 무엇이든 하기로 했으니 선애는 그날 가게 문 닫을 때 다시 찾아온 벨타이거 녀석에게 맛있는 저녁을 다시 한 번 대접받으면서 시원스레 제의를 받아들이겠다고 했다.

그러자 벨타이거 녀석이 기다렸다는 듯이 당혹스럽게도 선애보고 숙소를 자기네 집으로 옮기라고 하는 것이었다.

"내가 왜요? 난 지금 머물고 있는 숙소에 아무런 불만이 없는데요?"

물론 벨타이거 녀석네 집이 이 도시에서 손꼽히는 부잣집이었으니 휴네 집보다야 훨씬 좋으리라 예상은 되었지만, 그래도 지금까지 든든한 울타리가 되어주던 자스민과 휴를 떠나려니 선애는 불안했던 모양이다.

그리하여 벨타이거가 자기네 집으로 옮기라고 말하자마자 선애는 그리 말하면서 단박에 거절했다.

하지만 벨타이거는 결국 선애가 자기 말을 듣게 될 거라고 확신하는 모양이었다.

"옮기는 게 여러 가지로 좋지 않겠어? 솔직히 말하면, 내 상황이 안 좋아서 나는 우리 집에서 일할 거거든. 그러면 매일매일 그쪽으로 출퇴근해야 할 텐데, 그러느니 아예 그쪽으로 숙소를 옮기는 게 좋잖아. 우리 집에 방 많아."

"그래도 지금 머물고 있는 집에 정이 들어서……."

"뭐, 며칠 가게 일을 다른 사람에게 맡기고 정리해야 할 테니 그동안 천천히 생각해 봐."

벨타이거는 느긋하니 그렇게 말했지만, 선애는 재고할 가치도 없다고 생각했는지 더 이상 아무 말도 하지 않았다.

집에 와서도 자스민에게 선애 대신 가게를 관리해 줄 사람을 찾아달라고 부탁했지만, 벨타이거의 제의에 대해서는 입도 뻥끗하지 않았다.

그런데 황당하게도 그날 밤 늦게 들어온 휴가 선애를 부르더니 이렇게 말하는 것이었다.

"짐은 언제 옮길래?"

"에에에?"

"크로스웰 남작네 집으로 옮겨야 하잖아."

그의 말에 나는 순간적으로 휴하고 벨타이거 녀석하고 미리 이야기가 된 건 아닌지 의심이 될 정도였다.

"안 옮길 건데요? 저는 여기가 좋아요. 자스민도 있고."

선애의 말에 휴가 시원스레 씨익 웃었다.

요 근래 들어 나는 휴가 시원한 웃음을 보일 때 불안한 기분을 느껴야 했다. 뭐, 평소 그가 항상 사람 좋아 보이는 미소를 달고 살긴 하지만, 그가 선애에게 뭔가를 시키려 할 때는 매번 저렇게 시원시원한 웃음을 보인다는 걸 알게 되었기 때문이다.

"선애야, 크리스웰 남작가로 옮기도록 해."

'역시나……'

나는 내 예상대로인 휴의 말에 나도 모르게 고개를 끄덕였다.

그리고 그와 함께 선애에게서 불만스러운 말이 튀어 나왔다.

"왜요?"

"왜라니? 내가 전부터 누누이 강조한 걸 벌써 잊은 거야? 정보 길드는 첫째도……"

휴가 약간 과장되이 눈을 크게 뜨며 놀란 표정으로 말을 꺼내자 선애가 투덜거리는 어조로 그의 말을 잘랐다.

"알아요, 알아. 첫째도 비밀 엄수, 둘째도 비밀 엄수. 절대로 튀게 행동하지 말 것이며, 길드와 연관이 있다는 기색도 보이면 안 된다. 쳇, 그렇군요. 그 벨타이거의 제안을 받아들인 이상, 적인 핸들리 크로스 웰의 시선이 언제 저에게 올지 모르니까요."

선애의 말에 휴가 기특하다는 표정으로 고개를 끄덕였다.

"잘 아네. 선애는 앞으로 핸들리 크로스웰의 머리를 아프게 만들 존재잖아? 그러니 더욱더 조심해야지. 여기는 사설 고아원으로 알려져 있으니 주목받게 하면 곤란하다고."

휴의 말에 선애가 천장을 바라보며 한 번 길게 한숨을 내쉬더니 다시 휴를 바라보며 물었다.

"저기, 나중에 놀러 와도 돼요?"

그러자 휴가 시원스레 미소 지으며 대답했다.

"안 되는 거 알지? 급한 일이 아니면 이쪽을 바라볼 생각도 하지 마."

휴의 단호한 말에 선애의 인상이 살짝 찡그려졌다.

"에… 그러면 연락은 어떻게 하죠?"

선애의 질문에 휴는 미리 생각해 놓기라도 한 듯 거침없이 대답해 줬다.

"필요한 일이 있으면 너 대신 가게를 운영할 아이에게 말하도록 해. 너와의 연락책으로 외근하는 애를 배치시킬 예정이거든."

외근이라 함은, 외부에서 위장 근무를 하며 정보를 모으는 걸 말하는데, 이렇게 연락책 역할도 맡는 모양이었다.

"하아… 그러죠."

다시 한 번 한숨을 내쉬며 힘없이 대꾸하는 선애에게 휴 또한 다시 한 번 시원하게 웃어 보이며 말했다.

"선애야."

"예?"

"될 수 있는 한 빨리 나가라."

"옉."

너무나 냉담한 말에 선애의 눈썹이 한 번 꿈틀거렸지만, 곧 체념한 표정으로 순순히 고개를 끄덕였다.

"예에……."

다음날, 제안한 지 하루 만에 답을 들으러 왔던 벨타이거 녀석은 선애가 최대한 빨리 옮기겠다고 말하자 거 보라는 듯 의기양양한 표정을 지어 선애의 배알이 꼴리게 만들었다.

"훗훗, 잘 생각했어. 역시 내 동업자가 될 만한걸?"

기분 좋은 벨타이거와는 달리 선애의 표정은 기분 나빠 보였다.

"그거참, 기분 나쁘게 들리는 칭찬이군요. 칭찬을 이렇게도 할 수 있다니… 이것도 재주겠죠?"

선애가 대놓고 비꼬며 시비를 걸었지만 벨타이거의 좋은 기분을 망치지는 못했다. 게다가 다른 때라면 일부러라도 말꼬리를 잡아 말싸움의 소지를 제공했던 녀석이 지금은 선애의 시비를 간단히 무시해 버려 싸움의 여지도 남겨두지 않는 것이었다.

"최대한 빨리라고 했으니, 오늘 옮기는 건 어때?"

그의 그러한 태도에 전의가 시들어 버렸는지 선애는 장부 쪽으로 시선을 돌리며 시큰둥하게 대꾸했다. 내일 온다는, 선애를 대신하여 가게를 운영해 줄 사람에게 인수인계를 하기 위하여 미리미리 살펴보고 있었던 것이다.

"짐 다 못 쌌어요."

"그럼 지금 가서 싸지 그래? 가게는 특별히 내가 봐줄게."

웬만하면 절대로 쓰지 않는 인심까지 써가며 재촉하는 벨타이거를 선애가 시선을 들어 슬며시 노려보자 그가 어울리지 않게 배시시 웃어 보인다.

"그리고 짐이 많으면 말해. 내가 가서 짐 옮기는 것도 도와줄게."

'헤에, 보너스까지……'

하지만 선애는 전혀 반갑지 않은 모양이다.

"고맙지만 사양할게요. 짐은 오늘 가서 꾸리면 되구요, 옮기는 건 내일 가게를 마치고 가도록 하죠. 아침에 집에서 나올 때 짐을 가지고 나올 테니, 짐 옮기는 거 도와주실 거면 가게 끝날 때 와서 도와주세요."

"오늘 저녁에 옮기지 그래? 지금 가서 싸서 가지고 오면 되잖아?"

한 번 더 재촉하는 벨타이거의 말에 선애가 보고 있던 장부를 소리 나게 탁 덮더니 아예 몸을 돌려 그를 째려보며 말했다.

"사장님, 저는 짐 싸는 거 말고도 할 일이 많거든요? 내일 저 대신 가게를 운영해 줄 사람이 오면 인수인계할 거 미리미리 정리해 놔야 한다구요. 진작에 가게 운영을 도와주셨으면 제가 인수인계 안 해도 됐잖아요?"

그 말이 찔렸는지 벨타이거는 순순히 물러났고, 그제야 선애는 다시 다른 장부를 펼쳐 들여다가 다시 벨타이거를 바라봤다.

"아, 가게를 봐주신다니 하는 말인데요, 내일은 와서 가게 좀 봐주실 래요? 저 인수인계하려면 가게를 제대로 못 볼 것 같거든요? 모레도요. 모레는 거래하는 유리 공예사에 가볼 예정이니까."

"그러지 뭐."

기가 죽어 순순히 대답하는 벨타이거의 말에 선애는 만족한 표정으로 다시 장부들을 훑어보기 시작했다.

그날, 가게 문을 닫고 집으로 돌아와 짐을 쌌다. 루빈스타인 후작가에 갈 때처럼 꼭 필요한 소지품만 가지고 가는 게 아니라, 여기 있는 모든 짐을 모조리 가지고 가야 했기 때문에 챙기는 데 시간이 좀 걸렸다. 게다가 전보다 짐도 훨씬 많아졌고 말이다. 휴네 집으로 돌아와 본격적으로 야생화 향수 가게를 운영해 나가면서 시내를 돌아다닐 기회도 많아지고 금전적으로 여유도 생긴 선애가 가끔 즐거운 쇼핑 시간을 가졌기 때문이다.

처음 가게를 다 뜯어고칠 때 캐더린이 해준 충고가 아니었더라도, 선애는 원래 예쁜 새 옷을 좋아하는 평범한 소녀였던 터라 새 옷이 늘어나는 건 당연한 일이었다.

그리하여 벨타이거 녀석 집으로 옮기려고 소지품을 몽땅 챙기고 보니 짐이 커다란 가방으로 세 개나 되었다. 루빈스타인 후작가 저택에 들어갈 때나 나올 때 짐이 일반 책가방만했던 거에 비하면 정말 장족의 발전이라고 할 수 있었다.

아침에 짐을 옮기는 건 사라가 도와줬다. 뭐, 짐 안에 든 대부분이 옷가지라 부피만 컸지 무거운 게 별로 없어서 옮기는 데 크게 힘들지는 않았다.

그렇게 가게에 도착하여 가게 문을 열자, 그 뒤로 점원인 칸나와 갈대 바구니를 만드는 중년 여인이 출근했다.

짐을 창고에 넣어두고 그들과 함께 가게 안을 청소하며 물건을 진열

하는 등 가게 열 준비를 하고 있는데, 약속한 대로 벨타이거가 오고 그 뒤로 한 여성이 가게 안으로 들어왔다.

"실례합니다, 여기 사장님을 뵈러 왔는데요."

곱슬거리는 갈색 머리는 목 가운데까지 오는 단정한 단발로 정리되어 있었고, 부드러운 갈색 눈은 사람이 쉽게 다가오게 만들었다. 하트형의 얼굴 선에 콧잔등과 양 뺨에 난 주근깨는 그녀의 인상을 귀엽게 만들었지만, 전체적으로 보자면 어디서나 흔하게 볼 수 있는 듯한 평범한 인상이었다. 바로 정보 길드에서 그렇게 강조하는, 외근을 하기 적격인 외모를 가진 아가씨였다.

"제가 이 가게 사장입니다. 그리고 이쪽은 가게를 운영하는 점장이구요."

벨타이거가 먼저 나서서 인사를 하며 선애를 소개시켰다.

그러자 아가씨는 아~ 하는 감탄사를 내뱉으며 선애를 바라봤다.

"자스민의 소개로 왔습니다. 가게를 운영할 사람을 찾고 있다면서요?"

그녀는 자신을 통해 정보 길드와 연락할 사람이 누구인지 알아챈 모양이다.

그녀의 반응에 선애는 싱긋 웃으며 손을 내밀었다.

"반갑습니다. 선애라고 해요."

선애가 내민 손을 맞잡으며 그녀도 미소를 지었다.

"예, 첼시라고 합니다. 잘 부탁드려요."

척 보아하니 20대 중반으로, 선애보다 분명히 나이가 많아 보이는데도 자연스레 존대를 하는 그녀였다. 그에 약간 불편을 느낀 선애가 편히 반말을 하라고 권했지만, 그녀는 자신이 고용된 입장이라 절대 안 된다고 버티는 바람에 결국 둘 다 존대를 하기로 했다.

뭐, 그거 외에는 그녀에게서는 그다지 흠잡을 데가 없었다. 오히려 생각 외로 더 마음에 드는 인재였다고나 할까?

정보 길드원이라서 그런지 그녀는 이해력이 뛰어나 선애가 한 번 말하면 대부분 알아들어 선애를 흡족하게 했다. 거기다가 당연하겠지만, 숫자 계산도 잘해서 장부 정리도 잘했다.

그렇게 뛰어난(?) 아가씨였으니 점심 전까지 선애의 설명을 들은 그녀는 오후부터 바로 손님들을 맞이할 수 있을 정도였다.

하기야 선애가 운영을 시작한 후로 가게를 좀 키웠다고 해도 여전히 작은 편에 속하는 가게인데다가, 운영을 시작한 지 이제 몇 달이 되었을 뿐이니 인수인계를 한다고 해도 그 양이 별로 많지는 않았던 것이다.

게다가 첼시는 이런 일을 전에도 여러 번 해봤는지 손님을 상대하는 것이 상당히 능숙했다. 그런 쪽은 오히려 선애보다 더 잘하는 것처럼 보였으니 말이다.

[호오, 안심하고 맡길 수 있겠네.]

내 말에 선애는 작게 고개를 끄덕였다.

"내일 유리병 고르는 안목만 내 마음에 들면 완전히 마음 놓고 맡겨도 될 것 같아."

물론 첼시의 유리병 고르는 안목도 선애를 만족하게 할 만큼 괜찮았다. 뭐, 사실 향수병으로 쓸 만한 유리병들이야 엄청나게 특이한 모양을 하고 있지 않은 이상 디자인이 거기서 거기였으니 웬만큼 이상한 걸 고르지 않는 이상은 선애가 불만족스러워할 리가 없었을 것 같지만 말이다.

선애가 짐을 싸가지고 나온 날 저녁, 벨타이거는 자기가 직접 마차를 가지고 와서 선애와 짐을 싣고 저택으로 데리고 갔다.

크로스웰 남작가 저택은 이 도시에서 손꼽히는 집안이라고 하더니만, 루빈스타인 후작가 저택 못지않을 만큼 컸다. 하기야 둘 다 너무 커서 높은 하늘에서 내려다보지 않는 이상은 누가 더 크고 작은지 비교하기는 어려울 것 같았다. 그래도 크로스웰 남작가는 이게 본가고 루빈스타인 후작가는 그게 별장이었으니 누구네 집안이 더 큰 건지는 확실하게 알 수 있었다.

"어서 오십시오, 남작님."

커다란 정문을 통과하여 정원 사이에 난 길을 쭈우욱 올라가 거대한 저택 현관문 앞에 도착하자, 문 앞에서 기다리고 있던 중년 남자가 마차에서 내리는 벨타이거 녀석에게 고개를 숙여 보인다. 옅은 금발에 차가워 보이는 파란 눈을 가진, 엄청나게 높고 곧은 코가 인상적인 40대 초반, 혹은 중반으로 보이는 아저씨였다.

미리 휴에게서 그가 얼마 전에 남작 작위를 물려받았다는 건 알고 있었지만, 그동안 그가 선애에게 보인 행동 덕분인지 전혀 귀족으로 느껴지지 않았는데, 이런 대접을 받는 걸 보니 확실히 귀족은 귀족이구나 하는 생각이 들었다.

그리고 벨타이거 또한 지금까지 선애에게 보인 능글맞은 미소는 싸악 지워 보이고 뭔가 있는 듯한, 그렇지만 어딘지 딱딱해 보이는 표정으로 고개를 끄덕였다.

"조셉 집사, 이쪽은 오늘부터 내 손님으로 이 저택에 머물게 된 아가씨요. 거하는 데 한 점 불편함이 없도록 신경 쓰길 바라오."

말투도 왠지 딱딱하다.

루빈스타인 후작가에서 그 얼음 왕자 녀석은 본가에서 같이 내려온 캠벨 집사에게 무지 친근하게 대해 좀 과장되게 말하면 가족처럼 느껴졌는데, 벨타이거 녀석은 굉장히 딱딱 격식을 차리는 모습에 집사와 벨타이거 간에 넘볼 수 없는 거리감이 느껴질 정도였다.

"알겠습니다."

집사의 태도는 루빈스타인 후작가에서 본 그레샴 집사와 비슷했지만 말이다.

"마차 안에 짐이 있으니 내가 준비해 두라고 한 그 방으로 옮겨두시오."

"즉시 조치하겠습니다."

집사의 대답이 떨어지자마자 벨타이거는 선애에게 시선을 돌리더니 입을 열었다.

"가지. 방을 안내해 줄게."

벨타이거의 뒤를 따라 저택 안으로 들어가는 선애는 무척이나 당혹스러운 표정이었다. 하기야 나도 벨타이거의 태도에 놀랐으니 말이다.

루빈스타인 후작가에서 얼음 왕자 그랜트와 그레샴 집사 사이가 이렇게 좀 딱딱했는데, 그거야 오랜만에 만나는 주종 관계였으니 친밀함이 없는 게 당연할 터였다.

그러나 이쪽은 아마 모르긴 몰라도 벨타이거가 태어났을 때부터 한 저택에서 얼굴 보며 지내온 사이일 텐데, 그런 것 치고 친밀감은커녕 냉기가 느껴질 정도였다.

'큰일이네… 집사랑 사이가 저 지경이니 다른 하인, 하녀들하고도 저러는 거 아냐? 분위기 장난 아니겠어.'

저택 안으로 들어가는 벨타이거와 선애의 뒤를 따라가며 나는 솟아

나는 걱정에 작게 한숨을 내쉬었다.

역시나 내 생각이 기우는 아니었던 듯, 저택 안을 가로질러 가는 동안 만나는 하인, 하녀들은 벨타이거의 모습에 황급히 한쪽으로 비켜나 고개를 숙이며 절대 시선을 마주치려 하지 않았다.

물론 루빈스타인 후작가에서도 주인 집안 사람들과 시선을 마주치면 안 된다고 교육받기는 했지만, 여기 하인, 하녀들이 보이는 행동은 단순히 교육받은 대로 행동하는 게 아니었다. 될 수 있는 한 눈에 안 띄려고 전전긍긍하는 분위기였던 것이다.

그걸 보는 벨타이거의 냉랭한 표정에 한줄기 조소가 스쳐 지나가고 있었다.

'우우… 분위기 엄청 안 좋네.'

신경 예민한 사람은 이런 분위기에서 식사했다간 십중팔구 체해 버리고 말 것이다.

덕분에 나는 이 도시에서 손꼽히는 집안의 저택 안으로 들어왔음에도 불구하고 주위의 멋들어지게 꾸며진 저택의 모습을 구경할 엄두도 내지 못하고 있었다.

그런데 이런 암울한 분위기 속에서 한줄기 빛이 나타났으니…….

"어머나, 이제 오세요, 도련님?"

이층으로 올라가자 한국에서 봤다면 현숙한 어머니상의 표본이라고 일컬어질 것만 같은, 단정하고 부드러운 분위기의 중년 여성이 벨타이거를 보자 미소 지으며 다가왔다.

그러자 그동안 딱딱하고 냉기를 풀풀 풍기던 벨타이거의 얼굴이 사르르 녹는 것이었다.

"유모."

다른 사정 다 몰라도, 이 모습을 보아하니 이 저택에서 눈앞에 있는 중년 부인만큼은 벨타이거의 편이라는 것을 확실하게 알 수 있었다.

"저녁은 드셨어요?"

"아니, 아직. 준비해 줘. 아, 물론 이 손님과 같이 식사할 거야."

이 저택에 와서 처음으로 편안한 음성으로 대답한 벨타이거가 옆에 뻘쭘하게 서 있던 선애를 가리켜 보였다.

"내가 말했던 그 아가씨."

선애를 소개하는 말에 선애가 살짝 앞으로 나서자 중년 부인이 먼저 기품있게 미소 지어 보이며 인사했다.

"어서 오세요. 도련님을 도와줄 분이시라죠?"

한국이 아니라 이 세계에서도 어디 귀족 집안 마님이라고 해도 믿을 만큼 우아한 태도였다.

"선애라고 합니다. 잘 부탁드려요."

벨타이거의 태도에 선애는 중년 부인에게 정중하게 인사했다.

"저야말로 잘 부탁드리겠습니다. 그냥 조셉 부인이라고 불러주세요."

"예, 조셉 부인."

그렇게 인사를 끝내자 조셉 부인은 자연스레 벨타이거와 선애를 안내하며 앞으로 걸어가기 시작했다.

"도련님께서 특별하게 부탁하시기에 방은 도련님 방 맞은편에다 준비했습니다. 옆방으로 준비할까 하다가요. 호호호호."

마지막에 조셉 부인이 벨타이거를 슬쩍 바라보며 짓궂게 웃자 벨타이거가 화들짝 놀란 표정을 지었다.

"유모, 그런 게 아니라니까."

"그래서 맞은편 방으로 준비했다니까요."

'허어… 옆방… 허허허……'

보통 이런 귀족 집안에서 가주나 가주 후계자의 방 바로 옆방은 그들의 배우자의 방이었다. 그러니까, 여기서는 벨타이거가 남작이니까 그 옆방은 남작 부인 방.

만약 선애가 그 옆방을 쓰게 된다면, 비록 결혼하지 않은 사이라 해도 벨타이거와 선애가 곧 약혼이나 결혼할 사이라고 여겨지게 될 것이었다.

그리고 가주의 맞은편 방은 그 가주의 아주 중요한 손님이거나 가까운 친구들에게나 내주는 방이었다.

뭐, 선애가 동업자이긴 하지만 이 정도로 대우받을 줄 몰랐던 나는 이곳에 온 뒤 처음으로 약간 기분이 좋아졌다.

"여기랍니다."

척 보기에도 무지 고급스러워 보이는, 묵직한 나무 문 두 짝이 닫혀 있는 곳 앞에 조셉 부인이 멈춰 섰다. 그 나무 문에는 부드러운 곡선을 그리는 넝쿨에 달린 커다란 잎과 예쁜 꽃이 사실적으로 조각되어 있었다.

조셉 부인이 문을 열고 들어가자 널찍한 실내가 드러났다.

루빈스타인 후작가 저택에서 보던, 그 얄미운 미란다 루빈스타인 녀석의 방만큼이나 커다란 방의 모습이 나를 더욱더 흡족하게 만들었다.

방에는 욕실과 드레스룸이 따로 달려 있었고, 커다란 킹 사이즈의 침대에는 사각 모서리에 기둥이 달려 휘장까지 쳐져 있었다. 속이 살짝살짝 비치는 얇은 휘장과 그 안 침대에 깔린 시트와 베개 모두 시원해 보이는 하늘색이었다. 그 시트의 색은 새하얀 침대와 참 잘 어울렸다. 수직으로 길쭉길쭉한 형태의 커다란 창에 쳐져 있는 커튼은 연한 연보라색. 침대 옆쪽에는 파란색의 무지 푹신푹신해 보이는 소파들이 나뭇결을 그대로 드러내는 연한 갈색의 탁자를 둘러싸고 있었다. 바닥에 깔린 카펫은 진한 보라색 바탕에 아이보리색의 추상적인 무늬를 가지고 있는 거였다. 한쪽 벽에는 낮은 장식장과 그 위에는 우아한 청자와 활강하는 매의 모습을 한 청동상을 비롯한 몇몇 개의 장식품이 놓여 있었다. 그리고 반대편 벽에는 선애의 상반신만한 커다란 거울이 달린 우아한 화장대도 있었다.

그 모습을 쭈욱 바라본 선애가 기분 좋은 표정으로 고개를 끄덕이자 벨타이거가 슬며시 말을 걸어왔다.

"마음에 들어?"

"아주 많이요."

"그거 다행이군."

그 즈음 문에 노크 소리가 들려 조셉 부인이 문을 열자 선애의 짐을 든 하인이 들어왔다.

"잠시 후에 저녁을 먹을 거니까 옷 갈아입고 있어. 내가 데리러 올게. 내 방이 어딘지는 알지?"

"들은 지 하루도 안 지났으니까 당연하죠."

"그럼 조금 있다가 봐."

벨타이거가 방을 나가고, 짐을 가지고 온 하인들도 짐을 내려놓고 나가자 조셉 부인이 남아서 선애를 바라보며 말했다.

"곧 짐을 정리해 드릴 하녀를 보내겠습니다."

"부탁합니다."

그렇게 조셉 부인마저 나가자 그제야 나는 편하게 선애에게 말을 걸었다.

[대우는 좋을 것 같은데… 분위기는 별로겠어.]

내 말에 선애가 고개를 끄덕인다.

"응, 나도 느꼈어."

[벨타이거 녀석, 전 남작이었던 외할아버지랑 사이가 안 좋아서 후계자 자리도 위태로웠다고 하더니만, 아무래도 집안에서 좋은 대접은 못 받고 살았나 보지?]

"뭐, 이제는 상관없잖아. 오히려 홀대했던 녀석들이 문제겠지. 이제 남작은 벨타이거 녀석이니까."

[껍데기뿐이라잖아.]

"그래도 집안에서는 괜찮겠지. 아, 이거 입을까?"

나에게 대답하면서도 옷을 싸들었던 짐을 풀고 안을 뒤적거려 본 선애가 얼마 전에 산 심플한 디자인의, 아이보리색과 분홍색이 사선 줄무늬를 그리고 있는 원피스를 꺼내 들었다.

[괜찮겠네. 그러고 보니… 너 머리 꽤 많이 길었다? 슬슬 매직도 풀려서 곱슬곱슬거리고.]

내 말에 선애가 인상을 찡그렸다.

나는 숱이 적은 생머리라 반 곱슬머리가 부러웠는데, 선애는 자신의 반 곱슬머리를 싫어해서 매직을 계속해 주고 있었던 것이다.

"나도 알아. 아, 여기는 매직 같은 거 없을까?"

[있을지도 모르지. 여기 여자들도 멋은 부릴 테니까. 고데기도 있는데 머리 펴는 것이라고 없겠냐?]

"한번 알아봐야겠어."

선애가 머리를 다시 빗고 옷을 갈아입으려 할 즈음 노크 소리가 들려왔다.

"들어와요."

선애의 허락이 떨어지자, 들어온 사람은 이 저택 하녀복을 입고 있는 20대 초반으로 보이는 아가씨였다.

"오늘부터 아가씨의 시중을 들어드릴 앤실이라고 합니다."

[오옷, 널 시중들 하녀도 생기고 말야. 선애 출세했네.]

나의 말에 선애가 비식 웃으며 인사한다.

"잘 부탁해요."

선애와 시선을 마주치지 않게 눈을 살짝 내리깐 상태에서 앤실이 다시 한 번 고개를 숙인다.

"예. 옷 갈아입는 것 도와드릴까요?"

"아니요, 그런 건 괜찮아요."

"그럼 짐 정리를 해드리겠습니다."

"그래요."

하녀에게 시중받아 본 적이 한 번도 없었지만, 그래도 몇 개월 루빈스타인 후작가에서 봤던 게 경험이 되었는지 선애는 제법 익숙한 듯(?) 하녀를 대한다.

그 모습이 너무 우스워서 나는 작게 킥킥거리며 지켜보았다.

그렇게 좋은 대우를 받으면서 지내게 된 건 좋았는데…

"나원, 평소에는 무지 잘난 척을 하시더니… 이런 대우를 받으면서 지낸 겁니까?"

선애는 자신의 맞은편에 앉아 있는 벨타이거에게 기가 막히다는 표정을 숨길 생각도 안 하며 물었다.

그에 벨타이거는 멋쩍은 표정으로 애꿎은 천장만 바라봤다. 하지만 그렇다고 선애의 시선을 피할 수 있는 것이 아니었기에, 결국 한숨을 내쉬며 기죽은 표정으로 선애와 마주 봤다.

"어차피 알고 왔을 거 아냐, 뒤통수 맞았다고."

"물론 그건 알고 있었죠. 하지만 이건 좀 심하네요."

선애는 그렇게 말하며 자신이 들고 있던 종이를 다시 한 번 들여다 봤다.

그 종이는 서대륙에서 수입한 고급 한지를 여기에서 또 한 번 가공 처리를 한, 무지무지 비싼 거였다. 두께는 일반 엽서나 두꺼운 도화지 정도였고, 그만큼 뻣뻣하지만 뭘 가공을 했는지 고급 종이답게 표면은 매끄러웠다. 이 종이는 물에 담가 며칠 불리지 않는 한 젖지 않았고, 가벼운 불에도 타지 않는 데다 한지의 특성을 잘 살려 오랜 세월이 지나도 변질이 안 되었다.

그런 것이었기에 중요한 계약서나 서류 같은 것을 작성할 때 사용되는데, 그런 비싼 종이에 적힌 건 벨타이거가 크로스웰 무역 회사에 대한 권리를 써놓은 것이었다.

문제는… 그렇게 비싼 종이를 사용한 것에 비해 별 볼일 없는 권리라는 거였지만 말이다. 게다가 그 끝에는 벨타이거의 사인까지 곁들여져 있었다.

[사인 한번 멋지군. 이런 데 쓰이기 아까울 정도로 말야.]

농담 같은 내 말에도 선애는 웃지도 않고 인상만 찡그린 채 앞의 탁자에 그 종이를 내려놓더니 손가락으로 그 종이를 탁탁 쳤다.

"아, 정말 웃기지도 않네요. 명색이 크로스웰 무역 회사 회장인데다 크로스웰 남작인데… 물론 껍데기뿐이라는 건 알았지만……."

그 서류에 의하면, 벨타이거 크로스웰 남작은 크로스웰 무역 회사에 대한 운영권은 물론이거니와 의사 결정권조차 없었다. 게다가 크로스웰 무역 회사에 대한 서류를 볼 때, 일반 서류는 얼마든지 마음대로 볼 수 있었지만 기밀 문서로 분류된 서류를 보고 싶을 경우 의사 결정권과 운영권을 가진 자의 허락을 받아야만 했다.

전에 휴에게 들은 것을 연계하여 생각해 볼 때 아무래도 그 의사 결정권과 운영권을 가진 사람이란, 아마도 벨타이거의 뒤통수를 후려쳤다는 그 핸들리 크로스웰이거나 그의 심복일 게 분명했다.

'그렇다 해도 그 핸들리 크로스웰이라는 사람 정말 대단하네. 저 벨타이거 녀석한테 이런 말도 안 되는 걸 적어놓은 서류에 사인을 받아내고 말이야.'

내 보기에 벨타이거 녀석도 선애 못지않게 영리한 녀석인데 멋모르고 이런 데 사인했다는 건 말이 안 됐다. 기반이 거의 없는 상황에서도 정보 길드와 핸들리 크로스웰을 끌어들여 위태위태한 남작 작위를 거머쥔 놈이었으니까 말이다. 뭐, 운이 나쁘게도 핸들리가 더 머리가 좋았던 모양이지만.

하지만 아무리 그렇다 하더라도 이렇게 아무런 손을 못 쓰게 해놨을 줄은 몰랐다. 그래도 명색이 남작이니 뭔가 아주 조금이나마 권리를 가지고 있을 거라고 생각했는데 말이다.

그런 상황이었으니, 타이거 상회를 운영할 때 무역 회사의 힘을 빌리는 건 꿈도 못 꿨다.

뭐, 다른 업자들과 같은 조건에서 거래할 경우에 최우선권을 주게 되어 있기는 하지만, 그 외에 무역 회사의 힘을 빌어 쓸 경우에는 의사 결정권 회의에서 찬성이 절반 이상이 나와야 힘을 빌려주도록 되어 있는 거였다.

게다가 최우선권을 준다고 해도 그걸 그대로 믿을 수나 있을지…….

이런 권리서를 보면 아마 의사 결정권 회의에 참석할 수 있는 사람들 대부분이 핸들리 크로스웰 쪽 사람일 것이다. 한마디로 모든 건 핸들리 크로스웰 손안에 있다는 이야기다.

"허참… 크로스웰 무역 회사는 완전히 핸들리 거네요. 이거 소유주도 그 사람으로 되어 있는 거 아니에요?"

선애가 한숨 쉬듯 묻자 침울한 표정의 벨타이거가 대답해 준다.

"물론 소유주는 할아버지로부터 물려받은 나야. 하지만 무역 회사를 남에게 팔 때도 핸들리의 허락을 구해야 해."

"그게 뭐야, 그럼 만약 핸들리가 팔고 싶을 때는요?"

"아아… 그래도 그때는 내 허락이 필요하지."

"어이구, 그나마 낫네요. 그럼 무역 회사에서 나오는 이윤은 하나도 못 받나요?"

"아니, 그래도 선심 쓰듯 5%는 준다고 하더라구. 그래 봤자 핸들리 녀석에게 들어가는 것에 비하면 엄청 적은 돈이지만."

"그래도 그게 어디예요? 아, 그건 그렇고… 다른 재산은 없는 건가요? 이 저택 빼고요."

"뭐… 그럭저럭 먹고살 만큼은 물려받았어. 그러니 너희 쪽에서 나와 거래를 한 거지. 내가 싸움에 진다 하더라도 대금은 지불할 수 있으니까."

"그래요? 그렇다면 그렇게 최악은 아니네요."

"그러니까 내가 핸들리와 싸워볼 생각을 한 거 아니겠어?"

씨익 웃어 보이는 벨타이거 녀석의 눈이 아까의 기죽은 모습은 어디다 버렸는지 선애를 곧게 바라본다. 이미 뭔가 계획을 세워놓은 모양이다. 하기야 그러니까 선애를 끌어들인 거겠지만.

"이미 계획이 세워져 있는 모양이죠?"

선애 또한 그걸 알아차린 모양인지, 이제까지의 기가 막히고 황당해 약간 삐딱하게 굴었던 태도를 버리고 자세를 바로 했다.

"맞아."

자신있게 씨익 웃어 보이는 벨타이거 녀석.

"나는 크로스웰 무역 회사를 무너뜨리려는 게 아니야. 그냥 그대로 내가 흡수하고 싶은 거지. 그렇기에 장기전을 생각하고 있어."

그렇게 서두를 꺼낸 벨타이거의 요지는 이랬다. 자기에게 맡겨진 타이거 회사를 크게 키운 뒤 무역 회사와의 거래를 천천히 늘려 무역 회사 안에서의 자기 세력을 키운 다음 야금야금 먹어치우는 것.

어차피 명목상이라 해도 소유주는 벨타이거였으니 가능한 일이었다.

"당분간 무역 회사와의 거래는 생각 안 할 거야. 우선은 내륙 안에 내 상회 유통 라인을 만드는 게 급선무야."

그 선두 주자는 뜻밖에도 '야생화 향수 가게'였다.

그의 말에 선애가 놀란 표정을 지어 보이자 벨타이거가 머쓱하게 웃어 보였다.

"사실 처음에는 생각도 안 하고 있었어. 다른 그럴듯한 물품을 생각해 놓고 있었거든. 아마 예상했겠지만, 향수 가게는 숙부의 눈을 가리는 속임수였어. 그런데 선애가 가게를 운영해 나가는 걸 보니 생각 외로 괜찮은 것 같더라구."

진심인 듯한 말에 선애가 기분 좋게 웃으며 고개를 끄덕였다. 벨타

이거의 말은 선애를 칭찬하는 말이었으니 선애가 기분 나쁠 리가 없는
것이다.

"크게만 한다면 꽤 괜찮아요. 지금 보유하고 있는 향수 질이 높으니
까. 거기다가 돈만 있다면 여러 옵션을 집어넣어도 좋죠. 하지만 문제
가 있어요."

"나도 알아. 향수를 생산하는 양도 문제고, 수도 문제고, 게다가 유
통 기한도 문제지?"

"잘 아네요."

선애의 말에 벨타이거가 씨익 웃는다.

그 모습에 선애가 인상을 찡그렸다.

"벌써 그에 대한 문제를 해결해 놨군요?"

"잘 아네."

선애의 말투를 흉내 내며 대꾸하는 벨타이거 녀석에게 선애가 인상
을 팍 찡그려 보였다.

하지만 그런 선애에게 오히려 싱글싱글 웃어 보인 벨타이거는 선애
를 일으켜서 밖으로 데리고 나갔다.

그가 선애를 데리고 간 곳은 무지 잘 가꾸어진 정원이었다.

이곳도 꽤나 넓은 부지를 정원으로 가꾸고 있었는데, 그중 가장 압
권은 장미 넝쿨로 만든 미로였다. 사람의 허리 정도 높이의 나무 담장
으로 미로를 만들어놨는데, 그 담장에 장미 넝쿨을 몇 겹이나 감아 그
안의 담장이 보이지 않을 정도였다. 그것도 한 종류가 아니라 여러 종
류를 같이 겹쳐 놓아 무지무지 화려했다. 그리고 길의 막힌 곳마다에
는 길을 잘못 들어선 사람들의 기분을 풀어주기 위함인지 다른 종류의

꽃으로 작은 화단을 이루고 있었다.

그러한 멋진 장미 넝쿨 미로를 지나 정원의 한쪽 구석 모퉁이로 들어가자, 제법 운치있게 지어진 통나무집이 보였다. 단층이긴 했지만 'ㄱ'자 모양을 하고 있는, 규모가 제법 되는 통나무집이었다.

그 안에 지금 누가 있는지 통나무집의 현관문은 활짝 열려 있었는데, 벨타이거는 안으로 들어가는 대신 입구에 서서 안에다 대고 소리쳤다.

"윙켓, 저 왔어요!"

하지만 잠시 기다려도 안에서는 아무런 응답이 없었다. 그에 벨타이거는 한 걸음 안으로 들어가며 다시 한 번 소리쳤다.

"윙켓, 안 계세요?"

벨타이거가 안으로 들어가자 선애도 덩달아 따라 안으로 들어갔는데, 들어가자마자 선애의 인상이 팍 찡그려졌다.

"으극……."

[왜 그래?]

"아니, 안 좋은 냄새가 나서… 이거… 풀을 짓이기면 나는 냄새 같기도 한데… 너무 독하다."

나에게 작게 중얼거리며 선애는 코를 손가락으로 틀어쥐었다.

그 모습을 봤는지 벨타이거가 피식 웃었다.

"냄새가 좀 심하지? 당연한 거야."

그러면서 뭐라 또 설명하려고 하는데, 안쪽으로 연결된 나무 문이 삐걱 열리더니 한 인영이 모습을 드러냈다.

"왔수?"

선애보다 더 작은 키에 깡마른 체구를 가진, 대략 50세쯤 되어 보이는 남자였다. 코에 기른 염소수염에는 히끗히끗 하얀색이 보이고 있었고, 얼굴에도 주름이 꽤 잡혀 있었는데, 그 사이사이 거뭇거뭇한 점들이 보인다. 그런데 어째 점이라고 보기에는 그 수가 무지 많그, 주근깨라고 하기에는 좀 크다.

[어어… 곰보?]

그랬다. 그 중년 남자는 주먹코에 얼굴엔 곰보투성이였다. 어렸을 때부터 저런 얼굴이었다면 외모 때문에 놀림을 무지하게 받았을 것 같았다. 게다가 스타일이 좋은 것도 아니라, 선애보다도 작은 키에 깡마른 체구였으니…….

한국에서도 곰보 얼굴을 가진 사람은 옛날에나 있었지 요 근래에는 거의 보기가 힘들었기에 처음 본 선애는 무척이나 놀란 표정이었다.

그러자 그 중년 남자의 눈초리가 살벌해진다.

"뭐야, 이런 얼굴 처음 보나? 너도 나 못지않게 이상해."

아무래도 외모 때문에 시달림이 많았던 모양이다. 덕분에 성격도 안 좋아진 것 같고.

그 중년 남자의 차가운 말투에 선애가 벙~쩌 있자 벨타이거가 중간에 끼어들어 분위기를 수습하려 했다.

"자자, 앞으로 잘 협력해 나가야 할 사람들이니 사이좋게 지내자구요. 선애, 이쪽은 선애가 그렇게 만나고 싶어 하던 향수 조제사 윙겟. 사실 향수 조제는 취미로 하시는 거고, 원래는 정원을 가꾸시고 있지."

"아, 예, 만나서 반갑습니다."

벨타이거의 말에 선애가 얼른 정신을 수습하고 인사했지만 그 윙겟이라는 중년 남자는 속도 좁았는지 살벌한 시선을 풀지 않았다.

"에에, 윙겟, 이쪽은 제 일을 도와줄 사람이에요. 선애라고, 서대륙인이죠."

"흥, 서대륙인인 건 나도 보면 안다오."

정원을 가꾸는 사람이라면 벨타이거보다도 신분이 낮을 텐데도 그는 벨타이거에게 너무 함부로 대했다. 말도 반 존대를 쓰고 말이다. 그런데 벨타이거는 이런 데 익숙한 듯 아무렇지도 않은 표정이었다. 그만큼 친한 사이라는 뜻이겠지?

"자자, 윙겟, 오늘 오면 새로 만들어낸 향수를 보여주겠다고 하셨잖아요. 이번 거는 금방 변질되지 않겠지요?"

벨타이거의 말에 선애를 거의 노려보다시피 바라보고 있던 윙겟이 그제야 시선을 돌렸다.

"몇 개 만들어보기는 했는데……."

말끝을 흐리는 폼이 이번에 새로 만들어낸 향수가 별로 마음에 안 드는 표정이다.

하지만 그 반응에 벨타이거의 얼굴은 환해졌다.

"오오, 몇 개씩이나요? 이거 참 기쁜 소식인데요."

"흥, 그저 그런 거라우."

"에이, 제가 윙겟의 능력을 아는데요. 윙겟이 그저 그런 거라고 하니 이번에도 상등품이겠군요."

"글쎄올시다… 이쪽으로 오시우."

그러면서 윙겟은 밖으로 나가 집을 빙 돌아 뒤쪽에 달린 문으로 들어갔다. 그곳에 들어갈 때는 선애가 인상을 안 찡그리는 걸 보니 냄새가 안 나는 모양이다.

'흠, 저쪽에서 향수를 조제하나 보지?'

그 방은 창문이 없어서 매우 어두웠다. 그래 윙겟이 불을 밝히려고 주섬주섬거리는 동안 벨타이거가 선애에게 작게 속삭였다.

"여기가 윙겟이 완성한 향수를 보관하는 창고야."

그러는 동안 안에 있는 등대에 불을 밝힌 윙겟이 벨타이거와 선애를 향해 손짓했다.

"이쪽이우."

등의 빛 아래에 드러난 그 창고 안은 삼면의 벽에 3층으로 난간이 설치되어 있었는데, 입구를 중심으로 왼쪽 벽에 설치된 3층 난간은 대부분의 자리가 자잘한 나무 병들로 채워져 있는 것에 반해 정면과 오른쪽에는 비어 있는 자리가 많았다.

정면에는 단 한 개의 병만 있었고, 오른쪽에는 그래도 이십 개 정도의 병이 있었는데, 특이한 건 그쪽에 있는 것들은 모두 유리병에 담겨 있다는 거였다.

그리고 윙겟이 가리킨 곳은 바로 오른쪽이었다.

"윙겟, 이번 거는 얼마나 오래 갈 수 있어요?"

"으음… 대략 6, 7개월 정도? 잘만 보관하면 7개월 정도는 가뿐할 거요. 아, 그리고 전에 만든 것들 중 몇 개를 도령이 부탁한 대로 보관 날짜를 좀 늘리게 만들어봤는데… 질이 그렇게 많이 떨어지지는 않는 것 같았수."

"그거참 다행이군요."

오른쪽 난간으로 다가간 윙겟은 그 위에 있던 유리병 중 열 개를 골라 벨타이거와 선애 쪽으로 미뤄냈다.

그중 하나를 뽑아 향을 맡아본 선애의 눈이 놀라움으로 둥그레졌다.

"어라? 이건… 야생화 3호네요?"

"아아… 그건 보관 날짜를 늘려본 거야. 몇 가지를 좀 더 첨가해서 향이 좀 달라졌지?"

퉁명스럽긴 하지만 그래도 설명할 건 다 해주는 윙겟의 말에 선애는 다시 한 번 향을 맡아보더니 고개를 설레설레 저었다.

"잘 모르겠는데요? 제가 둔하지는 않은데… 대단해요. 거의 변한 게 없는 것 같아요."

선애의 솔직한 말에 차가운 윙겟의 눈빛이 약간 풀어졌다. 성격이 안 좋아도 칭찬하는 말에는 기분이 좋아지는 모양이다.

그러나 선애는 윙겟이 그러든 말든 다른 향수의 향을 맡기 시작했다.

"아아, 이건 야생화 7호다. 오! 이건 새 향수인가 보군요. 우와~ 향이 무지 달콤해. 이야, 이것도 너무 좋다……."

선애가 하나하나 향을 맡아보며 끝없이 감탄사를 내뱉는 동안 벨타이거는 향을 맡는 건 내버려 두고 슬그머니 윙겟 곁으로 다가와서 말했다.

"새 향수가 다섯 개씩이나… 이거 정말 대단하신데요? 거기다가 기존에 있던 향수들도 보관 날짜를 늘리면… 총 열두 개군요. 내년 봄까지는 몇 개 더 늘릴 수 있을까요?"

"아마… 한두 개 정도는."

"양도 꽤 많이 늘리셔야 할 거예요. 부탁하신 농장은 아마 한 달 내로 화원으로 완전히 개간할 수 있을 겁니다."

"뭐, 맘에 드는 녀석들을 골라보도록 하겠수만……."

그렇게 둘이 속닥이는 동안 윙겟이 골라준 향수의 향을 다 맡았는지 선애가 두리번거리다가 반대편에 있는, 꽤나 많은 나무 병들이 있는 곳을 가리키며 물었다.

"저기 있는 것들은 뭐예요?"

"실패작. 그리고 그나마 개선의 여지가 있는 것들. 아니면 아직 미완성된 것들."

아까보다는 훨씬 누그러진, 그러나 여전히 퉁명스러운 윙겟의 설명에 선애는 입구와 정면에 있는 벽의 난간에 단 하나 있는 우리병 쪽으로 시선을 돌렸다.

"어, 그럼 저건요?"

그러자 선애의 시선을 따라 그 유리병으로 시선을 돌린 윙겟의 표정이 약간 풀렸다. 뭔가 추억이라도 회상하는 듯 아련한 표정을 지으며 그가 대답한다.

"내가 만든 것 중 최상이라고 할 수 있는 작품."

"맡아봐도 돼요?"

선애가 조심스레 묻자 윙겟이 잠시 머뭇거리다 고개를 끄덕였다.

"뭐……."

그에 선애가 쪼르르 달려가더니 조심스레 유리병을 집어 들었다. 아무래도 윙겟이 최상의 작품이라고 한 것 때문에 약간 부담스러운 모양이다.

뚜껑을 열고 손짓으로 바람을 일으킨 뒤 향을 맡던 선애의 눈이 사르르 감기더니 잠시 후 번쩍 떠졌다.

"우와, 우와, 우와~ 이거 정말 장난이 아니군요. 대단해. 세상에! 제가 지금까지 맡아왔던 향수 중 단연 최고예요!"

선애의 감탄에 윙겟의 표정이 완전히 풀어졌다.

"이거… 설마 이것도 야생화 몇 호인 건 아니겠죠? 그런 이름으로 불리기에는 너무너무 향수가 아깝다구요."

"그건 이름이 있어. '새벽의 축복'이야."

퉁명스러운 윙겟의 말투.

그러나 선애는 개의치 않고 고개를 끄덕였다. 아마 그만큼 향수의 향에 빠진 모양이다.

"와우, 정말 멋진 이름이에요. 향수에 너무너무 잘 어울리는데요? 그런데 이건 왜 가게에 안 내놓으셨어요?"

선애의 질문에 여전히 퉁명스럽게 윙겟이 대꾸했다.

"별로 내놓고 싶지 않았으니까. 게다가 그건 다른 것들에 비해 만드는 게 몇 배로 힘들어. 들어가는 양은 배이면서도 만들어지는 양은 다른 것들의 1/10이 될까 말까니까."

"그래요? 하지만 이 향수 이렇게 여기만 있기 너무 아까운걸요. 밖으로 나가면 아마 모든 향수들의 머리 위에 설 수 있을지도 모르는데……."

선애가 아쉽다는 듯 중얼거리자 윙겟이 코웃음을 치며 고개를 휙 돌렸다. 하지만 그의 뒤쪽에 있던 나는 윙겟의 얼굴이 약간 씰룩거리는 걸 볼 수 있었다. 아마 선애의 말에 입이 벌어지려는 걸 참는 모양이었다.

선애의 말이 끝나자 벨타이거가 진중한 목소리로 말했다.

"그래서 말인데요… 저도 부탁드리고 싶어요, 윙겟. 이 향수도 가게로 내놔주시지 않겠어요?"

"흥, 별로 내키지 않는다우. 일반 유리병에 담을 바에야……."

윙겟이 시큰둥하게 말하자 벨타이거가 그럴 줄 알았다는 듯 씨익 웃었다.

"당연히 일반 유리병에 담을 수 없지요. 이게 얼마나 대단한 향수인데. 그래서 드워프제 유리병에 담아 판매할 생각입니다."

'드워프?'

드워프라면 예전 유리 공예사에 갔을 때 아주 고이고이 모셔진, 엄청나게 비싼 액수의, 그러나 그만큼의 값어치가 있다고 생각하는 유리 공예품을 만든 존재였다.

벨타이거의 말이 뜻밖이었는지 윙겟의 눈이 커다래졌다.

"드워프제 유리병?"

"당연하지요. 이 정도의 향수라면 드워프제 유리병이 아니라면 감당할 수나 있겠습니까?"

은근슬쩍 치켜올리는 벨타이거의 말에 윙겟의 입이 다시 벌어지고 싶은지 씰룩거렸다.

"으으음… 드워프제 유리병이라……."

윙겟이 흔들리는 듯하자 벨타이거가 다시 한 번 꼬드겼다.

"어때요, 윙겟? 잘 어울리는 한 쌍 아닙니까? 윙겟의 최고의 향수와 드워프제 유리병."

"으으으음… 뭐, 드워프제 유리병에 담아서 판매할 거라면 나쁠 건 없겠지만서도……."

좋으면서도 그 배배 꼬인 성격 때문인지 확실하게 대답을 안 해준다.

하지만 그것만으로도 만족했는지 벨타이거가 웃으며 고개를 끄덕였다.

"좋습니다. 그럼 결정된 겁니다?"

"뭐……."

"잘됐군요. 이번에 새로 신설할 가게는 무척 크게 낼 생각이었거든요. 아마 새로 낼 가게의 대표적인 상품이 될 겁니다."

"뭐… 그 정도까지야……."

속으로는 좋으면서 은근히 빼는─그것도 티 안 나게 하면 몰라도 겉으로 빤히 보이는─윙켓의 태도에 선애가 작게 중얼거렸다.

"*나잇값*……."

Chapter 16

벨타이거는 선애를 자신의 상회로 끌어들일 때부터 드워프제 물품들을 구입할 생각이었다고 한다. 윙겟이 최고 작품인 '새벽의 축복'의 존재를 내놓게 하려고 생각하다가 떠올린 것이라고 했다.

그렇게 말하는 벨타이거는 드워프제 물품을 사는 것을 마치 슈퍼에 가서 과자 한 봉지 사는 것인 양 아무렇지도 않게 말했지만, 사실 드워프제 물품을 사는 건 쉬운 일이 아니었다. 이 세계에서 최고의 장인이라고 일컬어지는 드워프제 물품은 가격은 둘째치고라도 물품이 부족했기 때문이다.

드워프들은 원래 사람들과의 교류를 그다지 좋아하지 않는다. 덕분에 드워프 종족 전체를 놓고 봤을 때 인간들과 교류를 하는 건 끌어 모으고 모아도—그러니까 인간과 이야기라도 하는 족장이 있는 마을 드워프들 전체를 포함하여—겨우 30%라고 했다. 그리고 그 30% 중에서도 인간들과 거래까지 하는 드워프들은 그 절반에 해당하는 정도. 전체적으로 봤을 때 겨우 15% 정도일 뿐이었다.

그런 극소수의 드워프들이 만든 물품이 인간 세계로 내려오는 것이었으니 웬만한 사람들은 평생을 가도 드워프제 물건을 하나 볼까 말까 할 정도였고, 그 물품의 질은 물론이거니와 그 희소성 때문이라도 가격이 정말 어마어마했기 때문에 소유까지 가능한 사람은 소수에 불과했다.

상황이 그랬으니, 어떻게 해서 드워프들과의 거래를 튼 사람들은 그 거래를 계속 유지하려 했고, 더 많은 거래를 하기 원하는 건 당연지사. 그러한 틈새를 뚫고 드워프와 거래를 한다는 건 정말 쉬운 일은 아니었다.

하나 그럼에도 불구하고 벨타이거 녀석이 드워프제 물품 운운하는 것은 그래도 그나마 믿는 구석이 있었기 때문이다.

그것은 바로 헤스딩스 남작.

헤스딩스 남작은 알파두르 항구 도시에서 남쪽으로 며칠 쭈우우욱~ 가면 도착할 정도의 거리에 드넓은 영지를 가지고 있었다.

그런데 그 영지의 거의 한쪽 면이라고 할 수 있는 넓은 면적이, 이 세계의 대륙을 이등분하고 있는 카르파티아 산맥의 한 지점이라고 할 수 있는 무지무지하게 거대한 산과 맞닿아 있었는데, 그 산속에 드워프의 마을이 무려 세 곳이나 존재하고 있었다.

아무래도 그 산에는 드워프들이 인간들이 사는 곳과 가까움에도 불구하고 도저히 포기할 수 없게 만드는 뭔가 매력이 있는 모양이었다.

게다가 그중 한 마을은 인간 상인들과 드러내 놓고 교류를 하고 있었는데, 그 이유가 바로 그 마을의 족장과 헤스딩스 남작 조상과의 인연 때문이라고 한다.

덕분에 헤스딩스 남작 영지에는 드워프들과의 교류를 원하는 상인들로 항상 북적댔고, 그로 인하여 원래 거의 불모지라 할 수 있었던 영지가 무지하게 커질 수 있었다.

거기에 더해 이 드워프의 마을 족장이 헤스딩스 남작 조상에게 은혜라도 입었는지 헤스딩스 남작의 허락을 받은 사람하고만 거래했으니, 거래를 원하는 사람들이 수없이 가져다 바친 재물로 헤스딩스 남작가는 어마어마한 부를 축적할 수 있었다.

그런데 이 헤스딩스 남작가와 크로스웰 남작가에는 공통점이 있었는데, 바로 평민이었다가 귀족이 된 점이었다.

드워프와 교류를 할 수 있다는 것으로 남작 작위를—비록 귀족 작위 중 가장 낮은 것이라 해도 말이다—받은 거 보면 드워프제 물품이 대단하긴 대단한 모양이다.

뭐, 그게 어쨌든 평민이었다가 귀족이 되었다는 공통점 하나로 헤스딩스 남작가와 크로스웰 남작가는 무지 친하다고 한다. 그 두 남작가 사이의 거리가 가까워서 그랬을 수도 있겠지만, 아무래도 귀족 사회에서 전통있는 귀족 가문들의 텃세가 심했던 탓일 것이다.

그런 거 보면 인간들 사는 곳은 어디나 비슷비슷하다는 걸 새삼 깨닫게 된다.

하여간 그러한 인연이 쭈욱 이어져 전 크로스웰 남작이었던 벨타이거 외할아버지 때도 헤스딩스 남작가와 돈독한 친분을 가지고 있었고, 덕분에 벨타이거도 헤스딩스 남작가와 안면을 익힌 상태라고 했다.

"뭐, 외할아버진 날 미워했어도 남작가 사람이라고 인정은 해준 모양이야. 하긴 후계자 자리를 굳건하게 해주지는 않았어도 그에 걸맞는 교육은 시켜주셨으니까."

그렇게 말하며 씁쓸하게 웃는 벨타이거의 모습에 선애가 입술을 씰룩거렸다.

곤혹스러워하는 거였다. 미운털을 콕 하고 박아놓은 녀석이 약한 모습을 보이며 안됐다는 감정을 불러일으키니 지금까지처럼 틱틱 댈 수도 없고, 그렇다고 한순간에 그를 대하던 태도를 바꾸기도 싫을 테니 말이다.

뭐, 벨타이거야 선애가 자신의 사정을 속속들이 알고 있을 테니—물론 잘 알고 있다—이런 말을 쉽게 할 수 있었던 거겠지만.

하지만 선애의 어찌할 바를 정하지 못해 찡그려진 인상을 본 그는 평소의 능글대는 표정으로 돌아와 씨익 웃었다.

"뭐야, 갑자기 나에게 반한 거야? 드디어 선애도 내 매력을 느꼈나 보지?"

그 말에 선애의 표정이 단박에 예전으로 돌아왔다.

"회장님이 왕자병에 걸리셨는지 몰랐네요. 이제부터 절대 제 곁으로 가까이 오지 마세요. 병 옮기 싫어요. 그 병에는 약도 없다던데."

처음 벨타이거와 만났을 때 그는 자신의 애칭인 '벨'이라고 불러도 좋다고 허락했지만, 선애는 애칭은커녕 이름으로도 절대 안 불렀다. 얄미운 녀석이라 이름을 부르고 싶지도 않은 모양이었다. 동업하게 된 지금도 그건 마찬가지였던 터라 그를 부를 땐 꼭꼭 그의 직함인 '회장'이라고 불렀다.

사족을 달자면, 선애의 직함은 '이사'였다. 무지 그럴듯한 직함인지 울 꼬맹이는 무척이나 만족스러워했다. 비록 20평 정도의 작은 향수 가게 하나만 달랑 보유하고 있는 코딱지만한 상회라고 해도 말이다.

"에이, 선애는 너무 냉정하다니까. 그래 가지고 어디 연애 한 번 제대로 해보겠어?"

벨타이거는 선애의 속을 박박 긁어놓으려는 속셈이었겠지만, 그의 말에 나는 '푸핫' 하고 웃음을 터뜨렸다. 이날 이때까지 제대로 된 연애 한 번 못해본 나와는 달리 선애는 의외로(?) 그 또래 남학생들에게 인기가 있어 몇 번이나 대쉬를 받은 몸이었던 것이다.

선애는 벨타이거에게 진한 비웃음을 날려주며 느긋하게 입을 열었다.

"그러게나 말입니다. 누구와는 달리 너무 인기가 많아서 누굴 선택해야 할지 모르겠거든요. 아, 너무 잘난 것도 죄라니까."

'크허… 저 잘난 척, 정말 오랜만에 보는구만.'

선애의 행동이 정말 뜻밖이었는지 입을 떠억 벌린 벨타이거는 잠시 후에 피식거렸다.

"하, 이거 참… 정말 못 당하겠군."

"이기지 못하실 걸 뻔히 알면서 왜 덤비신대요? 그런 거 보면 회장님 머리 수준이 어느 정도인지 짐작이 간다니까요. 동업을 잘한 건지 의심스러워."

"어허, 나만한 동업자가 어디 있다고. 자, 자, 어쨌든 본론으로 돌아가서 그러니 헤스딩스 남작에게 부탁하면 거래까지는 생각 못하더라도 최소한 어느 정도 물품은 구할 수 있을 거야."

벨타이거의 말에 선애가 인상을 찡그렸다.

"그걸로 돼요? 거래를 트려고 하는 거 아니었어요?"

"거래를 트면 좋겠지만… 안 되더라도 최소한 몇 개라도 살 거야."

"거래를 못하면 그냥 오지 왜 몇 개라도 사게요?"

"그거야 손님들을 끌어 모으기 위해서지. 드워프 제품은 쉽게 볼 수 없는 건데, 그런 걸 전시해 놓으면 많은 사람들이 구경하러 몰릴 거잖아. 그때 우리 가게의 향수들을 선보이는 거지."

"헤에……."

[광고 효과라는 거군. 괜찮은 생각인데? 저 벨타이거 녀석, 꽤 많이 생각해 놓은 모양이야.]

내 말에 작게 끄덕인 선애가 다시 물었다.

"그런데 향수만 판매할 건가요? 윙겟이 몇 개 더 만들어낸다고 해도 채 스무 개도 안 되는데… 그럼 판매하는 게 너무 적어요. 드워프와 거래를 터서 드워프 제품을 판매할 수 있다고 해도 그건 고가잖아요. 가격 차이가 너무 큰 데다가 제품 양도 많지 않다면서요."

"그럴지도. 하지만 어차피 가게 오픈은 내년 봄에나 할 생각이니까 그때까지 차근차근 생각하면 돼. 우선은 거래는 몰라도 드워프제 물품을 가능한 한 많이 확보하는 거야. 내일 헤스딩스 남작가로 출발할 생각이니까 준비해 둬."

뜻밖의 말에 선애의 눈이 둥그래졌다.

"엑… 나도 가요?"

"당연하지. 선애는 내 동업자잖아. 헤스딩스 남작과 안면을 익혀놓는 것도 좋아. 거기다 드워프 마을에 가고 싶지 않아? 볼 것도 많을 거야."

"에… 거야 뭐……."

벨타이거의 너무나 당연한 걸 묻는다는 듯한 표정에 선애가 당혹스러워했다. 그걸 보며 벨타이거는 쐐기를 박고 싶은 양 다시 입을 열었다.

"거기다 아직 본격적으로 작업에 들어가지도 않았으니 할 일도 없잖아. 이 저택에 혼자 있으니 나랑 같이 갔다 오도록 해."

그러나 과하면 아니 한만 못하다고, 무지 신경 써주고 있는 듯한 벨타이거의 말투에 당혹해서 어버버하던 선애의 눈초리가 가늘어졌다.

"뭐예요? 되게 수상하네. 회장님이 언제 날 이렇게 생각해 줬다고……."

선애의 날카로운 지적에 벨타이거가 순간적으로 움찔했지만, 언제 그랬냐는 듯 다시 능글맞게 웃으며 말했다.

"어어? 나는 항상 선애를 많이많이 생각해 주고 있었다고."

그러나 울 꼬맹이는 그 정도에 흐지부지 넘어갈 애가 아니었다.

"웃기지 말아요. 언제 그랬다고. 솔직히 불어보시죠? 왜 날 데리고 가려고 그래요? 설마 혼자 가는 게 심심해서 그렇다는 건 아니겠지요?"

선애의 추궁에 벨타이거 녀석이 턱을 긁적거리다가 포기했다는 듯 웃어 보였다.

"에… 뭐… 어차피 알게 될 거니… 얼마 후에 헤스딩스 남작가에 파티가 열리거든. 헤스딩스 남작 영애 생일이라……."

"그거하고 나하고 무슨 상관이래요?"

"아주아주 큰 상관이 있어. 선애가 같이 안 가주면 파티에 나 혼자 가야 한단 말이야."

"엑."

선애의 인상이 팍 찡그려졌다.

휴네 집에 있을 때 잠깐 이곳 상식과 예절에 대해 배운 것을 더듬어 보자면, 귀족가의 파티 때는 파트너를 대동하고 참석하는 게 상식이라고 했다. 뭐, 가족끼리 같이 참석하거나 말이다. 예의… 까지는 아니라서 혼자 가면 예의에 어긋나거나 하는 건 아니지만, 혼자 참석할 경우 그 사람이 원래 인기가 있다는 걸 모든 사람이 아는 경우가 아니면 능력없는 사람이라 비웃음을 당한다고 한다.

"싫어요. 왜 하필 나예요? 거기 참석하면 모든 시선이 나에게 쏠릴 텐데. 지금 나보고 구경거리가 되라고 하는 건 아니겠지요? 게다가 난 귀족도 아니라구요. 회장님은 그런 데 동참할 여자 하나 못 구하세요? 되게 능력도 없네."

단호하게 거절하는 선애에게 벨타이거가 머쓱하게 웃어 보였다.

"에이, 선애는 내 동업자니까 도와줘도 되잖아."

"됐네요. 그런 거까지 도와줄 의리 없어요."

선애가 너무 냉정하게 거절하자 나는 의아해졌다. 뭐, 파티 한번 참석해 주면 바람도 쐴 수 있고 드워프들도 만나볼 수 있으니 오히려 선애에게 좋은 게 아닌가 말이다.

게다가 나는 그 드워프들이랑 그들이 만들었다는, 너무너무 뛰어나다고 칭찬이 자자한 물품들도 구경하고 싶었기에 은근슬쩍 벨타이거를 거들었다.

[가면 좋잖아. 바람도 쐬고 구경도 하고.]

그러나 선애는 나에게 찌릿한 시선을 보낼 뿐 별다른 말을 하지 않았다.

그러자 벨타이거가 다시 입을 열었다.

"만약 같이 가준다면 파티에 입고 갈 예쁜 드레스 한 벌 사줄게."

그에 선애가 벨타이거를 한 번 쓰윽 쳐다봤지만, 다시 고개를 돌렸다.

"에잇, 인심 썼다. 거기에 어울리는 구두도 한 켤레 추가. 무조건 선애가 고르는 걸로 군소리없이 사주지."

그러자 선애의 고개가 약간 갸웃거린다. 흔들리고 있다는 증거였다.

하지만 끝까지 허락 안 하자 벨타이거가 다시 말했다.

"액세서리도 하나 추가. 그러니까 같이 가자. 선애만큼 현명하고 매력적인 여자를 알지 못해 데리고 갈 사람이 없단 말이야."

벨타이거의 말에 선애가 별로 탐탁지 않다는 표정으로 입을 열었다.

"쳇, 그런 걸로 날 꼬시려고 하다니… 소용없다고요. 날 뭘로 보는 겁니까? 거긴 귀족가 파티라서 싫다구요. 나는 전에는 어땠을지 몰라도 지금은 평민 신분이니까."

그제야 나는 선애가 벨타이거의 제안이 매력적인데도 불구하고 왜 자꾸 거절하는지 알 것 같았다. 아무래도 루빈스타인 후작가에 있을 때 미란다 녀석과 한바탕했던 데미지가 컸던 모양이다.

그러자 벨타이거가 씨익 웃었다.

"그런 거라면 걱정할 거 없어. 아까도 말했잖아? 헤스딩스 남작가도 우리 가문처럼 원래 평민이었다고."

"그래도 그건 옛날 이야기죠. 지금은 평민을 하찮게 볼지도 모르잖아요."

"안 그래. 현 남작님을 내가 알고 있는걸. 그분은 일반 평민 상인들과도 많이 교류하시는 분이라고. 게다가 선애는 내 파트너로 가는 거잖아? 선애에게 뭐라고 하는 건 나에게 뭐라고 하는 거와 같다고."

살살 달래는 벨타이거의 말에 선애가 고민하는 표정이다.

그런 꼬맹이의 기색을 살핀 벨타이거가 한 번 더 물었다.

"같이 가줄 거지?"

그러자 선애가 잠깐 뜸을 들이다가 물었다.

"아까 약속한 것들은 다 사줄 거죠?"

[어이, 어이, 아까는 그런 거 소용없다며?]

어이가 없어 속삭였지만 선애는 들은 체도 안 했다.

"간다면 사줄게."

벨타이거가 망설임없이 고개를 끄덕이자 그제야 선애가 씨익 웃었다.

"뭐, 그렇게 내 도움을 바라신다면… 같이 가드리죠."

그렇게 선애가 선심 썼다는 듯 동행을 허락했지만, 출발은 그 다음 날이 아니라 다음 다음날로 미뤄졌다. 선애가 벨타이거 녀석이 약속한 것을 받아야만 가겠다고 단호하게 말했기 때문이다. 뭐, 사실 헤스딩스 남작 영지보다 이곳이 더 도시도 크고 번창하니 여기서 사는 것이 더 낫기야 했다.

그리하여 선애는 오랜만에 벨타이거와 함께 외출을 했다.

벨타이거가 돈을 내야 했으니 같이 가는 건 당연했고, 이왕 나가는 거 내년 봄에 새로 열 가게 자리도 한번 탐색해 보고 야생화 향수 가게에도 한번 들르자는 계획이었다.

그동안 알아두기만 했지 들어가 볼 엄두는 내지 못한, 이 도시에서 알아주는 의상실에 들어가 평소라면 생각도 못할 가격의, 그러나 보자마자 선애의 마음에 쏙 든 드레스와 거기에 어울리는 파티용 구두, 목걸이까지 손에 넣은 선애는 날아갈 것만 같은 걸음으로 자신의 가게 쪽으로 향했다.

하기야 그럴 만도 했다. 드레스와 파티용 구두도 엄청 비쌌지만, 거기에 덤으로 얻은 목걸이에는 무려 4캐럿짜리 다이아가 박힌 것이었다. 아마 한국에서 치자면, 모르긴 몰라도 천만 원 이상의 가격일 터였다.

여기서 잠깐, 다이아몬드 크기의 상식을 설명하자면 1캐럿짜리는 다이아몬드 지름이 0.7㎝다. 그보다 작은 건 '부'라는 단위로 나뉘는데, 5부짜리가 0.5㎝의 지름을 가지고 있다. 시중에서 쉽게 보는 아주 작은 다이아들은 0.1이나 0.2부 정도의 사이즈라고 한다. 캐럿의 단위에서 한 단위 한 단위가 올라갈수록 지름도 0.1㎝씩 늘어나는데, 그런고로 4캐럿짜리는 지름이 1㎝였다.

그러한 다이아몬드 목걸이를 받았으니, 액세서리를 좋아하는 선애의 입이 벌어지는 건 당연했다.

너무 비싼 걸 사줘서 나는 혹 벨타이거 녀석이 선애에게 앙심을 품었다거나, 아니면 너무 보석을 밝히는 여자라고 안 좋게 생각하는 건 아닌가 하는 걱정에 벨타이거 녀석의 표정을 살피니, 다행히 그는 단지 피식피식 웃기만 할 뿐 내가 걱정하는 그런 종류의 생각은 하지 않는 것 같았다.

그렇게 선애와 벨타이거 녀석은 좋은 분위기로 야생화 가게로 들어섰다.

"어서 오세요."

아직 더운 날씨라 문을 활짝 열어놓아 손님이 들어섰을 때 종소리가 나는 건 없었지만, 그래도 문 쪽을 보고 있었는지 들어서자마자 경쾌한 목소리가 들려왔다.

그런데 익숙하기는 한 목소리지만, 이곳에서 듣게 될 줄은 꿈에도 생각 못한 앳된 소년의 목소리였다.

"어라? 넌……."

"어어? 누나?"

그 소년은 카밀.

선애에게 길을 가르쳐 주는 것으로 처음 안면을 익혔고, 나중에 그 아이의 누나인 칸나를 여기 점원으로 고용했다. 게다가 그 아이는 미래의 정보 길드원으로 휴에게 찍힌 상태로, 여러모로 선애와 인연이 많은 아이였다. 여기에 있는 걸 보니 아무래도 나중에 외근을 하게 될 가능성이 높아 보인다.

"네가 여긴 어떻게 있는 거니?"

의아한 선애의 목소리에 카밀은 단지 해죽 웃어 보였고, 그 뒤에서 막 손님을 배웅하던 첼시가 대신 대답했다.

"여기서 심부름을 해주는 아이로 고용했답니다."

"헤에, 그랬군? 잘 있었어요, 첼시?"

정보 길드 외근 요원이자 이 가게 점장을 맡게 된 첼시에게 인사하자 그녀는 예의 바르게 고개를 숙여 보였다.

"오셨습니까, 사장님?"

"얼마 전에도 오긴 했었지만, 쇼핑 나온 김에 잠깐 들렀어요."

선애가 가게 안에 있던 사라와 칸나, 중년 부인에게도 인사를 하고 나자 옆에서 기다리고 있던 첼시가 입을 열었다.

"뭐, 며칠 만에 오신 거긴 하지만… 그동안 가게는 여전히 순조롭답니다."

"아하하… 그거 다행이네요."

"그 기간 동안의 장부를 보시겠어요?"

"에?"

그냥 잠깐 들러본 건데 장부를 보여준다고 하자 선애는 당혹스러워했다. 첼시는 스스로 알아서 잘하는 타입인데다 선애 또한 알아서 잘하는 그녀에게 까탈스러운 고용자가 되길 원하지 않았기 때문이다.

그러나 첼시는 그러든 말든 선애를 이끌고 안쪽에, 이제는 이 가게의 사무실이 되어 첼시가 사용하는 방으로 들어갔다. 벨타이거는 원래 가게에 신경을 안 썼던 사람인지라 지금도 별로 보고 싶은 생각은 없었는지 자기는 안 움직이고 선애에게 손만 흔들어 보였다.

그래 얼결에 첼시에게 끌려 사무실 안으로 들어가 자리에 앉았는데, 장부를 가지고 와 펼쳐 주며 첼시가 지나가는 어투로 속삭였다.

"헤스딩스 남작가에 가십니까?"

갑작스러운 말에 선애의 눈썹이 꿈틀거리며 눈초리가 차가워졌다. 그러나 첼시는 아무렇지도 않은 듯 선애 옆에 앉으며 말을 이었다.

"벨타이거 크로스웰 남작이야 당연히 헤스딩스 남작 영애의 생일 파티에 초대되어서 갈 테지요. 그러나 사장님은 어떠십니까?"

나나 선애가 알고 있기로, 벨타이거 집안 사람들에게는 헤스딩스 남작 영애 생일 파티에 간다고 알리지 않았다. 헤스딩스 남작령으로 출발할 때도 단지 며칠 놀러 갔다 오겠다고 하고 갈 작정이었던 것이다.

'그런데 그걸 첼시가 어떻게 안 거지?'

"그걸 어떻게 알았어요?"

선애도 그게 의아했던지 오히려 첼시에게 되물었다. 그러자 첼시가 별 표정 없이 어깨를 으쓱한 뒤 대답했다.

"제가 안 게 아니라 위에서 안 거죠."

"아… 뭐, 회장님이 파트너가 되어달라고 해서 같이 갈 예정이에요."

첼시의 대답을 이해한 선애는 고개를 끄덕이다가, 그전에 첼시가 자신에게 한 질문이 있었다는 걸 깨닫고는 얼른 그에 대한 대답을 해줬다.

"그렇군요. 만약 사장님이 간다면 몸조심하라고 전하래요."

"에?"

당혹스러운 첼시의 말에 선애가 눈썹을 치켜뜨자 첼시가 다시 입을 열었다.

"토지그 크로스웰이 헤스딩스 남작 영지로 갈 걸 짐작하고 있을 거랍니다."

첼시는 그 말을 끝으로 할 말을 다 전했다는 듯 펼쳤던 장부를 접고 자리에서 일어났다.

[헤에… 뭐야, 이 말을 하려고 선애 널 여기로 데리고 왔나 보지?]

첼시가 자리에서 일어나자 선애 또한 자리에서 일어났지만, 뭔가를 골똘히 생각하는 모양인지 내 말을 듣는 둥 마는 둥 반응을 보이지 않았다. 아마 첼시의 말을 생각하는 모양이다.

토지그 크로스웰은 벨타이거와 남작 자리를 다투던 사람이었다. 벨타이거하고는 정확히는 오촌 외숙부로, 벨타이거 외할아버지 형제의 아들이라 벨타이거가 사망하면 남작 작위 계승권 1순위를 가지고 있는 사람이었다. 그러니 벨타이거가 아들을 낳아 그의 작위 계승권 순위를 밑으로 내리지 않는 한 계속 벨타이거를 노릴 가능성이 있었다.

정보 길드에서는 그걸 걱정해 준 모양이었다.

가게를 나와 벨타이거와 함께 저택으로 돌아가면서 선애는 첼시에게 들었던 이야기를 전했다.

"그렇군. 남작 영애가 태어났을 때부터 매년 초대장을 받아왔으니 숙부도 눈치채고 있었겠지."

벨타이거가 인상을 쓰며 중얼거렸다.

"조심해야겠네요."

"그래야지."

"그런데… 첼시는 오늘 내가 오는 걸 어떻게 안 거지?"

대충 그에 대한 이야기가 끝난 것 같자 선애는 인상을 찡그리며 중얼거렸다.

[뭐야, 그럼 아까 고민한 게 첼시의 말을 생각한 게 아니라 그걸 생각하고 있었던 거냐?]

내가 기가 막히다는 듯이 중얼거렸지만, 냉정한 선애는 내 말이 아니라 벨타이거의 말에 귀를 기울이고 있었다.

"오늘 올 거라고 예상을 한 게 아니라 며칠 내로 올 거라고 예상한 거겠지. 남작 영애의 생일 파티에 늦지 않게 참석하려면 며칠 내로 출발해야 할 테고, 보통 그렇게 오랫동안 떠나 있으면 자신의 가게 정도는 한 번쯤 들르려고 하는 거 아닌가? 그렇게 따지자면, 올 거라는 건 충분히 예상 가능하지."

그의 설명에 선애가 아아… 하며 고개를 끄덕인다.

'쳇, 말은 잘하는군. 그렇게 머리 좋은 놈이 뒤통수는 왜 맞았누?'

선애와 벨타이거가 그 길로 저택으로 돌아가자 맞이하러 나온 집사가 선애를 보더니 뜻밖의 말을 했다.

"아가씨께 손님이 와 계십니다."

"나에게요?"

집사의 말에 선애가 어리둥절한 표정이었다. 누구인지 짐작이 가지 않은 탓이다.

이런 데 찾아올 사람이라고는 휴나 자스민 정도였지만, 이쪽으로 옮겨오면서 절대 아는 척은 하지 말라고, 연락은 첼시하고만 하라고 신신당부를 들은 상태였으니 그들은 분명 아닐 것이다. 그렇지 않아도 첼시는 방금 만나고 들어왔으니 말이다.

"예, 페르티니어스라고 하면 알 거라고 하시더군요. 응접실에 모셨습니다."

"아……."

집사의 말에 그제야 선애의 표정이 펴졌다.

페르티니어스는 이 세계에 와서 유일하게 선애와 인연을 맺고 있는 마법사였다. 맨 처음 선애가 마법을 사용할 수 있는지 없는지 살펴봤고, 선애의 수학 능력을 테스트 한 바로 그 마법사 말이다.

하지만 그가 찾아올 거라곤 생각도 못했기에 선애는 의아한 표정으로 응접실로 달려갔다. 물론 그 옆에는 벨타이거가 같이 있었다.

"왜 따라오는데요? 제 손님인데."

"그냥. 왜, 내가 옆에 있으면 안 돼?"

그의 방문 목적이 뭔지도 모르는데 되는지 안 되는지 알게 뭐란 말인가?

"나중에 들으면 안 되는 게 있으면 내쫓을 겁니다."

"그래, 그래, 그땐 얌전히 나가줄게."

그렇게 벨타이거의 확답을 받은 후에야 선애는 응접실 문을 열고 들어갔다.

이 저택 전체의 분위기와 같은, 약간 화려하게 꾸며진 응접실 안의 무지 폭신해 보이는 소파에는 페르티어스 마법사가 앉아서 대접받은 과자를 깨작거리고 있었다.

"여긴 어쩐 일이세요?"

선애가 반갑게 웃으며 인사했는데도 불구하고 페르티어스 마법사는 약간 퉁명스레 대꾸했다.

"너에게 볼일이 있으니까 왔지. 여기로 이사를 오면 온다고 말이나 해주지, 저쪽에 갔다가 다시 여기로 왔잖아?"

'에에… 얼마나 친하다고 숙소 옮긴 걸 일일이 말해 주고 다닌다냐. 게다가 어차피 휴에게 물어보면 다 알 텐데…….'

왠지 쓸데없이 선애에게 꼬투리를 잡는 것 같아 기분이 나빠진 나는 마법사를 째려보았다. 어차피 내가 째려본다고 해서 별로 달라지는 건 없겠지만.

'그런데 어째 이 마법사가 평소의 팔팔한 기운은 없애 버리고 좀 의기소침해 보이는 것 같은데?'

"아하하… 죄송해요. 너무 갑작스레 옮긴 거라 저도 정신이 없었거든요. 아, 이쪽은 크로스웰 남작이에요."

"반갑습니다. 벨타이거 크로스웰이라고 합니다."

"페르티어스요."

선애의 소개에 벨타이거가 정중히 고개를 숙이며 인사했건만, 마법사는 자리에서 일어나지도 않은 채 퉁명스레 대꾸했다.

정말 기분이 안 좋은 듯.

선애는 마법사의 태도에 고개를 갸웃거리며 그의 맞은편에 앉았다.

"음… 무슨 일이 있으신 거예요? 저에게 무슨 볼일이 있으신 건데요?"

벨타이거도 선애의 옆 자리에 앉으며 마법사에게 시선을 보내자 페르티어스는 죄없는 과자만 아그작아그작 씹어 먹다가 한숨을 내쉬더니 툭 내뱉었다.

"네가 부탁한 거 말이다……."

그의 말을 순간적으로 알아듣지 못한 선애는 고개를 갸웃거렸지만, 나는 그게 뭔지 알아챌 수 있었다.

[아, 선풍기 말야.]

"아아… 그거요?"

선애가 알았다는 듯 고개를 끄덕이자 마법사가 어깨를 움츠리며 고개를 끄덕였다.

"그래, 그거. 잘될 줄 알았는데 문제가 생겼다."

"에? 그래요?"

선풍기야 더위 속에서 일하는 게 싫어서 만들어달라고 부탁한 거지만, 이제는 이 좋은 환경에서 일하게 되었으니 선애는 더 이상 필요성을 느끼지 않았다.

그래 크게 놀라지 않고 그런가 보다 했는데, 마법사는 그게 아니었던 모양이다.

"네가 그려준 그 날개를 만들 뭔가 좋은 게 필요해. 튼튼하면서도 가벼운 것. 처음에는 가볍게 하려고 나무로 만들어봤는데… 내구력이 약한지 얼마 있지 않아 부러지더라구. 그래서 쇠로 했는데… 이따만한 게 무게가 장난이 아니야."

그러면서 마법사는 자신의 팔을 펼쳐 팔꿈치를 가리켰다. 아무래도 선풍기 날개 하나의 길이를 말하는 모양이다.

그럼 전체적인 크기는 그의 팔 길이 정도일 텐데, 가게에서 사용하려면 최소한 그 정도여야 했다.

"그래요?"

선애의 예의상 묻는 말에 마법사는 탁자 밑에 놓아두었던 커다란 꾸러미를 낑낑대며 탁자 위에 내려놓았다. 그 무게가 상당했는지, 탁자 위에 내려놓는 소리가 굉장히 컸다. 꾸러미를 풀자 마법사가 말한 바로 그 크기의 쇠로 만든 선풍기 날개가 보였다.

그런데…

"세상에! 아니, 이게 왜 이렇게 두꺼워요? 그러니 무게가 상당하죠."

그랬다. 선풍기 날개의 두께가 무지 두꺼워 엄청 둔해 보이는 것이었다. 대략 내 손가락 반 마디 정도? 아니, 더 넘나? 플라스틱으로 만들어도 이 정도의 두께면 제대로 돌아갈지 의문일 정도였다.

선애가 선풍기 날개를 만지며 묻자 마법사가 툴툴댔다.

"어쩔 수가 없어. 이보다 더 얇게 만들면 금방 구부러진단 말이야."

"에에?"

나도 선애처럼 기가 막힌 표정을 지었다.

아니, 쇠가 얼마나 약하면 이보다 얇다고 구부러진다는 걸까? 물론 아주 얇으면 구부러지겠지만서도.

"그래서 이것보다 가벼우면서도 더 얇아도 튼튼한 내구성을 가진 물질이 필요해. 그렇지 않으면 네가 부탁한 건 못 만들어."

"그렇게 말씀하셔도……."

'그런 걸 선애에게 말하면 어쩌란 말이야? 아, 혹시 못 만들겠다는 말을 하려고 온 건가?

어쩌면 그럴지도 몰랐다. 선애가 이 마법사를 찾아가서 선풍기 날개에 대해 말해 줬을 때 마법사는 만들 수 있다고 큰소리 탕탕 쳤으니 말이다.

"으음… 하는 수 없죠 뭐. 갑자기 그런 물질을 어디서 구할 수 있는 것도 아니고……."

별로 선풍기의 존재에 대해 아쉬움이 없었던 선애는 선선히 그런 말을 꺼냈다.

그런데 그때, 옆에서 가만히 보고만 있던 벨타이거 녀석이 끼어들었다.

"뭐야? 도대체 뭘 만들려는 거였는데?"

그에 선애가 귀찮다는 표정을 지으면서도 대략적으로나마 선풍기에 대해 설명해 줬다.

"바람을… 일으키는 마법 도구라고?"

"마법 도구라고 할 수 있을지 모르겠지만… 하여간 원동력은 페르티니어스 마법사님이 만들어내신 마법 구슬이었으니까요. 그걸 응용해서 이 모양의 날개를 달면 바람을 일으킬 수 있거든요."

"오오… 그런데 그거 혹시 예쁘게 만들 수 있을까? 색도 입히고 장식품도 붙여서."

벨타이거의 말에 선애는 선선히 고개를 끄덕였다.

"가능해요. 이 날개 정가운데에 등불이라도 붙여놓을 수도 있고요."

그의 말에 벨타이거가 의미심장한 미소를 씨익 지어 보이더니 페르티니어스 마법사에게로 시선을 돌렸다.

"아까 말씀하신 가볍고 단단한 물질 말입니다… 그거 혹시 드워프라면 만들 수 있지 않겠습니까?"

"뭐? 뭐, 드워프라면야… 그들은 이 세상의 모든 금속 물질을 알고 있으니……."

마법사는 약간 망설였지만 선선히 고개를 끄덕였다.

"혹시 드워프를 만날 일이 있으면 같이 가시겠습니까? 그… 선애가 부탁한 걸 완성하기 위해서 말입니다."

벨타이거의 말에 페르티니어스 마법사는 두 번 생각할 것도 없다는 듯 말했다.

"당연히 가지. 한번 시작했는데 끝을 보려고 노력하는 건 당연한 거 아닌가?"

그러자 벨타이거가 의뭉스럽게 웃으며 말했다.

"만약 제가 드워프를 만나게 해드린다면 어떻겠습니까?"

"뭐?"

페르티니어스 마법사는 그제야 벨타이거의 표정이 요상하다는 것을 알아챈 모양이다. 그의 눈이 가늘어지더니 벨타이거에게 물었다.

"뭔가… 원하는 거라도 있나?"

마법사가 단도직입적으로 나오자 벨타이거도 돌려 말하기 싫었던 모양이다.

"그 물건, 만약 완성한다면 판매권을 저희 타이거 상회에 주시지 않겠습니까?"

남작 집안이 상인 집안이라서 그런가, 벨타이거 녀석도 뼛속까지 상인이었던 모양이다. 선애야 마법사의 말에 별 필요성을 못 느껴 그냥 저냥 넘어가려고 했는데, 벨타이거는 그걸 보자마자 완성시켜 팔아먹을 생각을 하니 말이다.

[으음, 네가 대상이 되고 싶으면 저런 점은 본받아야 할 것 같구나.]

페르티니어스 마법사는 벨타이거의 말을 거절하지 않았다. 오히려 그 즉시 '얼마 줄 건데?'라고 물어왔던 것이다. 그리하여 헤스딩스 남작령에 가는 여행길에 일행이 한 명 더 늘어나게 되었다.

　나중에 일행에 합류한 마법사 페르티니어스가 자신의 짐을 챙겨야
한다고 하루를 더 달라고 했기 때문에, 우리가 헤스딩스 남작 영지로
출발한 것은 맨 처음 벨타이거가 생각하고 있던 날로부터 사흘이나 지
난 후였다.

　일행은 모두 넷으로, 벨타이거와 나, 마법사 페르티니어스하고 마지
막으로 잭 조셉이라는 청년이 끼어들었다.

　이 청년은 조셉 집사와 벨타이거의 유모인 조셉 부인의 아들로―이
제야 말하지만 집사와 유모는 부부였다―어렸을 때부터 벨타이거와 같이
자라서 그런지, 저택에서 벨타이거가 맘을 놓는 단 두 사람 중 한 사람
이었다(한 사람은 유모).

　그런데 이 사람은 바로 출발하기 전날, 그러니까 페르티니어스 마법
사가 자신의 짐을 챙긴다고 기다리라고 한 바로 그 '하루' 인 날 저택
으로 돌아왔다. 아무 소식 없이 돌아와서 조셉 집사와 유모는 물론이
거니와 벨타이거도 무지 기뻐했던 것으로 기억한다.

　이 청년은 나중에 조셉 집사의 뒤를 이어 이 저택의 집사가 될 예정
인데다, 재능도 있어서 특별히 수도에 있는 국립 학교로 유학을 갔다가
졸업하고 이제야 돌아온 것이라고 했다.

　한국과 이 세계가 다른 것 중 하나인데, 이 세계에서는 입학하고 졸
업하는 계절이 바로 여름이라고 한다. 아마 한국처럼 교통 체제나 통
신 체제가 발달된 게 아니라서 그런 것 같았다. 먼 지방에 있는 사람들
이 만약 입학이 봄이라면 겨울에 서둘러 움직여야 할 텐데, 그럼 이동
할 때 얼마나 힘들겠는가? 그걸 배려해서 입학도, 졸업도 여름에 하는

것 같았다. 하여간 그랬는데, 이 청년은 자신이 올해 졸업한다는 걸 집에 알리지도 않고 그냥 혼자 졸업해서 온 모양이었다.

벨타이거보다 한두 살 정도 많아 보이는, 20대 중반을 넘어선 청년은 인상이 선해 보여 호감이 가는 생김새였다. 아버지의 외모를 물려받아 금발 머리에 회색 눈을 가지고 있었지만, 조셉 집사가 차가운 회색 눈이라면, 이 청년은 분위기는 어머니를 닮아 부드러워 보이는 회색 눈이었다. 헌칠한 키에 탄탄해 보이는 몸을 가지고 있어, 아무래도 저택의 하녀들의 눈길을 많이 받을 듯했다.

그렇게 바로 하루 전날 도착한 그가 벨타이거가 며칠 집을 비우겠다고 하자 자신도 따라나서겠다고 한 것이다. 뭐, 저택에 있는 사람을 데리고 가지 않으려고 했던 벨타이거도 순순히 동행을 허락한 거 보면 그가 같이 간다고 한 게 좋았던 모양이다.

그리고 정보 길드에서 조심하라고 한 경고도 있고 해서 남작령에 도착할 때까지 호위해 줄 용병들을 고용했다.

물론 저택에도 경호를 하는 기사들과 병사들이 있기는 했지만, 벨타이거는 그들을 조금도 믿지 않았던 것이다. 숙부와의 싸움이 끝난 지 얼마 안 되어서 지금은 그냥 두고 있지만, 앞으로 서서히 그들을 갈아치울 것이란다.

그러고 보면 벨타이거 녀석도 참 안된 녀석이다. 편하게 지내야 할 자기 집에 고용된 사람들의 대부분이 마음에 안 드는 사람들이라니… 그리하여 그들을 데리고 가느니 차라리 돈 주고 용병들을 고용해서 데리고 간다고 한 거였다.

드워프들을 만나러 갈 때는 데리고 가지 못하니 계약은 헤스딩스 남작령에 도착할 때까지. 아마 올 때는 거기서 다시 용병들을 고용할 예정이었다.

그렇게 우리 일행 넷에다가—물론 나는 빼고—벨타이거가 알아서 구한 용병 다섯 명이 알파두르 항구 도시를 벗어났다.

말을 못 타는 선애와 마법사는 마차를 탔고, 나머지 사람들은 모두 말을 타고 갔다.

그런데 엉뚱한 곳에서 문제가 생겼다. 마차가 꽤나 고급인데다가 일정이 급한 것이 아니어서 천천히 달렸는데도 불구하고, 하루 종일 마차를 타고 가는 거라 선애가 꽤나 힘들어했던 것이다. 솔직히 한국에서도 편안한 자동차를 타고도 하루 종일 달리면 피곤한데, 그보다 덜컹거림이 심한 마차를 타고 하루 종일 달렸으니 얼마나 피곤했겠는가?

마차에도 충격 흡수 장치가 잘되어 있는 건 아닌 데다, 길도 포장도로가 아닌 비포장도로였으니 덜컹거림이 배로 심했을 거다. 그런 걸 하루 왠~종일 그렇게 해서 며칠을 가야 한다는 사실이, 첫날 마차로 인하여 허리와 엉덩이의 통증을 호소한 선애를 핼쑥하게 만들었다.

그나마 점심을 먹기 위해 잠깐 멈췄을 때는 약간 인상을 찡그린 정도였는데, 날이 저물어 어느 마을의 여관에 도착했을 때는 노친네처럼 '에구구, 에구구…' 소리를 연발하는 거였다. 그리하여 저녁도 먹는 둥 마는 둥 대충대충 먹고는 숙소로 올라가야 했다.

"에구구구……."

[그렇게 아프냐?]

"언니도 타봐. 이 소리 안 나오게 생겼나. 아구구구… 며칠 동안 이렇게 가야 한다니……."

말뿐만이 아니라 안색도 안 좋았기에 나는 혀를 쯧쯧 차며 찜질할 준비를 했다.

[기둘려 봐. 뜨거운 찜질 좀 해줄게. 옷 젖으니까 옷은 벗구.]

"몰라몰라, 귀찮아… 언니가 해주라."

선애의 투정에 기가 막힌 나는 선애의 몸을 함부로 이리 굴렸다 저리 굴렸다 하며 험하게 옷을 벗겼다. 하지만 선애는 피곤한지 내가 굴리면 굴리는 대로 데굴거리며 축 처져 있기만 할 뿐이었다.

[으이그… 아니, 너보다 나이가 많으신 마법사는 괜찮은데, 젊은 네가 왜 이러냐?]

방 안에 마련된 대야에다 내 힘으로 끓인 물을 붓고는 수건을 잠시 동안 담근 뒤 물을 짜서 선애의 허리에다 올려놓으며 투덜댔다.

"그분은 익숙한가 보지. 앗! 뜨거워."

[좀만 참아. 그래야 효과가 있지.]

"그래도 너무 뜨겁단 말야."

기운없는 목소리로 징징대는 선애의 모습에 나는 한숨을 내쉬며 새 수건을 하나 꺼내와 뜨겁게 데운 수건 밑에다 깔았다.

[됐냐?]

"으응… 좀 나아."

[좀 주물러 주랴?]

"응…….."

따뜻한 기운이 욱신대는 허리를 데우자 졸린지 선애가 눈을 반쯤 감으며 웅얼거리듯 대꾸했다. 그 모습에 피식 웃음을 흘린 나는 선애의 엉덩이에도 뜨겁게 데운 수건을 하나 더 올려놓은 뒤 허리를 슬슬 쓸어주기 시작했다.

"아, 좋다……."

[아프면 말해라.]

"우웅……."

[에휴…….]

그래도 한밤중까지 그렇게 계속 뜨거운 물로 데운 수건으로 찜질해 주고 허리랑 엉덩이를 주물러 준 게 효과를 봤는지 다음날 아침 선애는 가뿐한 표정으로 일어났다.

"괜찮아?"

깨끗하게 씻고 짐을 챙긴 뒤 식사를 하러 밑으로 내려가자 먼저 내려와 있던 벨타이거가 물어왔다.

"어제 푹 쉬어서 괜찮아요."

"쯧쯧, 아직 젊은데 체력이 그렇게 약해서 어쩌누?"

나이에 어울리지 않게 무지 팔팔한 마법사가 혀를 끌끌 차자 선애가 머쓱하게 웃었다.

"마차에 익숙하지 않아서 그래요. 아아, 돌아가면 말타는 법을 배워야겠어요. 말은 좀 나으려나……."

선애의 말에 벨타이거가 피식 웃으며 입을 열었다.

"말도 오래 타면 여기저기 쑤셔. 그래도 뭐, 여차하면 필요할지 모르니까 배워두는 것도 좋겠지."

"체력 단련도 되고."

마법사도 한마디 했다.

아침을 먹고 나자 일행은 다시 출발했다.

우리가 출발할 즈음, 우리 뒤쪽에서 십여 명 정도 되는 무리가 따라오는 모습이 보였다. 뭐, 그들 말고도 알파두르 항구 도시 쪽으로 가는 상인 무리도 있었으니 나는 별로 신경 쓰지 않았다. 이 도로를 사용하는 사람들이 우리나 그들 말고도 여럿 있었으니 말이다. 기실 우리보다 먼저 우리가 가는 방향 쪽으로 떠난 사람들도 있었다. 그들은 일정이 급했는지 말의 속도를 빠르게 해서 점점 거리가 벌어지더니 얼마 뒤에는 모습이 보이지도 않았다.

그리하여 잠시 후 길에는 우리 일행이랑 우리 뒤쪽에서 따라오는 일행, 단 두 무리뿐이었지만, 그 무리도 우리보다 속도가 빨랐는지 조금 뒤에는 우리 일행을 추월하여 앞으로 나아가기 시작했다.

각자 무기를 가진, 거친 인상들의 떡대들인 걸 보니 아무래도 항구 도시를 떠나 다른 곳에 일자리를 얻거나 일을 하러 가는 용병들인 모양이었다.

그들로서는 느긋한 속도로 가는 우리가 영 마땅치 않았는지 추월해 가면서 다들 한 번씩 우리를 기분 나쁜 눈초리로 쓰윽 보고 가는 것이었다. 그에 우리 쪽 사람들 얼굴도 굳어졌지만, 그런 거 가지고 시비를 걸 수는 없는 일이라 그들이 빨리 가도록 길 한쪽으로 비켜서 주는 선에서 끝냈다.

그 후 그들은 전보다 좀 더 속도를 내어 앞으로 앞으로 나아가 우리와 거리는 점점 벌어졌기에 우리 일행들은 별다른 긴장 없이 느긋하게 전진했다.

그렇게 별다른 일 없이 정오가 되자 일행은 점심을 먹기 위하여 길을 벗어나 따가운 햇볕을 피할 수 있는 한적한 곳을 찾아 자리를 잡았다. 점심은 어제저녁에 들른 마을 여관에서 싸온 도시락이었다. 몇 시간 동안 마차를 타느라 힘들었던 선애는 마차에서 내려 땅을 밟고 서자 살 것 같은 표정을 지었다.

용병과 일행들은 따로 자리를 잡고 앉았다. 뭐, 서로 같이 가는 사이

이긴 했지만, 그래도 고용자와 피고용자 사이였으니 함께 식사를 하는 게 불편하기는 할 것이다.

돈을 쫌 들였는지 제법 화려한 도시락을 선애가 행복한 표정으로 펴 들고는, 속이 많이 들어 두툼한 샌드위치를 한입 먹으려는 그 즈음이었 다.

두두두두~

여러 마리의 말들이 힘차게 달리는 소리가 들려왔다.

처음에는 누가 급한 볼일이 있어서 길 위를 달리는 줄 알았는데, 어 째 그 소리가 우리 쪽으로 점점 가까워지는 거였다.

'에? 뭐야?'

그 소리에 의아함을 느끼며 살펴보려고 일어났더니, 무지 당혹스럽 게도 아까 우리들을 추월해 갔던 그 십여 명쯤 되는 용병 무리가 말을 타고 곧바로 이쪽으로 달려오는 모습이 보였다.

[선애야!]

그러나 내가 말하기도 전에 이미 일행들은 도시락을 내려놓고 자리 에서 일어나 있었다. 그리고 그쯤, 말을 탄 무리들은 우리 일행들 바로 앞까지 도착해 멈춰 서고 있었다.

"뭐냐?"

용병들 중 리더인 사람이 자신의 무기를 쥐고 앞으로 나서서 묻자, 말탄 용병들 쪽에서도 대장 격인 사람이 앞으로 나섰다.

"아무리 생각해도, 아까 너무 기분이 나빠서 말이야."

명백한 시비조였다.

"그래서?"

"네놈들이 기분 좀 풀어줘야겠어."

말탄 용병들의 대장 말이 끝나는 것이 신호인 양 멈춰 서 있던 녀석들은 말을 탄 채로 곧바로 우리 쪽으로 돌진해 들어왔다.

"피햇!"

누군가가 소리치지 않아도 이미 사람들은 양쪽으로 몸을 피했다.

그러나 그것은 바로 이 말탄 용병들이 노린 것이었다. 그들은 일행이 양쪽으로 갈라지자 기다렸다는 듯 잽싸게 말에서 내려 자신들도 둘로 나뉘어 각자 일행을 둘러쌌다.

내가 있는 쪽에는—나는 제외하고—선애와 페르티어스 마법사가 있었다. 용병들은 세 명이 이쪽으로 와 있었고 말이다. 아무래도 이쪽이 좀 약해 보이는 사람들만 있어서 한 사람이 더 온 듯싶었다.

저쪽에는 벨타이거와 잭 조셉이 두 명의 용병과 같이 있었는데, 그들은 모두 자신들의 무기를 꺼내 들고 있었다.

벨타이거야 귀족으로서의 교육은 다 받았다고 하니 검술도 배웠나 보다… 라고 생각했지만, 잭 조셉까지 검을 꺼내 들고 능숙하게 들고 있는 폼이 놀라웠다. 저 녀석이 다닌 학교에서는 아무래도 검술까지 가르쳐 주는 모양이었다.

하지만 그래 봤자 상대편 녀석들과 우리 쪽과는 인원수에서부터 차이가 났다.

십여 명이라고 생각했던 놈들의 숫자는 정확하게 열다섯 명. 우리 쪽을 얕보았는지, 저쪽에 여덟이 붙고 우리 쪽에는 일곱 명이 둘러서 있었다. 하기야 겉으로 보기에 우리 쪽에는 이제 갓 20대에 든 아가씨 한 명하고 중년 남자 한 명이었으니 말이다.

페르티니어스 마법사는 항구 도시에 있을 때는 마법사들이 입는 로브를 입고 다녔지만 여행 나올 때는 거추장스럽다고 다른 사람들처럼 평범한 차림을 하고 있었던 것이다. 그래서 선애가 그럼 왜 도시에 있을 때는 로브를 입고 다녔냐고 했더니, 마법사 길드 눈치 때문에 그랬다나 어쨌다나.

어쨌든 숫자상으로도 단 세 명의 용병이 앞을 가로막고 있을 뿐이었으니, 수가 더 많은 괘씸한 침입자 놈들은 조금도 긴장하지 않고 여유로운 모습이었다. 하기야 자기들보다 숫자가 적으니 이런 짓을 저지를 수 있었겠지만.

"이게 무슨 짓이냐!"

저쪽 팀에 우리가 고용한 용병들의 리더가 있는 모양인지, 침착한 외침이 들려왔다. 경험이 많아서 그런지 꽤나 냉정하고 침착한 눈으로 적들을 바라보고 있었다. 그리고 그건 같이 있는―벨타이거와 잭도 포함하여―이들도 마찬가지.

'뭐, 2:1이긴 하지만 금방 어떻게 되지는 않겠군.'

그들의 행동을 슬며시 살펴본 나는 피식 웃고는 우리를 둘러싸고 있는 놈들을 바라봤다.

선애와 페르티니어스 마법사를 등 뒤로 보낸 채 적들을 가로막고 있는 용병들 또한 침착한 모습이었지만, 그래도 숫자 때문인지 꽤나 걱정스러운 눈빛이었다.

그러한 용병들을 의미심장하게 바라보고 있던 나쁜 녀석들 중 한 명이 외쳤다.

"한꺼번에 덤벼!"

한 손이 열 주먹 못 막는다고, 한꺼번에 달려들면 용병들이 최선을 다해 막는다 해도 몇몇은 선애에게 갈 것이 뻔했다. 아마 저 나쁜 놈도 그걸 계산하고 한꺼번에 덤비라고 한 걸 거였다.

그리하여 나는 일단은 용병들을 피해 선애에게로 달려드는 녀석들을 우선적으로 처리하려고 온몸을 긴장시키고 있었다.

 그런데 선애 옆에 있던 페르티니어스 마법사가 한 걸음 앞으로 나서더니 세 용병과 나쁜 녀석들이 막 부딪치려 하기 직전 낭랑하게 외쳤다.

 "디그!"

 그의 말이 끝나자마자 달려들던 나쁜 녀석들이 딛고 있던 땅이 갑자기 뒤집어지면서 커다란 구멍이 파였고, 그와 함께 달려들던 녀석들이 거기에 휘말려 그 구멍 속으로 떨어졌다. 뭐, 구멍이 겨우 1m 정도의 깊이였기에 크게 다치지는 않고 그냥 넘어진 정도의 수준이었지만, 그래도 녀석들을 놀라게 하기에는 충분했다.

 "뒤로 물러나게."

 페르티니어스 마법사가 지시하지 않아도, 자신들의 바로 앞에서 커다란 구멍이 파이는 바람에 놀란 용병들은 잽싸게 뒤로 물러나며 적들과의 거리를 벌렸고, 구멍 속으로 떨어진 녀석들도 마법사가 가만히 있는 동안 허겁지겁 구멍 속에서 빠져나와 뒤로 물러났다. 아무래도 다음 공격을 대비한 것이리라.

 그런 녀석들을 씨익 미소 지으며 바라보던 페르티니어스 마법사의 입이 다시 열렸다.

 "매직 미사일!"

 마법사의 말이 끝나자 적들은 다시 두어 걸음 주춤 뒤로 물러났다. 그도 그럴 것이, 페르티니어스 마법사 주위에 갑자기 나타나 허공에 둥둥 떠 있는, 푸르스름한 빛으로 만들어진 약 50㎝ 길이의 막대기들이 다섯 개나 자신들을 노리고 있었으니 당연한 반응이었다.

"마, 마법?"

"마법사였어?"

"젠장, 마법사가 있었단 말이야?"

적들만 놀라워한 것은 아니었다. 그동안 이야기로만 들어봤던 마법을 실제로 목격한 나도 무지 놀랐다.

[오오오옷! 이게 바로 마법이란 거야? 우와아~ 나는 순간적으로 영화를 보는 줄 알았어.]

선애도 눈이 동그래지고 입이 떠억 벌어졌다.

"이, 이게 마법? 으으으음… 지금이라도 배워볼까?"

전에 제자로 삼아주겠다던 마법사의 제의를 냉정하게 거절한 것이 무지 아까운 모양이다. 놀란 와중에도 선애의 중얼거림에 나는 피식 웃음이 나왔다.

[어이, 어이, 그럼 타이거 상회는 어쩌고?]

"음… 그도 그렇군. 마법을 배우면서 일한다고 하면 안 되나?"

[가능하면 한번 해봐라.]

"쳇."

선애는 무지 아쉽다는 듯 입맛을 다셨다.

전에 휴가 마법은 무척 어려운 학문이라고 말해 준 걸 기억하고 있을 테니, 상회 일을 하며 마법을 배운다는 게 거의 불가능하리란 건 짐작하고 있을 터였다.

하기야 마법을 배우는 게 쉬웠다면 누구나가 다 마법을 배웠을 거다. 이렇게 신기한 능력을 배울 수 있다면 누가 마다하겠는가.

우리가 그렇게 속닥이는 동안 페르티니어스 마법사는 그 나쁜 녀석들과 놀고(?) 있었다.

"한 방 맞고 쓰러질래, 그냥 물러갈래? 죽을까 봐 걱정은 안 해도 돼. 이거 맞는다고 죽지는 않을 테니까."

그의 말에 나쁜 녀석들이 움찔거리더니 두어 발 더 물러났다.

그런 그들의 모습에 페르티니어스 마법사가 재미있는지 히죽거렸다. 다시 느끼는 거지만, 이 마법사의 성격도 참 평범하지는 않다.

"음… 그냥 물러가겠다고?"

페르티니어스 마법사의 말에 일곱 명이나 되는 녀석들은 한마음 한뜻이 되어 크게 고개를 끄덕였다.

그러나 마법사는 원래 처음부터 그들을 곱게 보내줄 생각은 없었던 모양이다.

"하지만 기껏 만들었는데 그냥 없애기도 아깝잖아? 죽지는 않을 테니까 그냥 곱게 맞아라."

그의 말에 적들은 낯빛이 창백하게 질리더니 다시 한 번 한마음 한뜻이 되어 고개를 격렬하게 저어댔다.

그러나 매정한 빛의 미사일들은 마법사의 손짓에 그들을 향해 날아갔다.

"우와악~!"

"피해!"

우리가 마음에 안 든다고 당당히 시비를 걸 정도로 어느 정도 실력에 자신있는 녀석들이었는지, 그들은 감탄이 나올 정도로 재빠른 솜씨로 사방으로 흩어져 달려갔다.

하지만 참으로 안타깝게도 빛의 미사일은 그들보다 더 빨랐다.

퍼억~!!

퍼버버벅~!!

분명히 빛의 미사일은 사람과 부딪치며 폭탄 터지듯이 터지는데, 들려오는 소리는 어째 가죽 부대에 몽둥이가 내려치는 듯한 소리였다.

"음… 마나를 적게 넣었는지 소리가 쫌 괴상하군."

역시 소리가 이상했던 건지 마법사가 고개를 갸웃거린다. 하지만 아무래도 상관없었는지 이내 자신이 날린 마법을 맞고 다섯 명은 그 자리에서 뻗어 바닥에 헤딩하고 나머지 두 명은 줄기차게 도망가는 모습에 어깨를 으쓱하며 고개를 돌렸다.

"자아, 그러면……."

하며 선애에게 시선을 돌리는데, 본의 아니게 구경꾼이 되어 한쪽에 얌전하게(?) 서 있던 용병 중 한 명이 주춤 다가와서 물었다.

"저, 저기… 마법사셨습니까?"

"음? 아, 그렇다네. 왜?"

"아, 아뇨. 어쨌든 마법사셔서 정말 다행입니다. 속으로 의뢰를 지키지 못할 것 같아 엄청 불안했거든요."

"그래? 그건 나도 마찬가지라네. 음… 그건 그렇고, 저쪽은 안 도와줘도 되나?"

마법사가 이제 완전히 뒤섞여 난전을 펼치고 있는 벨타이거 쪽을 손가락으로 가리키며 말하자 세 용병이 서로 눈짓을 하더니 한 명은 남고 두 명이 도와주러 달려갔다.

"이야~ 회장님도 제법 잘 싸우네요. 잭 조셉 씨도 그렇고."

우리 쪽을 둘러싼 녀석들이 다 처리되자 여유가 생긴 건지 느긋한 표정으로 난전을 바라보고 있던 선애가 누구에게랄 것도 없이 입을 열었다. 그러자 그 말을 받은 건 페르티니어스 마법사였다.

"그러게. 하기야 체격을 봤을 때 입만 놀리는 녀석이 아닌 건 눈치챘지만."

벨타이거는 한 명을, 잭 조셉은 두 녀석을 한꺼번에 상대하고 있었지만 조금도 물러나지 않고 잘 상대하고 있었다. 물론 압도적인 실력을 가지고 있어 그 두 녀석을 밀어붙이는 건 아니었지만, 그렇다고 밀리지도 않았다. 겨우겨우 동수를 이루는 느낌이랄까? 하지만 적들의 몸놀림이나 그 두 사람의 몸놀림이 빠르고 날카로운 것으로 보아 양쪽 다 실력이 결코 낮은 게 아니라는 건 알 수 있었다.

"에… 마법사님이 안 도와주셔도 될까요?"

선애와 마법사를 지키기 위해서인지 혼자 남아 있던 용병이 머뭇거리며 조심스레 묻자 페르티니어스가 어깨를 으쓱해 보이며 말했다.

"뭐, 죽자 사자 달려드는 것도 아니고 단순히 힘 겨루기처럼 보이는데 냅두지 뭐. 오랜만에 재미있는 구경을 하는데 금방 끝나는 건 아쉽잖아?"

'역시… 성격이 평범하지 않다니까.'

하지만 마법사가 도와주지는 않아도 우리 쪽에 있던 용병 둘이 달려간 게 크게 도움이 되었는지 시비 걸던 녀석들이 하나둘 쓰러져 가기 시작했다. 잘은 몰라도 다섯 명이라 해도 제법 큰돈을 들여 고용한 뛰어난 용병들이라 제값을 하는 모양이었다.

저쪽에서 세 명과 두 명을 각각 맞아 겨우 동수를 이루고 있던 용병들이 자신의 동료 두 명이 합세하자 펄펄 날기 시작했던 것이다. 그리하여 또다시 한꺼번에 세 명이 더 쓰러지자 안 되겠던지 한 녀석이 외쳤다.

"물러나자!"

그러자 마치 그 말을 기다리고 있었다는 듯 녀석들은 조금도 망설임 없이 우르르 뒤로 물러나더니, 우리 쪽에 아무도 없는 걸 보고는 잽싸게 말을 타고 도망가 버리는 것이었다.

남 점심 먹고 있는데 갑자기 튀어나와 실컷 방해해 놓고는, 이제 와서 자기들이 불리하다 싶으니까 우르르 도망가 버리는 작태에 사람들은 기가 막힌 표정이었지만, 그래도 뒤쫓으려 하지도 않았다. 누군가 죽은 것도 아니니 화가 나기는 했지만 끝까지 쫓아가서 복수를 할 정도는 아니었던 것이다. 그냥 녀석들 때문에 먹지 못한 점심이나 빨리 먹고 출발하는 게 나았다.

하지만…

"이런, 시간이 너무 많이 지체되었군요. 점심은 생략하고 곧바로 출발해야겠는데요?"

용병들 중 리더인 사람이 주변을 살펴보며 하는 말에 선애의 인상은 사정없이 팍 찡그려졌다.

"으득… 그 자식들… 한 대씩 패주는 건데."

선애는 무엇보다도 식사 시간을 소중하게 여겼던 것이다. 특하나 맛있는 것이 나온 식사 시간은 더욱더.

노숙을 피하기 위해 점심도 포기하고 평소보다 빠른 속도로 달렸음에도—덕분에 선애가 무지 고생했다—일행이 마을에 도착한 것은 늦은 저녁때였다. 피곤한 상황에서도 배가 고팠던 일행은 허겁지겁 저녁을 먹었지만, 선애는 창백한 얼굴로 식사도 못하고 곧바로 숙소로 올라갔다.

"에구구… 죽겠다…….'"

비실비실대며 침대로 걸어가 철푸덕 엎어지는 선애를 향해 나는 안쓰러운 시선을 보냈다.

[많이 힘드냐?]

"아아… 엉덩이랑 허리는 둘째치고, 속이 울렁거려 죽겠어. 배는 고픈데 울렁대서 먹으면 꼭 토할 것 같아아~"

[물이라도 주랴?]

"됐어. 아무것도 먹기 싫어."

기운없이 대꾸하는 선애를 다시 한 번 안쓰럽게 바라본 나는 한숨을 내쉬며 내 할 일에 착수했다. 엎드린 선애를 다시 데굴 굴려 천장을 바라보게 한 뒤 단추를 풀고 옷을 벗기고, 창백한 얼굴하고 손발을 닦아주고 다시 데굴 굴려 엎드리게 한 뒤 허리와 엉덩이를 뜨거운 물찜질을 해주는 게 내 일이었다.

한 번 해봤다고 능숙하게 아예 어깨서부터 등, 허리, 다리까지 온몸 마사지를 해주고 있는데 갑자기 노크 소리가 들려왔다.

똑, 똑.

그에 화들짝 놀란 내가 후다닥 선애 몸에 시트를 덮어주자 선애는 귀찮다는 표정으로 외쳤다.

"예에~"

그러나 갑작스러운 방문자는 선애의 허락에도 불구하고 문을 열지 못했고, 그제야 떠오른 생각에 나는 황급히 입을 열었다.

[아차, 아까 방 들어오면서 내가 문 잠갔는데…….]

내 말에 선애는 날 한 번 째려보더니 시트를 몸에 감고 비척비척 일어나며 다시 외쳤다.

"잠깐만요오오~ 젠장, 누구야?"

잠긴 문을 열고 밖을 내다보니 거기에는 벨타이거 녀석이 서 있는 거였다.

그에 선애는 오만 가지 인상을 팍 찡그리며 무지무지 귀찮다는 어조로 물었다.

"뭐예요?"

그러자 피식 웃는 벨타이거.

나는 선애의 저 인상에 꼼짝도 못하는데, 벨타이거 녀석은 벌써 익숙해졌는지—아니, 저놈은 처음부터 그랬다—오히려 웃으면서 작은 나무로 된 쟁반을 내미는 거였다. 그 쟁반에는 무지 부드러워 보이는 수프와 빵이 올려져 있었다.

"저녁 안 먹었잖아."

하지만 그런 거에 고마워할 선애가 아니었다. 오히려 꼬맹이는 별거아닌 일로 사람을 귀찮게 만들었다는 기색이 역력한 얼굴로 벨타이거를 째려봤다.

"속이 울렁거려서 생각없어요."

그러나 그거에 물러나면 벨타이거가 아니지.

"에이, 사람이 기껏 챙겨왔는데… 혹시라도 나중에 배고파질지 모르니까 가지고 있어."

그렇게 말하며 벨타이거는 반강제적으로 선애에게 쟁반을 떠넘기고는 자기 방을 향해 걸어가는 것이었다.

"뭐 저런 놈이 다 있지?"

그래도 차마 자신을 챙겨준 건데 나쁘게 말할 수는 없던지 선애는 툭 내뱉듯 말을 하고는 문을 닫자마자 쟁반을 나에게 넘겼다.

"아구구구… 그렇지 않아도 움직이기 힘든데……."

[그래도 기특하네. 저녁 안 먹었다고 챙겨주고.]

한 손으로는 쟁반을 들고 한 손으로는 선애를 부축하며 내가 중얼거리자 선애는 어깨만 으쓱해 보였다.

[저 녀석… 혹시 너 좋아하는 거 아냐? 괜히 시비 거는 것도 그렇고.]

"쟤가 애냐? 관심있다고 시비 걸게."

[아니, 남자들은 애라고 하잖니.]

"됐네요. 그리고 설사 그렇다고 해도 난 관심없어. 내 이상형도 아닌 데다가, 저놈은 재수없어."

하긴 선애에게 한 번 미운털이 박힌 놈이니 그 인상을 바꾸기는 쉽지 않을 거다.

[얼굴은 제법 괜찮지 않냐?]

"잘생기긴 했지. 그런데 잘생긴 녀석들은 얼굴값을 하기 때문에 연애할 때 여자가 피곤해."

[그, 그냐…….]

"연애할 때는 얼굴은 평범하고 잘 노는 녀석이 좋아."

[그렇군…….]

선애의 말에 고개를 끄덕이며 녀석을 침대에 눕히는데, 선애가 날 힐끔 보더니 길게 한숨을 내쉬었다.

"에휴우~ 그런데 이런 걸 알려주면 뭐 하나. 연애도 못하는데……."

[됐네, 이 사람아. 어서 자기나 하게나.]

선애는 평소보다 좀 더 늦게 잠들었다. 침대에 일찍 눕기는 했지만, 근육통과 울렁거리는 속 때문에 쉽게 잠들지 못했던 것이다. 그러다가 속이 진정되자 배가 고파져 벨타이거가 가져다준 수프와 빵을 바라보는 것이었다. 살찔까 봐 밤늦은 시각에는 음식을 삼가는 꼬맹이였지만, 도저히 배가 고파 잠을 잘 수가 없었는지 고민고민하던 녀석은 결국 수프와 빵을 다 먹고 나서야 살찔까 걱정걱정하면서 잠이 들었다.

선애가 깊이 잠든 걸 확인한 나는 한숨을 내쉬고 주변을 둘러봤다.

'으음… 수건은 다 적셔났으니 마른 걸 가지고 와야겠군. 물도 얼마 없으니 길어놓고… 찜질은 한 번 더 하면 되려나?'

촉각을 느낄 수 없다는 건 이럴 때 참 불편했다. 물이 뜨거운지 따뜻한지, 선애 허리에 올려놓은 수건이 다 식었는지 아닌지 알 수가 없었으니 말이다. 선애가 깨어 있을 때야 녀석이 말해 줬지만, 지금은 잘 자고 있는 애 깨워서 물어볼 수도 없는 노릇이었다. 그렇다고 무지 뜨거운 걸 올려났다가는 화상을 입을 수도 있기에 위험하고.

'이럴 때 시계라도 있으면 시간이라도 재서 대충이라도 알 수 있을 텐데……'

선애가 이 세계로 떨어졌을 때 손목에 차고 있던 시계는 건전지가 다 떨어졌기 때문에 멈춘 지 오래였다. 다른 걸로 대체해야 하나… 생각했지만, 이 세계에는 시계가 별로 필요치 않아서 마련하지 않았다. 뭐, 구한다고 해봤자 주위에서 볼 수 있는 시계란 일회용의 모래시계나 해시계 정도밖에 없었는데, 장식용이 아닌 이상 별로 구입하고 싶지 않았다. 나중에 한국에서 사용하던 것과 대충 엇비슷한 걸로 마법 시계가 있다는 걸 알게 되었지만, 그건 엄청나게 비싸서 살 엄두도 못 냈다.

'하여간 이 세계에서는 '마법' 자가 들어가면 가격이 천정부지로 치솟는다니까.'

속으로 투덜대며 나는 빈 물 단지를 들고 밖으로 나섰다. 복도를 사용해서 밖으로 나가고 싶었지만, 그랬다가 밤에 돌아다니는 누군가와 마주칠까 무서워서 창문을 통해 밖으로 나왔다. 어차피 물을 뜨기 위해서는 여관 밖에 있는 우물을 이용해야 했고 말이다. 여관 안에 펌프가 있을 테지만, 밤중에 펌프질을 했다간 그 소리를 누군가 들을 염려가 있기에 상대적으로 소리가 안 나는(?) 우물을 사용하는 게 좋을 것이라 생각했다.

물을 넣을 커다란 단지를 들고 있다는 불편함 외에는 현재의 몸에 익숙한 나로서는 3층 정도의 높이는 별것 아니었다. 단지를 들고 3층에서 그대로 뛰어내릴 정도였으니까 말이다.

그렇게 밑으로 내려와 사람들의 눈에 뜨이지 않게 우물에서 조심조심 물을 단지에 담고는 다시 방으로 돌아가려고 벽을 타고 오르려는 찰나였다.

부스럭, 부스럭.

무지 작은 소리였지만, 사위가 고요한 밤중이었기에 들을 수 있었다. 그 수상한 소리에 자연스레 고개를 들어보니, 나처럼 밤중에 벽을 타는 시커먼 그림자가 보였다. 그것도 세 개씩이나.

'도, 도둑?'

그 모습을 본 나는 심장이 덜컹 내려앉는 것 같은 기분을 맛보았다. 설마 하니 이 밤에 창문으로 드나드는 사람이 있을까 싶어—있었다. 그것도 세 명씩이나—밖으로 나올 때 창문을 잠그지 않았다. 그런데 그 시커먼 그림자는 하필이면 2층을 지나 3층을 향하고 있었던 것이다.

'큰일났다아~!!'

다급함을 느낀 나는 황급히 벽을 타고 오르기 시작했다. 그러나 내가 아무리 빨라도 1층부터 타고 올라야 했으니, 이미 3층에 도달한 녀석들을 따라잡을 수 있을 리 없었다. 녀석들이 선애가 있는 방의 창문으로 다가가자 나는 더 더욱 다급함을 느꼈다. 아마 살아 있는 몸이었다면 심장이 폭주하는 느낌이었을 거다.

그런데 녀석들은 창문을 여는 대신 잠시 멈춰서 두리번두리번거리며 창문의 숫자를 세더니만 선애가 있는 방 창문이 아닌 바로 그 옆방 창문으로 다가가는 거였다.

그 모습에 가슴속 깊은 곳에서 우러나오는 안도의 한숨을 내쉬던 나는 다시 떠오른 생각에 입을 떠억 벌렸다.

'가만, 저쪽은 우리 일행 방인데?'

처음 이 여관에 들어왔을 때 한꺼번에 방을 빌린 우리였다. 선애와 마법사 페르티니어스가 각각 독방을 쓰고 벨타이거와 잭 조셉은 2인실을, 용병들도 2인실과 3인실을 빌렸다. 그리하여 선애 방을 기준으로 왼쪽에는 페르티니어스 마법사 방, 오른쪽에는 벨타이거와 잭 조셉네 방, 그리고 복도 건너편에는 용병들이 사용하는 방이 있었다.

지금 시커먼 그림자들이 들어가려고 하는 방은 벨타이거와 잭 조셉이 있는 방이었다.

'우엑, 큰일이야, 큰일!'

왜 열려 있는 창문을 냅두고 그 옆으로 가는지는 모르겠지만, 그렇다고 안심할 수만은 없는 일이었다.

다행히 벨타이거네 방 창문은 잘 잠가됐는지 세 시커먼 그림자는 쉽게 들어가지 못하고 그 앞에 매달려서 꼼지락꼼지락대는 것이었다. 속으로 절대로 열리지 말라고 빌었지만, 이 밤손님들께선 한솜씨 하셨던지 결국 잠시 후에 창문이 열리고야 말았다.

'헉!'

내가 속으로 헛바람을 삼키는 사이, 한 사람이 창문 안으로 모습을 감추고 나머지 두 녀석도 창문 안으로 들어서려 했다.

그런데 바로 그 순간!

"도둑이야! 도둑이야!"

갑자기 벨타이거네 방에서 팍~! 하고 환한 빛이 켜지더니 날카로운 목소리가 울려 퍼진 것이었다. 그 목소리는 마치 알람시계가 '일어나! 일어나!' 하는 것과 흡사했다.

어쨌든 그 소리에 안으로 들어가려던 두 녀석은 움찔하고 몸을 빼더니 양옆으로 갈라졌다. 거기까진 좋았는데, 나머지 한 녀석이 하필이면 선애가 있는 방 창문을 건드려 보더니 열려 있는 걸 알고는 안으로 들어가는 것이었다. 그러나 그 녀석에게는 운 나쁘게도, 그리고 나와 선애에게는 다행스럽게도 마침 나도 선애의 방 창문에 도착해 있었다.

창문 안으로 막 머리를 들이민 내 눈에 보이는 것은 방 안으로 들어간 녀석이 감히 침대에서 상체를 일으키고 있는―아마도 옆창의 시끄러운 소리 때문에 깬 듯하다―선애를 단검으로 위협하고 있는 모습이었다.

"조용히 해라."

[시키는 대로 해.]

녀석의 뒤에 다가서며 내가 말하자 선애는 침착하게 녀석에게 고개를 끄덕였다. 그러자 녀석은 천천히 선애의 목에 가져다 댔던 단검을 뒤로 물렸다. 그러면서도 선애에게 경고하는 걸 잊지 않았다.

"한마디라도 했다간 다시는 해를 못 볼 것이다. 내가 떨어져 있다고 안심하지 않는 게 좋을걸?"

선애가 다시 한 번 끄덕이자 녀석은 선애를 노려보며 한 걸음 뒤로

물러났다. 폼을 보아하니 문 쪽으로 다가가 바깥 상황을 살펴보려고
하는 것 같았다.

아무래도 바깥 상황을 모르니 선애에게만 신경 쓰고 있을 수는 없었
겠지만, 녀석은 두 가지 실수를 저질렀다. 첫째는 바깥 상황을 살펴보러
갈 때 선애를 같이 데리고 가 여차하면 인질로 쓸 생각을 안 한 것(물론
나에게는 엄청나게 다행스러운 일이었다)이고, 두 번째는 놈 뒤에 물 단지를
들고 서 있는 나를 몰랐다는 것이다.

녀석이 선애에게서 한 걸음 더 물러나자 나는 회심의 미소를 짓고는
놈의 뒤통수를 향해 물 단지를 사정없이 내려쳤다. 물 단지가 내려쳐
지는 기척을 눈치챘는지 놈이 황급히 돌아보며 뒤로 물러나려 했지만,
너무 늦었다.

쾅~!

"캑!"

청동으로 만들어진 데다가 물이 가득 들어 있었으니 무게가 장난이
아니었을 거다. 그걸 온 힘을 다해 내려쳤으니, 녀석이 외마디 신음을
흘리고 그대로 넘어지는 것도 당연했다.

[바보 같은 놈. 그냥 가만있었으면 뒤통수를 맞았을 텐데, 괜히 고개
를 돌려서 얼굴을 정면으로 맞냐? 어쨌든 맞았으니 나는 장땡이다만.]

그렇게 말하면서도 거기서 그치지 않고 쓰러져 있는 놈을 사정없이
짓밟아주고 있는데 선애가 잽싸게 자리에서 일어나더니 등을 나에게
가지고 왔다.

"언니, 불 켜줘."

[오냐.]

발로는 계속 놈을 밟아주며 손으로 불을 일으켜 등에 불을 붙이자,

선애는 그 불에 의지하여 잽싸게 옷을 입었다.

그런데 그때 선애가 있는 방문을 누군가 거칠게 두드리기 시작했다.

"선애 양, 일어나세요. 문 좀 열어보십시오!"

용병들 중 하나였다. 아무래도 벨타이거네 방에서 난 소리에 모두들 일어난 모양이다.

선애가 문을 열자 용병 두 사람과 마법사까지 들어왔다.

"괜찮으십니까?"

"뭐, 저 사람이 들어오긴 했지만, 별일은 없었어요."

선애가 대수롭지 않게 말하며 가리키는 곳으로 시선을 던진 사람들은 뻗어 있는 녀석을 보자 놀라서 다시 선애를 바라보는 거였다.

그에 배시시 웃으며 선애 녀석이 하는 말.

"잠이 안 와서 깨어 있었는데 창을 타고 넘어오더라고요. 그래서 한 대 가볍~게 쳤더니 그대로 넘어지더군요. 참 약한 사람이에요."

선애의 말에 용병들은 경악 어린 표정으로 그 뻗어버린 수상한 녀석 옆에 굴러다니는 놋쇠로 만들어진 물 단지와 선애를 번갈아 바라보았다.

마법사 또한 놋 단지와 선애를 보더니 풋 하고 웃음을 터뜨렸다.

"푸핫, 너도 참 평범하지 않은 애구나. 어쨌든 무사하다니 다행이다."

"그런데 무슨 일이에요?"

"아아, 어떤 멍청한 녀석이 회장네 방으로 침투한 모양이다. 바보 같은 놈들이지."

히죽히죽 웃으며 대답해 준 마법사는 선애를 데리고 벨타이거네 방으로 갔다. 거기에는 이미 쓰러진 수상한 녀석을 둘러싸고 있던 벨타이거와 잭, 그리고 세 용병이 들어오는 선애와 마법사를 바라봤다.

"아, 선애와 페르티니어스 마법사님께선 무사하셨던 모양이군요."

벨타이거가 반갑게 말하자 마법사가 히죽 웃으며 대꾸했다.

"내 방에는 아무도 안 왔는데, 선애 방에는 한 명이 들어갔더군. 뭐, 선애가 가볍게 해치웠지만 말이야. 그나저나 내가 준 선물이 큰 효과를 본 모양이군."

"그렇습니다. 그거 아주 대단하더군요."

이해할 수 없는 둘의 대화에 선애가 고개를 갸웃거리자 벨타이거가 창틀에 놓은 뭔가를 가지고 왔다.

그건 내 손바닥만한 크기의 나무를 조각해 만든 통통한 토끼 인형이었다. 토끼가 뒷다리로 서 있는 모습의, 제법 조각도 괜찮고 색도 잘 칠해진 것인데, 이건 보통 인형이 아니라 바로 페르티니어스 마법사가 만든 마법 물품이었던 것이다. 이걸 창틀에 놓거나 문 옆에 놓아 오른쪽 귀를 한 번 눌러주면 안에 새겨 넣은 마법진이 발동하여 인형이 놓인 창이나 문이 열리고 누가 들어오는 걸 감지한 순간 인형이 밝은 빛을 발하며 커다란 소리를 내게 되어 있었다. 바로 '도둑이야!' 라고 말이다. 그러니까 내가 본 빛과 들은 소리는 바로 이 인형이 낸 것이었다.

"출발하기 전에 마법사님께 혹시나 하고 말씀드려 본 건데 이걸 가져다주시더라고. 덕분에 톡톡히 효과를 봤어."

벨타이거가 인형을 바라보며 기분 좋게 웃자 마법사도 허허거렸다.

"당연하지, 누가 만든 건데. 페르 2호는 그래도 제법 인기있는 마법 물품이라고."

"페르… 2호요?"

선애가 당황해서 묻자 마법사가 으쓱해하는 표정으로 설명해 준다.

"응, 이 인형 이름이야. 물론 페르 1호도 있지. 페르 1호는 알람 마법만 걸어놨는데, 좀 더 개발한 이 페르 2호는 알람 소리에다 보이스 마법을 첨가시킨 데다 덤으로 라이트 마법도 걸어놨지. 지금 페르 3호를 개발하고 있는데, 이건 일정 영역 안에 들어오는 걸 탐지하는 거야. 노숙할 때 좋겠지?"

"이야, 그렇겠군요. 저희 상회에서 판매할 수 있다면 좋을 텐데……."

"미안하지만 그건 안 돼. 내가 마법사 길드에 가입되어 그곳의 지원을 받고 있는 이상, 내가 만든 모든 것의 판매권은 마법사 길드에 있거든. 몇 개 개인적으로 파는 건 몰라도."

'호오, 그런 관계가 있었군.'

벨타이거는 단호한 페르티니어스의 말에 아쉽다는 표정이었지만, 원래 그런 관계를 알고 있었는지 그 표정은 금방 지워졌다.

'저놈은 역시 상인이란 말이야.'

우리 일행의 소란스러움이 좀 컸는지 다른 방에서 잠들어 있던 손님들도 깨어나고 여관 주인도 일어나서 우리가 있는 층으로 올라왔다. 그런 그들에게 도둑이 들었다고 둘러대며 용병들은 우리가 제압한 녀석들을 여관 주인에게 넘겨줬는데, 내가 제압한 녀석은 단지 기절한 상태였지만 벨타이거네 방에 침입한 녀석은 목숨이 끊어진 상태였다. 목숨이 위험할 것 같으면 순순히 항복하든지 도망갈 것이지 바보같이 죽자 사자 덤볐던 모양이다.

혹시 다른 인물이 있을지 모른다며—내가 본 그림자는 서 명이었기에 그걸 선애에게 이야기했던 것이다—우리 일행과 여관 주인은 물론 다른 방에 투숙한 손님들까지 합세하여 여관을 샅샅이 뒤졌지만, 그 나머지 한 명은 잽싸게 도망갔는지 보이지 않았다.

그리하여 그 소동은 제압된 둘을 내일 아침 이 마을의 치안대에 넘기는 것으로 하고 마무리를 지었다.

하지만 황당하게도 그 다음날 아침, 내가 제압했던 그 남자는 물론이고 죽은 남자의 시신까지 감쪽같이 사라져 있었다.

[아무래도… 보통 도둑은 아닌 것 같지?]

내 말에 선애가 가볍게 고개를 끄덕인다.

잡은 도둑들이 모두 사라졌기에 여관 주인은 치안대를 부르는 대신 그냥 이 일은 묻어두기로 했고, 우리 일행은 든든하게 아침을 먹고 그 마을을 떠났다.

CHAPTER

17

Chapter 17

"어제 그놈들… 단순한 도둑일까요?"

덜커덩거리는 마차에서 조금이라도 허리와 엉덩이에 무리가 덜 가도록 하기 위해 이리저리 자세를 바꿔 앉던 선애가 뜬금없이 묻자, 맞은편에 앉아 지나가는 경치에 시선을 주고 있던 페르티니어스 마법사가 시선을 돌렸다.

"그럼 뭐라고 생각하는데?"

"글쎄요……."

선애는 말끝을 흐렸다. 아마 어제 있었던 사건이 출발하기 전에 첼시—야생화 향수 가게 지점장—에게 들었던, 정보 길드로부터 나왔던 충고와 겹쳐 생각되는 모양이다. 페르티니어스 마법사에게 그 모든 걸 이야기하고 조언을 구하고 싶은 표정이지만, 선애는 확실하게 이야기 못하고 우물댔다. 페르티니어스가 비록 선애와 같이 정보 길드 협력자

이긴 하나, 그렇다고 그에게 벨타이거의 사생활 이야기까지 할 수는 없었던 모양이다.

그러나 선애가 어제 그 도둑에 대한 말을 꺼낸 것만으로도 페르티니어스 마법사는 뭔가 눈치를 챈 듯했다.

"그놈 보아하니 보통이 아니니 쉽게 당하지는 않을 거야. 내가 준 것도 있고."

'아, 그 페르 2혼가 뭔가 하는 마법 인형?'

그러나 선애는 마법사의 말에 납득할 수 없는 표정이었다.

"하지만 그러다가 독이 든 물이라도 마시면 끝이잖아요."

선애의 말에 마법사가 푸핫 하고 웃는다.

"독약? 아니, 내가 있는데 뭐가 걱정이냐?"

"예?"

'엥, 이 사람이 독 전문가라도 되나? 뭘 믿고 저리 자신만만이지?'

선애가 어리둥절해져서 바라보자 마법사가 설명해 준다.

"웬만한 독이야 내가 마법으로 얼마든지 해독시킬 수 있으니까 말이다."

"우와~ 그런 마법도 있었군요. 하지만 마법사님이 오실 때까지 견디지 못하고 죽는다면……."

"먹고 금방 죽을 정도로 강한 독이 얼마나 비싼데. 그런 독을 사용해서 죽일 정도라면 아마 황족이나 공작, 아니면 루빈스타인 후작가 정도로 대단한 집안 정도일걸? 그런 독은 가격도 엄청나게 비싸지만 구하기도 쉽지 않아."

"오… 그런가요?"

[독두 비싸구나.]

선애가 새로운 걸 알았다는 듯 고개까지 끄덕끄덕하자 마법사가 밖에서 말을 타고 가는 벨타이거를 슬쩍 가리키며 말했다.

"저 녀석 정도의 힘을 가진 사람이 누군가를 죽이려고 암수를 쓰려고 할 때 옆에 나 같은 마법사가 있다면 독보다는 그냥 단칼에 숨통을 끊는 게 더 성공 확률이 높지."

[엑! 그럼 앞으로도 어제 같은 침략이 또 있을 거란 소리네. 이거, 골치 아프게 된 거 아니야?]

마법사와 나의 말에 선애의 인상이 굳어졌다.

"그럼 만약 어제 그 도둑이 보통 도둑이 아니라면… 앞으로 꽤나 고달파지겠네요."

"에이, 그래도 헤스딩스 남작가에 도착하면 그나마 안심일 거야. 그런 저택에는 경비가 대단하니까. 그런 저택 정도는 자기 집 마당 드나들듯 쉽게 드나들 수 있는 자객을 고용하는 것도 쉬운 일이 아니거든. 그 정도의 자객을 고용할 정도면 저놈 집안보다 훨씬 힘이 강한 곳일 텐데, 그런 곳에서 저놈을 노리겠냐?"

"그렇군요. 마법사님 말씀을 들으니 안심이 되네요."

벨타이거를 노리는 놈이라고 해봐야 기껏 그의 오촌 숙부인데, 그 숙부가 벨타이거보다 더 많은 힘을 가지고 있을 리가 없다. 없으니까 힘을 가지려고 벨타이거를 노리지.

[흠, 어쨌든 그럼 헤스딩스 남작가에 도착할 때까지만 조심하면 된다는 거군. 아, 거기서 여기 돌아올 때도 조심해야 하려나?]

그러나 그렇게 잔뜩 사람을 긴장시켜 놓고서는 우리가 헤스딩스 남작의 성에 도착할 때까지 별다른 일은 일어나지 않았다. 그걸로 그때의 그 녀석들을 단순한 도둑으로 여기게 되었으면 좋겠지만, 그 당시

놈들이 침입하는 걸 직접 본 나로서는 절대로 단순한 도둑으로 생각되지 않았다. 만약 놈들이 정말 단순한 도둑이었다면, 바로 옆에 열려 있는, 그것도 피곤에 전 여자 한 명이 자고 있는 방을 냅두고 단단히 잠겨 있는 데다 검을 쓸 수 있는 건장한 남정네 둘이 있는 방을 선택할리가 없으니까 말이다. 만약 그 방에 누가 있는지 몰랐다고 치더라도, 창문이 잠겨 있는지 열려 있는지는 충분히 알 수 있었을 거다. 이래저래 놈들을 평범한 도둑으로 여기기에는 껄끄러운 게 너무 많았다. 그렇다는 건, 돌아갈 때 더욱더 예민하게 사방을 살펴봐야 한다는 소리였다. 내가 생각해 봐도 헤스딩스 남작가에서 항구 도시로 돌아갈 때만큼 벨타이거를 해할 좋은 찬스가 없었기 때문이다. 아마 벨타이거도 돌아갈 때는 단단히 준비하겠지만, 그건 적들도 마찬가지일 것 같았다. 하지만 이래저래 생각해 봐도 그건 나중 일이었다.

일행이 드디어 헤스딩스 남작 성에 도착하자 선애는 지긋지긋한 마차에서 해방될 수 있다는 사실에 엄청 좋아하며 마차에서 내리다 남작성을 보자 입을 떡 벌렸다. 여기 오기 전 헤스딩스 남작네 집안이 꽤나 부유하다는 이야기는 들었지만, 이렇게 멋진 성을 가지고 있을 정도인 줄은 몰랐다.

튼튼해 보이는 내성으로 둘러싸인 성은 새하얀 벽과 새파란 지붕을 가지고 있었는데, 뒤에 보이는 거대한 산을 배경으로 마치 그림에나 나올 법한 아름다운 모습으로 굳건히 서 있었다.

"멋지지? 드워프들의 작품이지. 초대 헤스딩스 남작이 귀족이 되어 이곳의 영지를 하사받게 되자 그 기념으로 드워프들이 설계하고 공사할 때 참여해 줬어. 몇 번이나 와봤지만, 올 때마다 감탄을 금할 수가 없다니까."

선애의 모습을 이해한다는 듯한 표정으로 벨타이거가 다가와 설명해 줬다.

이것도 드워프들의 작품이라니, 과연 그들은 세계 제일의 장인이란 말이 합당한 것 같았다.

일행이 말과 마차에서 모두 내리자 성의 입구에 서 있던 사람이 빠른 걸음으로 다가왔다. 집사 복장을 한 초로의 남자였다.

"어서 오십시오, 크로스웰 남작님. 성에 오신 걸 환영합니다."

"오랜만이오, 한스 집사. 여전히 건강해 보이는군."

은빛 머리칼에 따뜻해 보이는 인상을 가지고 있는 남자에게 벨타이거가 싱긋 미소를 지어 보이자 한스 집사 또한 마주 웃어 보였다.

"벨타이거님께선 훤칠해지셨습니다. 들어가시지요. 벨타이거님께서 오신다는 이야기를 듣고 모두들 기다리고 계십니다."

집사의 말이 끝나자마자 성 안쪽에서 다다다 하는 소리가 들리더니, 벨타이거 또래로 보이는 남자와 선애보다 한두 살 어려 보이는 여자가 튀어나왔다.

"벨 오빠~!!"

"어이~!!"

윤기가 자르르 흐르는 밤색 머리에 초록색 눈동자를 가지고 있는 그 둘을 보아하니 아무래도 남매 같았다. 남자 쪽이 약간 각진 얼굴이고 여자 쪽이 좀 가는 얼굴 선을 가지고 있다는 게 좀 다를 뿐, 둘 다 시원시원한 이목구비를 가지고 있었다.

남자는 딱 벌어진 어깨와 척 보기에도 단단해 보이는 몸매, 그리고 허리에 찬 검을 보아하니 아무래도 검을 다루는 직업을 가진 모양이었다.

"여~ 언제 돌아왔냐? 잘 있었니, 리사? 생일 축하한다."

둘 다 벨타이거와는 친한 사이인 듯, 벨타이거는 다가온 남자와 주먹을 마주 친 뒤 한 번 힘차게 껴안았고, 여자에게는 뺨에 가볍게 입을 맞췄다.

그 모습을 바라보며 밤색 머리의 남자가 허리에 척 양손을 얹고는 당당한 어조로 말했다.

"우리 집안의 보배가 생일을 맞았는데 당연히 돌아와야지. 그나저나 이번에 남작이 되었다면서? 난 네가 될 줄 알았다."

"흥, 입만 번지르르한 녀석."

그 남자의 말에 벨타이거가 시큰둥한 표정을 지어 보이자 남자가 정색을 했다.

"이거 왜 이래? 난 여차하면 너에게 달려갈 만반의 준비는 갖추고 있었다고. 정작 나에게 도움을 청하지 않은 건 너잖아? 수도에 있느라 소식이 느릴 거란 건 뻔히 알고 있었으면서."

"됐어. 집안일인데다 나 혼자서 충분히 해결할 수 있을 것 같아서 일부러 가만있었다."

'혼자 해결하려고 한 건 좋았지. 뒤통수를 맞아서 문제지만.'

선애 옆에 조용히 서 있던 나는 벨타이거의 말에 속으로 꿍알댔다.

"그런데 오빠, 저분들은?"

두 남자가 대화를 하는 사이 벨타이거의 뒤에 서 있는 일행을 살펴보던 여자애가 선애와 눈이 따악 마주치더니 벨타이거를 쿡쿡 찌르며 물어봤다.

그제야 일행을 소개시켜 줄 정신이 들었는지 벨타이거가 선애와 마법사를 돌아보았다.

"아, 이쪽은 이번에 나와 같이 일을 하게 된 동업자 선애 양. 보시다시피 서대륙인이야. 그리고 이쪽은 이번에 같이 동행하게 된 마법사 페르티니어스님."

그의 소개에 선애와 페르티니어스는 가볍게 목례를 해 보였다.

"이쪽은 오닐 헤스딩스, 내 친구인데 수도 방위군 소속 기사야."

역시 내가 예상했던 대로였다. 헤스딩스란 성을 가지고 있는 거 보니 남작의 아들이었던 모양이다. 하기야 이 성에서 저렇게 자기 집인양 편안하게 있을 수 있는 사람이라면 역시 남작가 사람뿐이겠지.

벨타이거의 소개에 그가 오른쪽 손을 가볍게 주먹 쥐어 심장 위에 대며 살짝 고개를 숙여 보였다.

저건 이 세계의 기사 예법이다. 기사의 맹세는 심장에 새겨야 하는 거라나 어쨌다나 하는 이유로, 그걸 항상 숙지하고 있기 위해 인사할 때마다 심장에 손을 대는 것이란다. 참 로맨틱한 이유였다.

"이쪽은 이번 생일 파티의 주인공인 클라리사 헤스딩스 남작 영애."

조용히 인사하는 사람들 사이에서 유일하게 입을 열어 인사해 온다.

"만나서 반갑습니다, 두 분. 이 성에 오신 걸 환영합니다."

당당하고 반짝이는 두 눈. 척 보기에도 무척이나 애지중지하면서 키워진 아가씨라는 걸 알 수 있었다. 그러면서도 눈이 제법 영특해 보인다.

"들어가시죠. 어서 들어가자. 아버지랑 형들도 기다리고 있어."

"그래, 오랜만에 남작님께도 인사드려야지."

오닐 헤스딩스가 먼저 선애와 마법사에게 말한 후 벨타이거를 이끌자 그제야 우리 일행은 성안으로 들어갈 수 있었다.

그들의 인상만큼이나 성안은 공간을 잘 활용해서 그런지 넓고도 시원해 보였다. 하얀 벽들 사이사이에는 큼직한 창이 나 있어서 밝은 햇빛이 성 구석까지 비치는 듯했고, 그 빛들이 닿는 곳곳마다 고급스러워 보이는 장식품들이 서 있어 시선을 유혹했다.

선애에게 배정된 방은 벨타이거의 일행이라서 그런지, 벨타이거의 저택에서 거하는 방 못지않게 좋아 보였다. 아니, 솔직히 말하자면 더 좋았다. 뭐, 크기나 장식의 양에서 뒤떨어지는 건 아니지만, 디자인이 좀 더 고급스럽고 세련되었다고나 할까? 어차피 이 방의 인테리어도 그 드워프라는 종족의 작품이겠지만 말이다.

이 방을 무척이나 만족해한 선애가 짐을 정리하고 몸을 씻고 나서 저녁 먹기 전에 잠깐 휴식을 취하고 있는데 노크 소리가 들려왔다.

"네!"

선애가 대답하고 문 쪽을 바라보니 생각지도 않게 문을 빼꼼 열고 들어온 사람은 클라리사 헤스딩스였다.

"헤스딩스 남작 영애."

안락의자에 늘어지다시피 앉아 있던 선애가 자리에서 일어나며 말하자 그녀가 싱긋 웃으며 다가왔다.

"쉬시는 데 방해한 건 아니죠?"

사람 좋게 웃으면서 다가오는 폼이 제법 애교스럽다.

"괜찮습니다. 단지 영애께서 오신 게 좀 놀랐을 뿐이에요. 앉으실래요?"

선애가 말하자 답싹 자리에 앉는다. 그리고 그녀 뒤에 따라온 시녀가 차와 다과를 놓고 물러갔다.

선애가 그녀의 맞은편 자리에 앉자 그녀가 다시 배실 웃어 보였다.

"귀찮게 한 게 아니었으면 좋겠네요. 사실 이 근처엔 제 또래의 여자 분이 없어서… 벨 오빠랑 같이 왔을 때 반가웠거든요."

그러고 보니 그녀에게는 오빠만 셋이라고 했다. 남작 부인은 오래전에 사망했고, 그 뒤로 쭈욱 남작은 자식들만 보고 살아온 모양이었다.

막내딸이라 여러모로 귀여움을 받으면서 자란 소녀답게 그녀는 스스럼없이 선애를 대했다.

"벨 오빠랑 동업자시라구요? 그럼 무슨 일을 하는 거죠?"

눈을 반짝이며 묻는 게, 꼭 동경하는 상대를 보는 것만 같다.

"아직 본격적으로 하지는 않고, 지금 한창 준비 중에 있는걸요."

"그래요? 그래도 참 대단하세요. 오빠랑 동업자라니……. 저도 뭔가 일을 해보고 싶어요. 하지만 아빠는 절 사교계에 데리고 나가시는 것도 아니고, 그렇다고 여기에서 뭔가 일을 맡기시는 것도 아니고……."

"그러세요?"

그걸 시작으로 클라리사 남작 영애는 선애에게 이것저것 질문을 던지면서 대화를 했지만, 대부분은 선애가 부럽다고 하는 자신만의 푸념이었다. 서대륙의 일을 물어볼 때는 선애나 나나 진땀나기는 했지만, 그래도 어물어물 잘 넘기면서 그럭저럭 이야기를 하는 동안 어느덧 저녁 시간이 되었다.

벨타이거가 이 집안과 친한 관계로 저녁을 남작네 집안 사람들과 같이 하게 되어 있었는데, 그사이 좀 친해졌다고 선애는 클라리사 헤스딩스와 같이 저녁 식사를 할 만찬장으로 향하게 되었다.

그런데 참 기가 막히게도…….

"오오, 이쪽으로 오렴, 리사. 너에게 소개할 분이 계신단다."

사람 좋게 웃어 보이는 헤스딩스 남작은 키가 작고 뚱뚱한 몸매에

멋들어진 콧수염을 기르고 있는 중년 남자였다. 뭐, 호감을 가지고 있어 보기 나쁘지 않았지만, 문제는 그게 아니었다.

[커헉! 저, 저 지지배가 왜 여기 있는 거어~!!]

남작 옆에 좋게 말하면 당당하게, 나쁘게 말하면 오만하고 건방지게 서 있는 여자는 바로 꿈에도 잊을 수 없는 미란다 루빈스타인이었다.

그 녀석도 선애를 보고 놀란 표정이었다. 물론 선애도 놀랐지만.

"루빈스타인 후작가에서 네 생일을 축하해 주려고 후작 영애가 오셨구나. 후작 영애, 저 애가 바로 제 딸자식인 클라리사 헤스딩스입니다."

남작이 삐질거리며 소개하고 클라리사 헤스딩스가 인사하는 사이 선애는 잽싸게 정신을 추슬렀다.

미란다 주변에는 그녀 외에 루빈스타인 후작가로 보이는 사람은 없었고, 단지 미란다 옆에 그녀를 에스코트하기 위해 온 듯한 처음 보는 청년이 한 명 서 있었다.

"이쪽은 올드필드 백작님의 장남이시란다."

"브에텔 L 올드필드라고 합니다. 헤스딩스 남작 영애를 뵙게 되어 영광입니다."

금발 머리에 파란 눈의 미남이었다. 키도 제법 큰 데다 말투도 나쁘지 않아 눈을 즐겁게 하는 청년이었지만, 미란다와 관계있는 녀석이라는 것 하나로 좋게 보이지 않았다.

나중에 알게 된 것이지만, 그는 그랜트, 미란다와 육촌 사이였다. 그러니까 그의 아버지인 올드필드 백작이 루빈스타인 후작의 사촌 형제라는 것. 현 올드필드 백작의 아버지는 원래 루빈스타인 후작가 사람이었는데, 공을 받아 백작 작위를 받으면서 황제로부터 올드필드란 성까지 하사받았다고 한다. 그렇기에 브에텔 녀석의 정식 이름은 브에텔 루빈스타인 올드필드. 뭐, 루빈스타인 후작가와 연관이 있는 녀석이었으니 미란다 계집애를 에스코트하여 여기 올 수 있었던 거겠지만.

나중에 벨타이거 녀석의 설명으로 알게 된 것이지만, 이번 클라리사의 18세 생일 파티는 단순한 생일 파티가 아니었다. 바로 그녀의 남편감을 물색하는 자리. 생일 파티 초대를 받은 대부분의 사람들은 바로 젊은 남정네들이었던 것이다.

그런 이유로 헤스딩스 남작은 밑져야 본전이라는 셈 치고, 근처 항구 도시에 와 있다는 그랜트 루빈스타인 녀석에게도 초대장을 보냈던 것이다. 그런데 생각지도 않게 후작가에서 미란다와 그랜트 녀석보다는 좀 떨어지지만 그래도 손꼽히는 신랑감인 브에텔이라는 녀석이 오자 남작의 입은 함지막하게 벌어졌다.

하지만 선애를 향해 심상치 않은 눈길을 보내는 미란다 녀석을 보고 있자니 나나 선애는 마냥 좋아라 웃고 있을 수만은 없었다.

'이거… 어째 뭔 일이 일어날 것만 같이 불안한데… 아무래도 조심해야겠군.'

뭔 일 나기 전에 남작가 사람들이 열받아서 화병으로 쓰러지지 않을까 하는 생각이 들었다. 그만큼 미란다 계집애는 선애와 나뿐만이 아니라 남작가 사람들에게도 미움을 샀던 것이다.

아마 남작은 속으로 '내가 왜 루빈스타인 후작가에 초대장을 보냈을까…' 하고 가슴을 치고 있을지도 모른다. 뭐, 루빈스타인 후작가의 위상을 생각해 볼 때 예의상이라도 안 보낼 수는 없었을 테지만 말이다.

'하여간 저 계집애는 어딜 가나 미움받는 타입인 것 같아.'

미란다 녀석과 그의 육촌인 브에텔 녀석은 이곳에 모인 모든 사람들 중 지위가 가장 높다 보니 남작에게는 물론이거니와 모든 이들에게 특별 대우를 받았다. 선애는 그들과 안 마주치고 싶어서 피하는 편이었지만, 다른 사람들은 그 반대였다. 조금이라도 미란다와 브에텔과 안면을 트고 친해지고 싶어서 안달이었으니 말이다.

클라리사의 생일 파티가 하루 앞으로 다가와 초대를 받은 사람들이 대부분 도착한 지금, 주인공이 정말 클라리사인지 아니면 미란다인지 헷갈릴 지경이었다. 사람들의 태도가 이해는 가지만, 그래도 클라리사의 생일 파티에 초대받아 온 건데 너무한 게 아닌가 싶을 정도였다.

이럴 때 미란다가 나서서 예의상이라도 클라리사를 띄워주면 좋을 텐데, 미란다는 머리가 나쁜 건지 아니면 자기 외에는 딴사람이 주목받는 게 싫은 건지 그러한 클라리사의 입장을 싸악 무시하고 있었다. 그러니 그녀에게 잘 보이려는 사람들 대부분이 자연스레 클라리사를 무시하게 되는 것이었다.

덕분에 클라리사도 초대받아 온 손님들 앞으로 나서는 것을 피하게 되었고, 그러다 보니 선애와 어울리게 되었다.

'아무래도 이번 생일 파티는 엉망이 되겠구만.'

좋은 풍채에 호탕한 웃음을 달고 있던 헤스딩스 남작의 얼굴에 웃음이 사라진 것도 아마 그 이유 때문이리라. 그러나 한낱 남작으로서 이 나라를 좌지우지하는 데 한 손 거들고 있는 루빈스타인 후작가 사람을 어떻게 할 수는 없을 테니 속만 끓이고 있을 거였다.

"열받기는 하지만, 그래도 한편으로는 다행이라는 생각이 들어."

오늘도 어김없이 선애의 방에 찾아와 눌러 앉은 클라리사가 뜬금없이 입을 열었다.

"뭐가?"

어느새 친해져 언니 동생 하는 사이가 된 둘은 자연스레 말을 놓게 되었고, 선애는 클라리사를 애칭인 리사로 부르게 되었다.

"언니도 알지? 사실 이번 생일 파티는 내 남편감을 물색하기 위한 자리였다는 거."

"응."

선애의 말에 클라리사는 깊은 한숨을 쉬며 턱을 괴었다.

"어휴, 우리 아빠가 날 사랑하신다는 건 알지만, 그래도 가끔 보면 너무 구식이시라니까. 날 수도 사교계에 데리고 나가지 않으시면서 남편감을 구한답시고 이러시다니……."

내 생각인데, 아무래도 헤스딩스 남작이 그녀를 수도 사교계로 데리고 가지 않은 건 그녀가 다른 이들에게 무시당할까 봐 그랬던 것 같다. 아무리 그가 드워프와 교류하여 큰 부를 축적한 남작이라고 하지만, 원래 평민 집안이었던 데다가, 남작이란 작위는 귀족 작위 중 가장 낮은 거였으니 말이다. 수도에 가면 그보다 높은 작위를 가진 사람들이 빠글빠글할 텐데, 그런 데서 사랑하는 딸의 든든한 방패막이 되어주지 못한다면 그것만큼 가슴 아픈 일이 어디 있겠는가? 옛말에 용의 꼬리보다 닭 벼슬이 되는 게 좋다고, 나도 비록 변방의 영지지만 여기서 떵떵거리면서 있는 게 수도에 가서 무시당하는 것보다 백 배는 낫다고 본다.

"그래도 괜찮은 남자들도 있지 않아?"

"있으면 뭐 해? 나는 안중에도 없고 그 미란단지 하는 계집애 눈에 들려고 안달인데. 그런 사람들은 내 쪽에서 사양이라고. 게다가……."

"게다가?"

"난 아직 결혼하고 싶은 생각 없어. 이렇게 어영부영 집에만 콕 처박혀 있다가 나이 찼다고 결혼하는 건 너무 한심하다고 생각 안 해? 나도 화끈한 연애 한 번 해보고 싶다고."

핑크빛 러브 스토리는 모든 소녀들이 꿈꾸는 것. 선애 또한 예외는 아니었기에 클라리사의 마음을 십분 이해한다는 표정이었다.

"파티에 나가면 괜찮은 남자를 건질 수 있지 않을까?"

"그럴 수도 있지. 그래서 솔직히 쫌 기대하고 있었는데, 이번 파티는 영 아니야. 게다가 사실 난 쉽게 쉽게 파티에서 마주쳐서 연애하는 것보단 뭔가 쫌 운명적인 만남을 가지고 싶어."

[후후후, 역시 소녀는 소녀야. 운명적인 만남이라…….]

소파의 등받이에 걸터앉아 그녀들의 대화를 듣고 있던 나는 비식 웃음을 흘렸다.

꿈꾸는 듯 몽롱한 눈빛을 하고 있던 클라리사는 잠시 그러고 있다가 다시 현실로 돌아와 한숨을 푹 내쉬었다.

"하지만 아빠는 내 생각이 어떻든 이번 생일 파티에 온 남자들 중 적당한 사람을 골라 선보라고 하셨을 거야. 훗, 그래도 이렇게 루빈스타인 후작 영애가 와서 파티를 완전히 망쳐 버리게 생겼으니 그곳에 있는 남자들과 선보게 할 생각은 못하시겠지."

"그게 다행이라구?"

"응, 그래서 말인데… 언니, 부탁이 있어."

생긋 웃으며 은근한 눈초리로 바라보는 클라리사의 시선에 선애가 움찔한다.

"뭐, 뭔데?"

삐질거리며 엉덩이를 뒤로 물리는 모습에 나는 킥킥 웃음을 터뜨렸다.

'이야아~ 이거 참, 선애가 저런 모습을 하는 걸 보게 될 줄이야. 이것아, 너도 이제 내 심정을 손톱만큼이라도 알것냐?'

"언니, 내 생일 파티 끝나고 돌아갈 때 나도 데리고 가면 안 되나?"

그녀의 부탁이 의외라 선애는 고개를 갸웃거렸다.

"에에? 그걸 왜 나에게 부탁해? 회장님께 부탁해야지."

그도 그럴 것이, 항구 도시로 간다면 벨타이거네 집에서 머물 텐데, 그럼 주인에게 부탁해야지 선애에게 부탁할 게 뭐란 말인가.

하지만 클라리사도 아무 생각 없이 선애에게 부탁한 게 아닌 모양이었다.

"단순히 놀러 가는 거라면 벨 오빠에게 부탁했겠지."

"그럼?"

"나 상회에 취직시켜 주면 안 돼?"

"에엑?"

정말 뜻밖의 말에 선애의 눈이 커졌다.

"취지익?"

"응. 나도 일해보고 싶단 말이야."

'허어… 이 아가씨가 아직 세상을 몰라서 그래. 직장 다닌다는 게 얼마나 어려운 일인데……'

나는 클라리사의 말에 혀를 끌끌 찼다.

하지만 이런 나와는 달리 선애는 당황스러운 표정으로 어버버거리다가 클라리사를 바라봤다.

"에… 널 얕봐서 묻는 건 아니지만… 저기, 네가 뭘 할 수 있는데?"

선애가 조심스럽게 물었지만 자존심을 건드리는 질문이었는지 클라리사의 인상이 살풋 찌그러졌다.

"뭐야, 무시하지 말란 말이야."

"무시하는 게 아니라, 네가 우리 상회에 필요한 뭔가의 재능을 가지고 있는 건지 묻는 거야. 사람을 채용할 때 그런 걸 묻는 건 당연한 거 아니야?"

단호한 선애의 말에 클라리사가 잠잠해졌다.

'오옷, 우리 꼬맹이 녀석 많이 컸어. 말싸움이 아니라 저렇게 논리적으로 상대방을 누르기도 하구 말야. 므흐흐흐… 누구 동생인지 참……..'

선애의 당찬 모습에 나는 절로 흐뭇한 미소가 피어올랐다. 언제까지나 자그마한 어린애로 있을 것 같던 녀석이 나이도 먹고 여러 가지 일을 겪더니만 이렇게 가끔 훌쩍 성장한 모습을 보인다. 그럴 때마다 기특하다는 생각도 들지만, 언제 이렇게 성장했는지 놀랍기도 했다. 저런 소리를 하는 거 보니 이제 슬슬 이사라는 직함에—비록 아직 정식으로 발족도 안 된 상회의 직함이지만—어울리는 사람이 된 것 같았다.

선애를 힐끗 바라보던 클라리사는 불퉁하게 대답했다.

"뭐든 도움이 될 거야. 내가 언니 일을 도우면 우선 아빠의 힘도 조금이라도 사용할 수 있을걸? 우리 아빠가 비록 남작이지만, 드워프들과의 친분도 두텁고 재력도 상당하다고."

"그건 네 능력이 아니잖아."

선애의 말에 클라리사가 입을 삐죽였다.

"나도 능력있다 뭐. 귀족가 영애라고 몸만 가꾼 줄 알아? 귀족가의 영애들은 한 가문의 살림을 맡을 안주인이 될 사람들이기 때문에 어려서부터 교육을 받는단 말이야. 나 또한 예외는 아닌 데다가 단순한 귀족 부인이 되기보다 뭔가 직업을 가지고 싶어서 여러 가지로 공부했다구."

이 애가 영리하다는 건 대충 알고 있었다. 만약 외모만 그럴듯하고 머리가 가벼운 여자애였다면 이곳에 모인 다른 사람들처럼 미란다나 브에텔에게 잘 보이기 위해 기를 쓰고 있었을 테니 말이다.

제법 자기 주관도 있고 교육 또한 제대로 받았는지 안하무인이 아니라 예의도 있어 보였다. 게다가 헤스딩스 남작이 평민 상인들과도 교류가 많다는 이야기를 들었는데, 그 영향인지 선애가 평민이라고 해도 별로 개의치 않고 언니 언니 하면서 따르는 것도 마음에 들었다.

가만히 클라리사의 말을 듣던 선애는 빙그레 웃으며 고개를 끄덕였다.

"그래? 그럼 잘됐네. 그렇게 회장님께 말씀드려."

"엑?"

선애의 태도가 좋아 보여 희망찬 표정을 짓던 클라리사가 벙찐 표정을 보였다.

"그, 그게 뭐야?"

"그게 뭐라니? 나는 동업자긴 하지만 엄연히 회장님 밑 사람이야. 최종 결정권은 내가 아니라 회장님께 있다구."

"에잇, 하지만 벨 오빠는 허락해 줄 리가 없다고."

선애의 말에 클라리사는 팔짱을 낀 채 투덜거렸다.

"에에… 그럼 나로서도 어쩔 수 없네."

"언니가 부탁하면 어떻게 되지 않을까?"

"하지만 네가 어디에 꼭 필요하다고 할 만한 근거가 없잖아."

"윽… 그럼 시험 삼아 일정 기간 동안 일을 시켜보면 되지 않을까?"

자존심이 상하는 말이었지만 반박할 수 없었는지 클라리사는 잠시 울컥한 표정이었다가 시무룩하게 제의를 해왔다. 어지간히 일을 해보고 싶었던 모양이다. 뭐, 단순히 새장에 갇힌 것처럼 답답한 기분이라 나가고 싶은 건지도 모르지만.

내 동생도 대학만은 집을 떠나서 서울로 가겠다고 항상 말해 왔었다. 서울에 있는 대학에만 합격하면 기숙사에는 절대 안 들어가고 자취를 하겠다나? 내가 대학 다니던 시절에도 타지방에서 온 친구들 또한 그랬고, 고등학교 때 자취를 안 해봤다면 나 또한 그랬으리라는 걸 잘 알고 있던 나는 클라리사의 마음도 이해할 수 있을 것 같았다. 한 번쯤 집을 떠나 스스로 혼자 생활해 보고 싶은 기분을.

선애도 그 기분을 이해해서인지 아니면 클라리사의 끈질김에 넘어간 건지 결국 졌다는 듯 한숨을 내쉬며 입을 열었다.

"에휴, 말은 해볼게. 하지만 장담은 못해. 게다가 너희 아버지도 허락해 주실 리가 없잖아."

선애의 반 승낙에 클라리사는 환호성을 내질렀다.

"와앗~! 고마워, 언니. 언니만 허락하면 거의 다 성공한 거야. 이번 생일 파티를 망치게 되어서 아빠는 나에게 되게 미안해하고 계시거든. 조금만 떼를 쓰면 허락해 주실걸? 거기다 벨 오빠랑 같이 있겠다는 거니까."

'역시 영리한 애라니까… 좀 철이 없는 것 같지만.'

선애의 반 승낙으로 기분이 좋아진 클라리사가 들뜬 어조로 재잘거리고 있는데, 선애의 방문을 두드리는 소리가 났다.

"들어와요."

그 허락의 말에 문이 열리고 모습을 보인 사람은 요 며칠 동안 안면을 익힌 클라리사의 시녀였다.

"아가씨, 주문한 드레스들이 도착했습니다."

"아, 그래? 쳇, 이미 망친 파티인데 뭘 입고 가든 무슨 상관이람."

시녀의 말에 클라리사는 시큰둥한 표정이었다가 갑자기 뭔 생각이 들었는지 선애를 돌아보았다.

"언니, 같이 가서 구경할래? 혹시 마음에 드는 게 있다면 내가 줄게."

아무래도 선애에게 뇌물을 주려는 듯.

"응? 가자, 가자, 요즘 최신 유행 스타일부터 복고풍까지 디자인을 다양하게 하라고 했으니까 언니 마음에 드는 게 있을 거야."

클라리사는 선애가 뭐라 입을 열기도 전에 탁자를 돌아와 선애의 팔을 잡아끌며 일으켰다.

"어? 어? 야아, 갈 테니까 이것 좀 놔라, 응?"

"에이, 뭐 어때서 그래? 그냥 빨리 가자."

자기 생각이 무지 마음에 들었던 듯 클라리사는 선애가 당황하는 것에도 아랑곳 않고 팔을 잡은 채 밖으로 나갔다.

그런데 이게 웬 재수없는 일인지…….

클라리사의 방으로 가기 위하여 커다란 홀을 지나가려는데, 단체로 소풍이라도 가려는 듯한 미란다 일행과 떠억 마주친 것이었다.

평소 그들을 좋게 보지 않았던 클라리사와 선애는 말도 섞고 싶지 않은지 슬쩍 목례만 하고 지나치려고 했는데, 무리들의 선두에 있던 미란다가 선애를 보더니 눈빛을 반짝였다.

"어머나아～ 이게 누구더라? 우리 집 하녀였던 애 아니야?"

그동안 아는 체도 안 하더니만 이제 와서 갑자기 아는 체를 하는 이유가 무엇일까… 하고 고민한 시간은 정말 찰나였다. 그녀의 말이 끝나자마자 마치 꿀을 보고 달려든 파리 떼들처럼 미란다의 주변에 몰려 있던 녀석들의 눈빛이 변했던 것이다.

무시하고 깔보는 눈빛들을 보자니 미란다의 속셈은 쉽게 알 수 있었다. 선애를 망신 주고 싶었던 것이다.

"어머머, 하녀라고요?"

"세상에! 헤스딩스 남작 영애, 어떻게 하녀랑 그렇게 다정하게 갈 수 있어요?"

"그러고 보니 저 하녀는 생일 파티에 초대받은 손님이라고 들었는데……."

"어머, 그럼 하녀를 생일 파티에 초대했단 말이에요?"

"아유, 수준 낮게시리."

저것들을 통째로 태워 버릴까 진지하게 고민하고 있는데 선애 옆에 있던 클라리사가 노한 표정으로 앞으로 나섰다.

"말들이 심하시군요. 이분이 전에 하녀였든 말든 지금은 제 손님이십니다. 지금 제 앞에서 제 손님을 모욕하시는 겁니까? 이건 저에 대한 모욕으로 받아들여도 되겠지요?"

남작이라 하나 이 주위에서는 꽤나 큰소리치며 사는 헤스딩스 남작의 하나밖에 없는 딸이 정면으로 부딪쳐 오자 주위의 파리 떼들이 순간적으로 움찔거렸다.

그러나 참으로 안타깝게도 그에 조금도 영향을 받지 않은 존재가 있었으니…….

"헤스딩스 남작 영애, 지금 그 발언… 그 하녀였던 계집과 나를 똑

같이 손님으로 대접하겠다는 소리로 들리는군요? 내가 오해한 거겠지요?"

미란다 계집애였다. 그녀는 양손을 허리에 척 걸친 채 오만하게 클라리사를 바라보며 물었다.

그에 클라리사는 움찔할 수밖에 없었고, 파리 떼들의 표정은 의기양양해졌다.

아무리 클라리사가 선애 편을 들어주고 싶어도 미란다 녀석과 선애를 동급으로 본다는 건 후작가를 모욕하는 것밖에 되지 않았다. 그렇다고 지금 그게 아니라고 했다간 선애가 저들에게 당하는 모욕을 막아줄 수가 없게 된다.

'하아, 저 계집은 이런 데에는 머리가 잘 돌아간단 말이야. 다시 한 번 머리를 확 태워줘 버릴까 보다.'

그렇게 내가 속으로 이를 바득바득 갈고 있을 때 선애가 클라리사의 손을 잡아 뒤로 당기더니 자신이 앞으로 나섰다. 그리고는 배실배실 웃으며 입을 열었다.

"정말 오랜만이지요, 미란다 후작 영애?"

지금까지 가만있던 선애가 나서자 미란다가 경계 어린 표정으로 선애를 바라봤다. 그도 그럴 것이, 후작가에서 선애를 괴롭히려고 했지만 계속 뭔가 일이 꼬여 제대로 된 게 없었으니 말이다.

"뭐, 뭐야, 너?"

미란다가 앙칼지게 물었지만, 선애는 여전히 느긋하게 방실방실 웃으며 입을 열었다.

"뭐라뇨? 단지 절 아는 척하시길래 인사를 하려는 것뿐인데. 아, 그런데 머리는 많이 기르셨나 모르겠네요."

선애의 말에 미란다는 반사적으로 자신의 머리에 손을 올렸다.

"머, 머리?"

미란다의 반응에 선애의 미소는 더욱더 짙어졌다.

"네에, 후작 영애의 머리 말이에요. 작년 겨울에 머리 손질하는 하녀가 실수해서 후작 영애의 머리를 왕창 태웠잖아요. 덕분에 머리를 대머리처럼 빡빡 민 다음에 그걸 감추기 위해 가발 쓰고 다니시지 않았던가요? 아라, 지금 그것도 가발이죠?"

머리가 한꺼번에 길어봐야 얼마나 길겠는가? 그 일이 있었던 게 작년 겨울이었고 지금은 가을로 진입하는 시기였으니, 그녀의 머리가 빨리 자라는 편이라고 해봐야 예전의 길이가 될 리 만무했다.

이 세계에서 잘 다듬어진 긴 머리는 여유있는 여성들의 트레이드 마크였다. 하기야 돈이 있으니 머리를 손질할 수 있는 거겠지만, 그런고로 귀족 여성들은 모두 머리를 길게 기르고 있었다.

미란다 녀석도 마찬가지였기에 머리를 태워 먹기 전에는 허리에 약간 못 미칠 정도의 긴 머리를 가지고 있었다. 지금은 어떤지 모르겠지만.

선애의 말에 주위의 모든 사람들의 시선이 자연스레 미란다의 머리로 향했고, 그에 미란다의 얼굴이 새빨갛게 달아올랐다.

"너, 너……."

'쯧쯧, 아직 경험이 부족하구만. 지금 그 행동이 선애의 말이 맞다고 증명한다는 걸 모르남?

부들부들 떨리는 손으로 선애를 가리키며 뭐라 말하려 했지만, 그보다도 미란다는 자신을 바라보는 시선을 감당할 수 없었는지 바들바들 떨며 사라져 갔다. 악당들의 전형적인 대사를 남기며 말이다.

"두고 보자. 절대로 가만두지 않겠어!"

그런 미란다의 뒷모습을 피식 웃으며 바라보던 선애는 한국말로 작게 중얼거렸다.

"얼마든지. 나도 너에게 아직 갚아줘야 할 게 있거든."

미란다가 사라지자 곧바로 그 파리 떼들도 사라졌기에 선애와 클라리사는 편안하게 클라리사의 방으로 갈 수 있었다. 아니, 정확하게 말하자면 편안한 것은 선애였고, 클라리사는 잔뜩 굳어 있었다.

"언니… 괜찮겠어?"

"뭐가?"

클라리사의 방에는 수십 벌에 이르는 비싸 보이는 드레스들이 널려 있었지만 클라리사는 그런 것들도 눈에 들어오지도 않는 모양이었다. 그러나 자기는 이렇게 심각한데 선애는 태평하니 클라리사는 무지 답답한 표정이었다.

"뭐긴 뭐야? 아까 그 루빈스타인 후작가 영애 말이야. 많은 사람들 앞에서 그렇게 모욕을 당했으니 언니를 절대 가만두지 않을걸?"

"아아, 알고 있어."

여전히 태연한 선애의 반응에 이제 클라리사는 기가 막힌 표정이었다.

"알고 있는데 그렇게 태연할 수 있는 거야? 언니가 위험하다고."

그러나 오히려 선애는 장난스레 배시시 웃어 보였다.

"이야아, 날 걱정해 주는 거야? 고마운걸?"

"언니이~"

클라리사가 인상을 찡그리며 부르자 그제야 선애는 장난스러운 기색을 지웠다. 뭐, 미소는 여전했지만 말이다.

"괜찮아. 너에게 피해가 없게 할게. 혹여 회장님께도 피해가 간다면 상회를 빠져나가면 돼."

"그게 문제가 아니잖아. 그럼 언니는 어쩌고?"

"괜찮다니까."

"언니가 루빈스타인 후작가의 힘을 몰라서 그래. 그들에게 찍히면 이 나라에서 살기 힘들다고."

클라리사는 계속해서 걱정을 했지만 선애는 태평했다.

"물론 그럴지도 모르지. 하지만 아무리 그들이라고 해도 명분이 없는 이상 함부로 움직일 수 없을걸?"

"뒤로 손을 쓸 수도 있어."

"그럴지도 모르겠지만… 나도 쉽게 당하지는 않을걸?"

"어휴, 언니는 도대체 뭘 믿고 그렇게 자신에 차 있는 거야?"

여전히 태평한 선애의 모습에 클라리사는 결국 한숨을 내쉬며 설레설레 고개를 저었다.

"뭐, 믿을 만한 구석이 있으니까 그렇지."

그렇게 말하며 선애가 날 힐끔 바라보기에 나도 씨익 웃어줬다.

'아. 하. 하… 부담스러워라.'

다음날, 그렇지 않아도 많은 손님들로 인해 북적북적하던 성안이 더욱더 부산스러워졌다. 이유인즉슨, 클라리사의 생일 파티가 열리는 날이었기 때문이다. 한쪽에서는 파티 준비로 소란스러웠지만 다른 쪽도 그 못지않게 소란스러웠다.

생일 파티는 저녁에나 열리지만, 어느 세계에나 여자들이 준비하는 시간은 많이 필요하기 때문에, 특히 이곳 귀족 아가씨들이 준비하는 시간은 더욱더 오래 걸리기 때문에 그녀들은 물론이거니와 그녀들을 시중드는 시녀들까지도 부산스레 움직였다.

클라리사와 선애도 마찬가지였다.

원래 선애는 시중들어 줄 시녀를 데리고 온 것이 아니라서 점심 먹고 목욕이나 하고 능력껏 단장할 생각이었는데, 클라리사의 배려로 인하여 그녀의 시녀들의 손에 이끌려 아침부터 단장하기 시작했다. 뭐, 약간 귀찮기야 하겠지만 예쁘게 꽃단장시켜 주는 거라서 그런지 선애는 별로 불만에 찬 표정은 아니었다. 게다가 선애가 직접 일일이 다 하는 게 아니라 모든 걸 옆에서 서비스해 주는 거였으니 말이다.

생전 처음 해보는, 약탕 저리 가라 할 정도로 피부에 좋다는 별의별 게 다 들어간 욕조에서의 목욕에다, 약초 팩에다가, 피부의 탄력을 좋게 해준다는 전신 향유 마사지를 받다 보니 어느새 오전 시간이 거의 다 흘러가고 있었다.

오전 스케줄(?)의 마무리로 손톱과 발톱을 정리하며 같은 방에서 서비스(?)를 받는 클라리사와 수다를 떨고 있는데, 그 방으로 시녀 한 명이 들어오더니 모든 서비스를 관리 감독하던 유모에게 다가갔다.

"저어… 유모님."

"무슨 일이지?"

"남작님께서 아가씨와 선애 양을 모시고 오라 하셨습니다."

"아가씨를? 무슨 일인데?"

'준비하느라 바쁜데…' 란 말을 삼키며 묻는 유모에게 시녀는 당혹스러운 표정으로 고개를 숙일 뿐이었다.

"저는 잘… 지금 빨리 오시랍니다."

"그래? 알겠다. 아가씨, 남작님께서 부르신다는데요? 그리고 선애양도."

시녀의 말에 유모도 의아스럽다는 표정이었지만, 그래도 남작의 명이라 클라리사와 선애에게 말했다.

'뭐, 아버지가 딸을 부르는 거야 이상한 일이 아니지만, 거기에 왜 선애가 꼽사리 끼어 있는 거지?'

선애와 클라리사도 당혹스러운 표정이었지만, 어쨌든 가보면 알 일이기에 둘 다 옷을 차려입었다. 둘 모두 간단한 목욕 가운만 입고 서비스를 받고 있었던 것이다.

시녀의 안내를 받아 간 곳은 꽤나 넓은 응접실이었다.

그곳에는 헤스딩스 남작과 그의 세 아들이 있었고, 그 옆에 벨타이거도 있었다.

벨타이거야 뭐 선애를 불렀으니 같이 볼일이 있나 보다 하고 여겼지만, 그들 옆에 의기양양한 표정의 미란다와 그녀를 에스코트해 온 브에텔 녀석이 있는 건 당혹스러웠다. 게다가 브에텔 녀석은 무척이나 분노한 얼굴을 하고 있어서 더욱더 께름칙했다.

[뭐냐, 저 녀석들은. 또 미란다 지지배가 뭔가 꾸민 건가?]

클라리사는 의아한 듯 모인 사람들을 한 번 둘러보더니 헤스딩스 남작을 불렀다.

"아빠, 갑자기 무슨 일이에요?"

"오, 리사야… 그게 말이다……."

평소 호탕한 웃음을 지어 보이던 헤스딩스 남작은 지금은 무지 난처한 표정으로 선애를 힐끔힐끔 바라보면서 뭐라 말해야 좋을지 모르겠다는 듯 어물거렸다.

그때 선애가 응접실로 들어설 때부터 선애를 노려보던 브에텔이라는 녀석이 앞으로 나섰다.

"어떤 말도 필요없습니다. 당장 저 계집의 방을 뒤져 보죠. 그러면 알 거 아닙니까?"

그러자 당찬 목소리로 그의 말을 받아치는 벨타이거.

"증거도 없이 함부로 그럴 수는 없는 거 아닙니까?"

"증거는 무슨 놈의 증거? 증인이 있지 않소이까?"

아무래도 클라리사와 선애가 오기 전에 한바탕 말싸움이 오고 갔는지 벨타이거와 브에텔 사이의 공기가 냉랭했다.

그리고 그사이에 낀, 무지 난처한 표정의 헤스딩스 남작. 그는 이러지도 못하고 저러지도 못하다가 선애를 보더니 한숨을 푹 내쉬며 입을 열었다.

"선애 양, 미안하지만 선애 양의 방을 한 번 볼 수 있겠소?"

"제 방을요? 괜찮다면 이유를 들어도 될까요?"

선애의 질문에 헤스딩스 남작이 뭐라 말하려고 하는데, 그보다도 먼저 의기양양한 미란다 지지배가 나섰다.

"허락을 구할 필요도 없습니다. 저 계집애는 전에 저희 집 하녀로 있을 때도 내 팔찌를 훔친 적이 있었으니까요. 그 때문에 쫓겨났었지요."

'저, 저… 얌마, 그건 네가 강제로 팔찌를 넘긴 다음에 선애에게 덮어씌운 거잖아?'

미란다의 악의 어린 말에 남작을 비롯한 그의 세 아들은 의심 어린 시선으로 선애를 돌아봤고, 브에텔은 거 보라는 듯한 표정이었다.

미란다의 행태에 선애의 눈에서 불꽃이 한차례 튀었지만, 아주 침착한 목소리로 입을 열었다.

"그러고 보니 그 당시 후작 영애께서 절보고 도둑이라고 주장한 적이 있으셨지요. 덕분에 제 월급의 몇 배나 되는 돈과 함께 미안한 표정의 집사님의 배웅을 받으며 저택을 나왔죠, 아마?"

선애의 말에 모두의 의아한 시선이 다시 미란다에게로 넘어가자 그녀석이 분한 표정으로 소리쳤다.

"닥쳐! 쫓겨난 주제에!"

그러자 선애는 피식 웃으며 어깨를 으쓱였다.

"그러게나 말입니다. 운이 아주 좋았죠? 귀족의 물건을 훔치고도 사지 멀쩡하게 제 발로 걸어 나왔으니 말입니다."

얄미울 정도로 태연한 대응에 미란다가 방방 뛰고 싶다는 듯한 표정이었다.

"이익! 홍, 어디 두고 보자. 이번에는 절대로 그냥 넘어가지 않을 걸?"

하지만 뭔가 믿는 구석이 있는지 화를 가라앉히는 것도 모자라 의기양양해진 미란다의 말에 선애는 설명을 요구하는 눈빛으로 헤스딩스 남작을 바라봤다.

그 시선에 남작이 한숨을 내쉰 후 입을 열었다.

"후작 영애가 가지고 있던 목걸이가 없어졌는데, 그 범인으로 선애 양이 지목되고 있소이다."

그의 말을 듣자마자 선애는 기가 막히다는 표정으로 중얼거렸다.

"또냐. 생각해 낼 게 그것밖에 없나?"

아마 그건 미란다가 할 수 있는 가장 좋은 방법일 것이다. 미란다가 후작의 딸이라고는 하지만, 아직은 어린 소녀에 불과한 그녀라 할 수 있는 일에는 분명 한계가 있을 거였다. 덕분에 우리가 여유있게 상대할 수 있는 거지만 말이다. 미란다가 상대라는 게 우리에게는 정말 다행스러운 일이다. 만약 상대가 미란다가 아니라 그랜트였다면 이런 유치한 장난과는 비교도 할 수 없는 무서운 수법을 썼을 테고, 우리는 상대할 생각은 하지도 못한 채 도망치기에 급급했을지도 몰랐다.

뭐, 그래도 미란다 녀석이 이번에는 전과는 좀 다른 수법을 쓴 모양이다. 최소한 선애에게 그 문제의 목걸이를 억지로 떠넘기지는 않았으니 말이다.

"왜 제가 지목되고 있는데요?"

선애의 말에 이번에는 브에텔이라는 녀석이 나섰다.

"어제저녁, 후작 영애가 잠시 방을 비웠을 때 그 방에서 네가 나온 것을 본 사람이 있다. 이래도 발뺌할 셈이냐?"

그 사람이란 분명히 저 미란다 지지배와 관련이 있는 사람이라는 걸 나는 내 전 재산을 걸고 내기할 수도 있다.

"전 후작 영애의 방에 간 적이 없습니다만? 어딘지도 모르는데 어떻게 갑니까?"

태연한 선애의 응수에 브에텔 녀석의 인상이 사나워졌다.

"거짓말. 그럼 널 본 사람은 어떻게 된 것이냐? 그 사람이 거짓말을 했단 거냐?"

"그럴지도 모르죠."

"닥쳐라! 지금 감히 평민인 네가 귀족을 모욕하겠다는 거냐?"

"호오, 절 본 사람이 귀족이었나 보군요? 그런데 그 귀족이 거짓을 말하지 않았다고 어떻게 자신하십니까?"

"뭣이라?"

선애가 하나도 안 지고 맞받아치자 브에텔이라는 놈이 점점 화가 나는지 얼굴이 붉어지고 주먹 쥔 손이 떨렸다.

그러자 이번에는 미란다가 나섰다.

"흥, 네가 얼마나 날뛸 수 있을지 어디 두고 보겠어. 어차피 네 방에서 내 목걸이만 나온다면 넌 끝장이야. 그때도 그렇게 입을 놀릴 수 있는지 한번 보도록 하지."

"그것참, 내 방에 목걸이가 있다고 아주 확신을 하시는 모양이군요? 제가 훔쳤다 해도 목걸이를 다른 곳에 보관할지도 모른다는 생각은 안 해보셨습니까?"

"그건 네 방을 보면 알겠지."

"만약 없으면 어떻게 할 건데요?"

"흥, 절대로 없을 리가 없다. 네가 범인인 게 분명해."

"그럼, 내 방에 목걸이가 없으면 범인이 아닌가요?"

"그래도 가장 유력한 용의자인 건 틀림없어. 네가 영애 방에서 나온 걸 목격한 사람이 있는 이상."

다시 끼어드는 브에텔 녀석.

그러자 같은 일행으로서 가만히 있을 수가 없었는지 벨타이거 녀석이 나서준다.

"정말 너무하시는군요. 선애가 설사 영애의 방에 들어갔다 나왔다고 칩시다. 그렇다고 그녀가 범인이라고 할 수는 없지 않습니까? 영애의 방을 들락거린 사람이 선애 혼자라고 할 수는 없을 테니까요."

"저 계집뿐이라고요. 저 계집 외에 내 방에 들어온 사람은 하녀들밖에 없으니까."

미란다의 참견에 벨타이거가 말했다.

"하녀들이 보고 있지 않은 사이 누가 들어갔다 나왔을지도 모르는 거 아닙니까? 영애 방을 항상 지키고 있었던 건 아닐 텐데요."

"글쎄, 저 계집이 훔쳤다니까요!"

미란다의 바득바득 우기는 소리에 그동안 가만히 지켜보고 있던 헤스딩스 남작이 나섰다.

"잠깐, 제 말 좀 들어보시겠습니까?"

가장 연장자인데다 이곳의 주인인 그의 말을 무시할 수는 없었는지 사람들이 일단 입을 다물고 그를 바라보자 남작이 다시 말을 꺼냈다.

"우선 제 성에서 이런 일이 일어난 것을 무척이나 유감스럽게 생각합니다. 그리고 후작 영애의 목걸이를 찾는 일에 최대한 협조할 것을 약속드리지요."

그의 말에 미란다와 브에텔은 당연하다는 표정으로 고개를 끄덕였지만, 곧이어 나온 남작의 말에 인상을 찡그렸다.

"그러나 그렇다고 해서 선애 양을 무조건적인 범인으로 몰수는 없다고 생각됩니다. 증거가 없는 한 선애 양은 제 손님이니 무례를 범하지 말아주십시오."

"그러니까 저 계집의 방을 뒤져 보면 알 거 아닌가요? 그럼 저 계집이 범인이라는 것을 당장이라도 알 수 있을 거라고요."

미란다의 말에 헤스딩스 남작은 선애를 바라봤다.

"선애 양, 후작 영애의 목걸이를 가지고 갔는가?"

남작의 질문에 선애의 얼굴이 일순 굳어졌지만, 그가 정말 선애를 의심해서 묻는 게 아니라는 기색을 느끼고는 순순히 대답했다.

"아닙니다."

"그럼, 선애 양의 방을 살펴본다 해도 떳떳하겠군?"

어째 미란다의 뜻대로 되는 것 같았지만, 이제 와서 선애가 고개를 저을 수는 없는 일이었다.

"물론입니다."

남작은 선애의 말에 고개를 끄덕이고는 다시 사람들을 바라봤다.

"제가 제안을 한 가지 하죠. 이곳에 있는 사람들이 보는 가운데 시녀들에게 선애 양의 방에서 목걸이를 찾아보게 하겠습니다. 그러나 혹시 후작 영애가 방에 있는데도 찾지 못한 걸 수도 있으니 후작 영애의 방은 물론이거니와 후작 영애의 방을 손쉽게 드나들 수 있었던 후작 영애의 하녀들 방도 같이 찾아보도록 하죠."

"뭣이라고요? 감히 내 방을 왜……."

미란다가 화가 난 표정으로 끼어들었지만 남작은 물러서지 않았다.

"만약 선애 양의 방에서 목걸이가 나온다면 후작 영애의 방까지 찾아볼 필요는 없지만, 안 나올 경우에 그렇게 하겠다는 겁니다."

남작의 말에 미란다 녀석은 무척이나 못마땅하다는 표정이었지만 어쩔 수가 없었는지 뒤로 물러났다.

"홍, 어차피 저 계집의 방에서 나올 게 뻔할 테니… 마음대로 하시죠."

"잠깐, 한 가지 말씀드릴게 있습니다만?"

미란다의 허락에 방 뒤지러 가자고 할 것 같던 남작을 제치고 벨타이거가 나섰다.

"뭔가?"

"만약 범인이 선애가 아닌 다른 사람이라면 두 분은 어떻게 하실 겁니까? 선애는 헤스딩스 남작님의 손님이기 이전에 제 일행입니다만? 제 일행이 괜한 모함을 받는 건 가만 두고 볼 수 없군요."

"뭣이라고요? 남작 주제에 어딜 감히 후작가의 사람인 내 앞에서……."

미란다가 벨타이거의 말에 펄펄 뛰며 앞으로 나서자 그녀의 말이 채 끝나기도 전에 벨타이거가 차갑게 말했다.

"그럼 루빈스타인 후작가 분들은 죄없는 사람을 범인으로 몰아도 괜찮다는 말씀이시군요?"

'어어… 선애야 상회를 떠나면 끝이니까 바락바락 대드는 거지만, 저 녀석은 저렇게 해도 괜찮아? 후작가에게 잘못 보이면 안 될 텐데.'

후작가에서 보면 벨타이거 녀석은 마치 대기업이 중소기업을 보는 것만 같을 것이다. 그러니 될 수 있는 한 부대끼는 걸 피해야 할 텐데도 나서서 맞서니 보고 있는 내가 조마조마할 지경이었다. 물론 선애를 위해 나서주는 게 기특하기는 하지만.

"이이……."

벨타이거의 말에 미란다가 무척이나 분한 모양이었지만, 뭐라 할 말을 찾지 못했는지 그저 이만 빠드득 갈 뿐이었다.

그러자 브에텔이 나섰다.

"물론 루빈스타인 후작가는 무고한 사람을 함부로 모함하지 않습니다. 그러니 만약 저 아가씨가 범인이 아니라면 정중하게 사과하도록 하지요. 그러나 범인이 맞다면 그에 대한 대가는 저 아가씨는 물론이거니와 남작, 그대도 같이 치러야 할 거요."

벨타이거가 나서서 일행이라고 하자 더 이상 '계집'이라고 할 수 없었는지 아가씨라고 존칭을 해주기는 했지만, 눈빛만은 무시구시했다.

'얼씨구, 높은 곳에 있는 놈이라 모욕을 받고도 가만있을 수 없다는 것인가?

그의 말에 나는 속으로 혀를 차고는 선애에게 속삭였다.

[야, 나 먼저 네 방에 간다.]

아무래도 자신만만하게 선애 방을 뒤지라고 주장하는 미란다 녀석이 마음에 걸렸기 때문이다. 뭔 수작을 부려놨을지 모르니 먼저 가서 확인해 볼 셈이었다.

내 말에 선애가 고개를 끄덕이는 걸 보고 나는 가볍게 발을 굴러 점프를 해서 천장에 매달려 그대로 통과해 위로 올라갔다. 이제는 이 몸에 적응은 물론 능력을 개발(?)하고 있어서 한 층 정도는 제자리에서 뛰어 올라갈 수 있었다.

그렇게, 잽싸게 몸을 놀려 선애 방에 가보니 과연 누가 가져다 놨는지 선애의 화장대 위에 처음 보는 보석함이 아주 얌전하게 놓여 있었다. 그 안에 문제의 목걸이를 품은 채 말이다.

과연 후작가의 영애가 할 만큼 굉장히 화사하고 예쁜 목걸이였다. 처음 보는 내가 감탄할 정도로 말이다. 어찌 보면 그 얄미운 미란다 녀석보다 선애에게 더 잘 어울릴 것 같아 이대로 훔쳐서 나중에 선애에게 줄까 하는 생각도 잠깐 들었지만, 그랬다간 후환이 두려워 나는 얼른 보석함을 챙겨 창문 밖으로 나갔다. 복도로 이동하다가 선애 방으로 오는 사람들과 부딪칠지 모르니 어쩔 수 없는 선택이었다.

'어째 요즘 들어 이런 일을 너무 많이 하는 것 같은데? 이러다가 맛들이는 거 아닌가 몰라.'

속으로 걱정하며 창문 밖으로 나가 잠시 기다리니 선애의 방문이 벌컥 열리며 일단의 사람들이 우르르 들어왔다. 이 성 소속의 하녀들이 먼저 들어와 선애의 방 여기저기를 샅샅이 살펴보기 시작했고, 나머지 헤스딩스 남작 일행 등은 방 가운데에서 그 모습을 지켜보고 있었다.

'헹, 아무리 뒤져 봐라, 목걸이가 나오나.'

나는 창문 너머의 그들에게 한 번 싱긋 웃어주고는 벽을 타고 이동하기 시작했다.

선애는 미란다의 방이 어디인지 몰라도 나는 잘 알고 있었다. 예방 차원에서 미란다 녀석을 본 날 밤에 성을 돌아다녀 알아냈던 것이다. 뭐, 거기에 덤으로 침대에서 잘 자고 있는 애를 밀어서 침대에서 떨어뜨리긴 했지만, 그건 미란다 녀석이 선애에게 한 짓에 비하면 아주 약한 보복이었다.

그거야 어쨌든, 내가 미란다 방 창문까지 이동하자 선애 방과 마찬가지로 환기를 위함인지 창은 활짝 열려 있었다. 어차피 잠겨 있어도 나에게는 문제될 게 없었지만 말이다.

그녀의 방으로 들어가 보석함을 화장대 위에 올려놓고 거기다 더해 보석함 안의 목걸이를 꺼냈다. 생각 같아서는 잘 보이게 보석함 옆에 놓고 싶었지만, 그랬다가는 누군가가 다시 가져다 놓은 것으로 여겨질 것 같아서—그럼 선애가 범인이 아닐 뿐 목걸이를 도둑맞은 건 사실로 될 테니 말이다—나는 화장대 뒤쪽에다 놨다. 그러면 뒤로 넘어가서 미처 찾지 못한 걸로 생각될 터였다.

그렇게 잠시 기다리고 있자니 문이 열리고 아까 그 무리들이 들어왔다.

선애는 무덤덤해 보였지만, 벨타이거와 클라리사의 표정은 무척 환해 보였다. 그와는 반대로 미란다와 브에텔은 굳어 있었지만 말이다.

내가 선애를 보며 눈 한쪽을 찡긋거리자 선애가 피식 웃었다.

그들은 그렇게 있었고, 시녀들은 곧 자기들의 일을 하기 시작했다. 즉, 미란다의 방을 샅샅이 뒤지기 시작한 거였다.

미란다야 자기가 했든 시녀를 시켰든 목걸이를 직접 선애 방에 가져다 놓게 했으니, 비록 선애 방에서 발견되지 않았다 하더라도 자기 방에서 발견될 거라고는 꿈에도 생각 못한 듯 떨떠름한 표정이긴 했지만, 긴장되어 보이지는 않았다.

그 모습에 나는 의미심장하게 씨익 웃었다.

'훗, 아마 네 생각대로는 절대 안 될 거다.'

그런데 선애 옆에서 지켜보고 있자니, 화장대 주변을 살펴보는 시녀가 뒤쪽은 도통 볼 생각을 안 하는 거였다. 그냥 냅뒀다가는 그 시녀가 결국 목걸이를 발견하지 못하고 그냥 지나칠 것만 같았다. 그래나는 일부러 그녀에게 다가가 화장대 뒤쪽에서 작은 소리를 냈다. 다른 사람은 못 듣고 그녀만 들을 수 있을 정도로 말이다. 그제야 꼼꼼하지 못한 그 시녀가 의아한 표정으로 고개를 갸웃하며 화장대 뒤쪽으로 시선을 돌리자 나는 안도의 한숨을 내쉴 수 있었다. 그 시녀가 목걸이를 발견하지 못했다면 내가 한 일은 완전 헛수고가 되기 때문이다.

"어머, 여기에 목걸이가 있습니다!"

시녀가 소리치며 손을 뻗어 화장대 뒤쪽에 들어가 있던 목걸이를 집어 올렸다.

그녀의 말에 방 가운데에 가만히 서 있던 사람들이 우르르 몰려들어 시녀의 손에 올려진 목걸이를 바라보았다.

"후작 영애, 내 눈이 틀리지 않았다면 이건 아까 후작 영애가 설명해 준, 잃어버렸다던 바로 그 목걸이인 것 같습니다만?"

헤스딩스 남작이 그렇게 말하며 미란다를 바라보자 미란다의 얼굴이 새하얗게 질려 있었다.

'후후후, 귀신이 곡할 노릇이지? 미안하지만 유령이 웃을 일이라네.'

이로써 미란다는 자신의 오해로 선애를 모함한 철없는 아가씨가 돼 버리고 만 것이다.

'냐하하하~ 자신이 판 함정에 자신이 빠진 꼴이군.'

비록 후작가의 저택에서는 홈그라운드였기에 모두들 선애의 무고함을 알면서도 누명을 벗겨주기는커녕 선애를 내쫓는 걸로—ㅂ록 넉넉한 돈을 받고 좋게 좋게 나오긴 했지만 말이다—마무리가 되었지만, 여기서는 절대 그렇게는 못할 것이다.

무조건 미란다의 편을 들어 선애를 범인으로 몰아세웠던 브에텔 녀석도 안절부절못하기는 마찬가지였다. 뭐, 그야 철없는 동생의 떼에 넘어간 걸로 비쳐지겠지만, 그래도 선애에게 잘못을 하기는 한 거니까 말이다.

게다가…

"후작 영애가 아무래도 오해를 한 모양입니다. 그래도 모든 오해가 풀려서 참 다행이지 않습니까?"

헤스딩스 남작은 그쯤에서 좋게 좋게 마무리를 지으려는 듯 서둘러 입을 열었지만 선애는 전혀 그러고 싶은 마음이 없었던 모양이다. 생글생글 웃으며 미란다와 브에텔을 빠아아안~히 쳐다보고 있었으니 말이다. 게다가 그동안 미란다를 무지 얄미워한 클라리사와 그의 오빠들, 그리고 벨타이거까지도 그 둘을 빠아아안~히 쳐다보았다. 비록 직접적으로 말은 안 하지만, 시선만으로도 무지 압력을 느낄 것이었다. 만약 선애 혼자 있는 데서 그런 말을 했다면 선애를 평민이라 깔보고 그냥 넘어갔겠지만, 남작 둘에 후계자 한 명, 아들딸 한 명씩, 거기에 기사까지 꼼싸리 끼어 있는 자리에서 한 공언이니 그냥 넘어가기가 꽤나 힘들 거였다. 아마 브에텔이라는 녀석은 벨타이거를 꼼짝 못하게 할 속셈으로 모두가 있는 자리에서 그렇게 말했겠지만, 그게 오히려 자신을 묶는 올가미가 될 줄은 미처 몰랐을 거다.

'그러게 사람이 평소 곱게 마음을 써야지 말이야.'

"나, 나는 절대로 사과 못해! 내가 왜 저따위 평민에게 고개를 숙여야 하는 거야?"

사람들의 시선 압박을 견디지 못했는지 부들부들 떨던 미란다가 바락 소리를 질렀다.

"어머, 한입으로 두말하실 건가요?"

그에 클라리사가 꼬시다는 듯한 표정으로 말하자 미란다가 그녀를 죽일 듯 노려보며 이를 갈았다.

"내가 언제 사과를 한다고 했지? 나는 절대로 그런 적 없어."

그러고 보니 브에텔 녀석이 사과를 한다고 했지만 미란다 녀석까지 사과시킨다고 한 적은 없었다.

클라리사도 그걸 깨달은 듯했지만, 이대로 넘어가기는 무척이나 아까웠는지 미란다의 속을 한 번 더 긁었다.

"아, 그렇군요. 그런데 루빈스타인 후작가에서는 무고한 사람을 모함하고도 그냥 넘어가나 보죠?"

"너, 이……."

미란다가 이를 빠드득 갈며 눈에 독기까지 품는 것 같자 선애가 나섰다.

"뭐, 아직 어리니 실수할 수도 있는 거지. 됐어. 어린애한테까지 기어코 사과를 받고 싶은 마음은 없으니까."

클라리사를 만류하는 척하면서 미란다의 태도를 어린애의 땡깡으로 만들어 버리는 선애였다. 그 나이대의 애들이 다 그렇듯 미란다도 어린애 취급을 무지 싫어하는지 매서운 눈길이 클라리사에게서 선애에게로 옮겨졌다. 그러나 미란다가 뭐라 입을 열기도 전에 시선 압박을 묵묵히 견디고(?) 있던 브에텔이 나섰다. 아무래도 상황도 안 좋은데 미란다가 입을 열면 열수록 점점 더 안 좋아진다는 걸 느낀 모양이다.

그리하여 그가 선택한 건 자신이 한 말을 지키는 것이었다.

"선애 양, 당신을 도둑으로 몬 것 미안하게 생각합니다. 나 브에텔 L 올드필드가 정식으로 사과드리겠습니다."

그가 정중하게 고개까지 살짝 숙여 인사를 하자 선애가 씨익 웃으며 화답했다.

"기꺼이 받아들이죠."

"감사합니다. 그럼 저희는 이만 실례하죠."

브에텔은 여전히 굳은 얼굴로 남작에게도 까딱 목례를 해 보이더니 분노로 온몸을 부들부들 떨고 있던 미란다를 데리고 얼른 그 자리를 떴다. 그곳이 미란다의 방이었지만, 남들보고 나가라고 하는 것보다는 자기들이 딴 데로 가는 게 더 낫다고 생각한 모양이다. 그렇다고 남아 있는 이들이라고 이 방에 계속 있을 수는 없었기에 헤스딩스 남작이 괜히 헛기침을 하며 입을 열었다.

"험, 험, 우리들도 이만 나갈까?"

"그 얄미운 후작 영애의 콧대를 꽈악 눌러줘서 기분이 좋기는 한데… 괜찮을까 모르겠네. 혹시 나 때문에 리사 너에게 뭔 일이라도 생기면 어쩌지?"

흥분이 가라앉자 그제야 뒷일에 생각이 미쳤는지 선애의 얼굴이 걱정스러워졌다.

그러나 오히려 헤스딩스 남작이 피식 웃으며 나서는 것이었다.

"괜찮네, 괜찮아. 뭐, 영애와 미래의 올드필드 백작과의 사이는 틀어졌지만, 그렇다고 루빈스타인 후작가가 나서지는 않을 걸세. 설마 하니 돌아가서 여기서 있었던 일을 일러바칠 수 있겠는가? 자기들이 아무 죄 없는 아가씨를 모함했다가 진실이 밝혀져 망신을 당했다는걸? 아마 그들은 이번 일을 자기들만 알고 절대로 발설하지 않을 걸세."

"아, 그래도 혹시 그들이 자기들이 한 잘못은 쏘옥 빼놓고 망신당했다고만 하면 어쩌죠?"

혹시나 하는 선애의 걱정에도 헤스딩스 남작은 태연했다.

"그래도 나는 별 상관은 없어. 우리 집안에게 남작 작위를 준 건 왕족이신 에스테반 공작이셨으니까 말이야. 아무리 이 나라에서 손꼽히는 후작가 집안이라 해도 에스테반 공작가에 함부로 하지 못해. 우리 집안은 그 공작가의 가신이니 크게 어려운 일은 없을 게야. 나는 우리보다 오히려 자네가 더 걱정이야."

그러면서 헤스딩스 남작이 벨타이거를 바라봤다.

"아하하하, 저도 괜찮습니다. 게다가 상업을 하는 사람으로서 이 정도 일로 동업자를 지지해 주지 못한다면 남에게 어떻게 신뢰를 얻는다는 말입니까? 상인의 최고는 뭐니 뭐니 해도 신뢰 아니겠습니까?"

호탕한 벨타이거의 말에 헤스딩스 남작도 웃어 보였다.

"호오, 그렇다니 다행이군. 그래도 혹여 뭔 일이 생기면 알려주게나. 내 능력껏 도움을 주겠네."

"감사합니다. 그 말씀만으로 무척이나 든든하군요."

역시 헤스딩스 남작가와 크로스웰 남작가의 친분은 두터웠던 모양이다. 이걸 보니 아무래도 헤스딩스 남작에게 드워프와의 일을 부탁하는 건 크게 어려운 일이 아닐 것 같았다.

그리하여 그날 저녁, 미란다는 화병이 생겼는지 열이 나 몸이 안 좋다며 생일 파티에 불참했고—물론 그녀를 에스코트하던 브에텔도 불참했다—다음날 일찍 성을 떠나 버렸다. 덕분에 주인공이 뒤바뀔 뻔했던 생일 파티는 무사히 잘 치러졌다. 그래 봤자 초대받아 온 손님 대부분은 클라리사나 헤스딩스 남작에게 벌써 미운털이 박혀 무척이나 어색한 파티였지만 말이다.

선애로서는 처음 참석하는 귀족가 파티였는데 별로 상황이 안 좋아서 참으로 안타까웠다. 기껏 아침부터 열심히 준비해서 예쁜 드레스와 액세서리를 달고 파티장에 나갔는데 말이다. 만약 분위기만 나쁘지 않았다면 서대륙 출신의 사교계의 꽃이 탄생했을지도 모르는데… 다시 한 번 생각해도 심히 안타깝다.

서대륙의 미녀를 코앞에 두고도 분위기 때문에 말을 걸지 못하고 속으로만 끙끙 앓았을 가여운 귀족 청년들에게 삼가 위로의 묵념을.

CHAPTER

18

FANTASY FRONTIER SPIRIT

Chapter 18

파티가 끝나고 부드러운 분위기 속에서 조심스레 꺼낸 벨타이거의 부탁을 헤스딩스 남작은 기꺼이 들어줬다. 그러나 그가 해줄 수 있는 건 어디까지나 드워프와 만나게 해주는 것까지일 뿐, 드워프들과 거래를 하거나 물건을 사는 건 어디까지나 우리가 알아서 해야 할 일이었다.

"뭔가 자네에게 더 해주고 싶지만… 직접 드워프 족장님과 친분을 가지신 선조가 아닌 이상 어쩔 수가 없네. 나 또한 선조의 후손이라는 이유 하나로 이 정도의 배려를 받는 게 다니… 정말 미안하이."

드워프와 만날 수 있는 허가서를 써주면서 남작은 미안한 표정을 지어 보였다.

그러나 어차피 그쯤은 예상했던 일인지 벨타이거는 느긋한 표정이었다.

"아닙니다. 이렇게 해주시는 것만 해도 정말 감사하게 생각하고 있습니다."

"아, 그리고… 자네에게 부탁이 한 가지 있는데……."

벨타이거 녀석이 허가서를 받아 들자 옆에 앉아 있던 선애가—동업자라고 같이 와 있었다—자리에서 일어나려고 하다 헤스딩스 남작의 말에 멈칫거렸다.

"예?"

"음… 사실, 이번 일로 인해서 우리 리사가 마음이 좀 상한 것 같아."

그랬겠지. 비록 파티 때 미란다하고 브에텔 녀석이 불참했다고 하더라도, 파티가 있기 전날까지의 며칠 동안 있었던 일을 생각하면 클라리사 녀석이 선애 옆에 착 달라붙어 생글생글 웃고 있었다 하지만 속이 안 좋았을 것은 당연지사였다. 아마 그 아가씨는 자신이 주인공일 거라 생각하고 있었을 테니까. 파티 때도 분위기가 좋았던 것이 아니었고.

"예에……."

벨타이거가 헤스딩스 남작의 말에 고개를 주억거리면서도 의아하다는 듯이 바라봤다. 아무래도 클라리사가 속상하다는 것은 이해하겠는데, 그게 자기와 무슨 상관이냐고 묻는 표정이었다.

"그래서 말인데… 저기, 드워프 마을에 갈 때 우리 리사도 같이 데려가 주지 않겠나? 그동안 나나 제 오빠들이 애지중지 키우느라 거의 이곳에서만 머물러 있었거든. 바람이나 좀 쐬면 마음이 풀릴까 하고 말이야."

헤스딩스 남작의 부탁에 벨타이거는 선뜻 고개를 끄덕였다.

"아아… 예, 그 정도야 얼마든지. 그러면 갔다 오는 길에 리사를 여기로 데려오겠습니다."

어차피 헤스딩스 남작 집안과 크로스웰 남작 집안의 친분을 생각하면 그 정도쯤이야 얼마든지 있을 수 있는 일이었다. 게다가 보아하니 벨타이거도 헤스딩스 남작의 막내 아들인 오닐과의 친분 때문인지 클라리사를 마치 친동생처럼 생각해 주는 듯 보였으니 말이다. 드워프의 마을에 데리고 가는 것도, 헤스딩스 남작가의 여식이니 도움이 되면 되었지 방해가 되지는 않을 것이다.

그런데 남작의 부탁은 그것이 끝이 아니었다.

"으음… 그리고 말이지……."

"예."

"저기… 리사가 오랜만에 자네 집에도 가보고 싶다는군. 예전에 몇 번 가보긴 했지만, 그때는 너무 어려서 자네 집에만 있었지 도시 구경도 못했다고… 그래서 놀러 가고 싶다고 조르더군. 괜찮겠나?"

남작의 말에 나는 푸핫 하고 웃음을 터뜨렸다. 클라리사가 이번 생일 파티를 이용해 아버지에게 떼를 쓴다고 하더니만, 진짜 그랬던 모양이다.

'보아하니 우선은 놀러 간다고 해놓은 것 같지만, 아마 벨타이거네 집에서 며칠 머무르다 일해보겠다고 통보를 할 테지?'

남작이 선애에게로 시선을 돌렸다.

"이번에 선애 양이랑 같이 지내다 보니 선애 양이 꽤나 마음에 든 모양이야. 그 애가 엄마가 일찍 죽고 주변에 또래의 아가씨가 없다가 언니가 생겨서 무척이나 좋아하더군."

"저도 남작 영애와 친하게 지낼 수 있어서 무척이나 기뻤습니다."

"어허, 이미 리사와 언니 동생 하는 사이라던데 뭘 내 앞에서까지 예의를 차리는가. 그냥 편하게 하게."

"감사합니다."

"어쨌든… 그래서 내 자네에게 당분간 맡기고 싶은데… 귀찮지 않을지 모르겠군."

어른이 이렇게 부탁하는데 거절할 수 있을 리가 없었다. 게다가 벨타이거는 클라리사가 일하고 싶어 하는 걸 아직 모르니 단순하게 놀러 가는 것이라 생각하고 가벼이 여길 거다.

"귀찮다니요. 아마 선애가 리사의 좋은 벗이 되어줄 겁니다."

'어어… 거기서 왜 선애가 나오는 걸까나.'

아무래도 벨타이거 녀석은 내년 봄 가게 오픈 준비를 하느라 바쁠 테니 클라리사를 상대하는 걸 전적으로 선애에게 미뤄놓을 심산인 모양이다.

"허허, 자네가 그리 말해 주니 마음이 편하구만. 내 딸이라서 하는 이야기가 아니라, 그 애가 영리한 데다 눈치도 있으니 폐를 끼치진 않을 걸세."

헤스딩스 남작은 벨타이거가 기꺼이 제안을 받아들이자 다행이라 생각했는지 기분 좋은 웃음을 지어 보였다.

그리하여 일행에 끼게 된 클라리사는 그렇게 좋은지 계속 생글생글 웃었다. 뭐, 선애를 향해 의미심장한 시선을 보내는 걸 잊지는 않았지만 말이다.

[야, 괜찮겠냐?]

"뭐, 어때? 어차피 상회도 작으니 큰일이야 있겠어? 비서 겸 보좌관으로 쓰지 뭐."

드워프의 마을까지 가는 길은 남작의 성에서부터 멀지 않았다. 아무래도 처음 남작의 성을 지을 때 일부러 드워프의 마을과 가까운 곳에 자리를 잡았던 모양이다. 덕분에 드워프의 마을로 가기 전 최종 관문인, 산 아래에 있는 도시에 도착한 것은 헤스딩스 남작 성을 떠난 지 한나절 후였다.

"내가 알기로는 정확히 드워프의 마을에 들어갈 수 있는 건 아니야. 드워프 마을에 들어갈 수 있는 건 드워프들의 인정을 받은 사람뿐이라고 들었거든."

그 도시의 한 여관에 자리잡고 저녁 식사를 하는 동안 클라리사는 자기가 알고 있는 이야기를 해줬다.

"어, 그러면?"

"이 도시에 드워프들이 내려와 있어. 그러니까… 드워프 마을에서 파견되었다고나 할까? 그들이 이야기를 듣고 마을에 데리고 가서 거래하게 할지 아니면 거절할지 결정하는 거야."

"호오……."

"그리고 재미있는 건, 파견 나온 드워프들이 여기 머무는 건 단 5일 뿐이라는 거야. 5일에 한 번씩 바뀌는데, 마을에서는 파견 올 드워프들을 고르기 위해서 제비뽑기를 한대. 그러니까 거래에 흥미가 있고 유능한 자가 아니라 운이 없어서 제비에 뽑힌 드워프만이 오는 거지. 두 명의 드워프가 말이야."

"이런."

클라리사의 말에 벨타이거가 난처한 표정으로 혀를 차자 클라리사가 씨익 웃었다.

"헤에, 벨 오빠는 무슨 말인지 벌써 알아챈 것 같네? 그나마 관심이 있는 드워프들이 뽑혀서 나온다면 가끔 새로운 거래가 성사되는 모양이지만, 무지 귀찮아하는 드워프가 나와 있다면 거래는 땡~ 이라는 거야."

그녀의 말에 벨타이거나 선애, 그리고 마법사는 심각한 표정이었는데 클라리사는 여전히 생글생글 웃는 모습이었다.

그에 선애가 그녀를 슬쩍 째려보며 물었다.

"리사야, 너는 어째 무지 재미있어 하는 것 같다?"

"아하하하, 언니는… 내가 뭘 어쨌다고."

"아니, 우리에게 심각한 정보를 알려주면서 너는 너무 태평한 얼굴이라 뭔가 좀 수상한 것 같기도 하고……."

"에이, 무슨 소리야. 그냥 오랜만에 성을 나와서 좀 들떠 있을 뿐이야. 게다가 나는 헤스딩스 사람이라고 해도 드워프들을 만나는 건 처음이거든. 그래서 좀 기대가 돼서 그래. 에헤헤."

"그러냐."

그녀가 그렇게 우긴다면 그러려니 하고 넘어주긴 하겠지만, 왠지 그것만이 아닌 기분이 들었다. 뭐, 그렇다고 해도 지금 내가 파고들 수 있는 건 아니었지만.

저녁을 마치고 사람들은 하루 종일 이동한 것의 피곤도 풀고 내일을 위하여 일찍 각자의 숙소로 흩어졌다.

선애와 클라리사는 같은 방을 사용했다. 클라리사가 먼저 욕실을 사용하는 동안 선애는 목욕하고 갈아입을 옷을 꺼내려 가방을 열었는데 그 틈에 선애의 가방 안에서 보인 건, 정말 오랜만에 보는 주머니였다.

[어, 이거 가지고 왔어?]

나는 주머니를 들어 그 안에 있는 내용물을 쏟았다. 핸드폰과 손목시계. 이 판타스틱한 세계로 떨어질 때 선애가 가지고 있던 거였다.

이제사 이야기하지만, 이 핸드폰은 내가 사준 거였다. 꼬맹이 녀석이 하도 떼를 쓰는 바람에 결국 넘어가 사줬는데, 막 그 모델이 나왔을 때 사느라 거금 40여만 원을 들였던 기억이 아직도 생생했다. 속으로 피눈물을 흘렸으니 말이다.

[하하, 이거 사달라고 몇 날 며칠을 졸라서 결국 내가 두 손 들고 사줬었지. 대학 갈 때까지 못 쓰면 다음에 절대로 안 사준다고 했는데… 기억나냐?]

밧데리가 다 돼 아무것도 못하는 고물이 된 지 오래였다.

손목시계는 선애 친구들이 돈을 모아서 생일 선물로 사준 거였다. 고급 패션 시계라고 해서 하늘색의 알은 꽤나 큼직한 데 반해 파란색의 줄은 상대적으로 가는 디자인을 가지고 있었다. 뭐, 아무리 예쁜 디자인이라고 해봤자 멈춘 지 오래되어서 사용하지도 못하지만.

"그냥… 부적 삼아 가지고 다녀. 항상 가지고 다니다 냅두고 다니려니 허전해서."

[그랬냐? 나는 못 봤는데.]

"가지고 다닌다고 해봐야 가방 속에만 넣고 있었는걸."

[하긴…….]

잠시 그것들을 만지작거리던 나는 다시 주머니에 싸서 가방 속에 고이 잘 넣어뒀다.

다음날, 아침 식사를 마친 일행은 서둘러 파견 나온 드워프들이 머문다는 건물로 향했다. 그곳은 헤스딩스 남작의 성에서 직접 파견 나온 관리가 머무는 곳으로, 드워프들의 편의를 봐주는 한편 이 도시를 관리하는 곳이었다. 일명 시청이라고나 할까? 원래 우리는 클라리사가 있어 거기서 머물 수도 있었지만, 클라리사가 보통 여관에서 한번 자보고 싶다고 떼를 써서 여관에서 머물렀던 거였다. 뭐, 여관 시설이 크게 나쁘지 않았기에 불만은 없었지만 말이다.

남작에게 받은 허가서를 보여주기 위하여 만난, 이곳에서 제일 높은 관리라는 중년 남자는 클라리사를 보자마자 자리에서 벌떡 일어났다.

"헉! 아가씨께서 여긴 어쩐 일이십니까?"

확실히 성에서 직접 파견 나온 관리라 그런지 클라리사의 얼굴을 알고 있었던 모양이다.

"에… 나는 그냥 쫓아온 거니까 상관 말아요."

그런 그에게 클라리사가 배시시 웃으면서 말했지만, 어디 그게 그렇게 되던가? 가여운 중년 남자는 바짝 얼어 가지고서는 벨타이거에게 용건을 물었다. 그러나 그것도 잠시, 벨타이거가 내민 헤스딩스 남작의 허가서를 받아 든 그의 인상은 찡그러졌다. 뭐, 귀찮다거나 하는 건 아니라 무지 난처한 기색이었지만.

"왜요?"

그에 그냥 쫓아온 거라고 말한 클라리사가 끼어들자 중년 관리는 어쩔 줄 몰라 하며 입을 열었다.

"아… 저… 아가씨, 만약 거래를 트기 위해 오신 거라면 좀 기다리시는 게 어떠실지요. 지금 파견되어 온 드워프 분들은 우리 사람들에게 별로 호의를 가지고 있지 않아서 모든 거래는 물론이거니, 간단히 물건을 사러 온 사람들의 청까지도 모조리 거절하고 있답니다."

"그래요?"

"예, 다행히 이틀만 있으면 그분들이 가시고 새로운 분들이 오니 그때 만나시는 게 좋을 듯합니다."

관리의 말은 일견 타당해 보여 나는 일행들이 그 관리의 말을 따를 것이라고 생각했다. 거절할 걸 뻔히 아는데 일부러 만나지는 않을 거라 여겨졌던 것이다.

"그렇다면 그 다음에 오시는 드워프들은 인간들에게 호의를 가지고 있단 말입니까?"

확실하게 확인해 두고 싶어 하는 벨타이거의 말에 관리는 머뭇머뭇대며 입을 열었다.

"아… 그게… 실은 파견되는 날에 새로 제비를 뽑기 때문에 어떤 분이 오실지는 저도 모릅니다. 그래도 혹시나 호의를 가지고 오시는 분일지도 모르니……."

"아닐 수도 있다는 거군요?"

"예에… 그건 그렇습니다만……."

"그렇다면 두 번 시도를 해봐도 나쁠 건 없겠군요. 지금 있는 드워프들과 거래를 시도하다 실패한다면 다음 파견자 분들을 만나도 되겠지요?"

[오호, 저 꼼꼼함… 선애야, 너도 저건 배워라.]

내 감탄의 말에 선애가 작게 투덜거렸다.

"나도 꼼꼼해."

"에… 그건 상관없습니다만, 그냥 다음 분들을 만나시는 게 좋을 텐데요. 지금 계신 분들은 성격도 무척 거치시거든요."

아무래도 관리는 우리가 안 좋은 꼴을 당할까 봐 걱정되는 모양이다. 그는 지금 파견 나온 드워프와 만나지 않길 바라는지 계속해서 설명했다.

"지금 있는 그분들을 만났던 상인들 중 좋게 나온 적이 없었습니다. 모두 분노해서 나오는 건 기본이요, 어떤 상인은 신나게 얻어맞은 적도 있었습니다. 옆에 있던 관리들이 열심히 말렸기에 망정이지, 안 그랬으면 정말 큰일날 뻔했지요."

'캑! 그 정도야?'

관리의 말에 클라리사와 선애의 눈은 둥그레졌고 잭 조셉은 긴장한 표정이었다. 그러나 벨타이거 녀석은 뭘 믿고 그렇게 당당한 건지 물러서려고 하지 않았다.

"알려주셔서 감사합니다. 조심하도록 하지요. 그러니 만나게 해주십시오."

"정말 괜찮으시겠습니까? 위험하실 텐데……."

"괜찮습니다. 만날 수 있게 해주십시오."

벨타이거의 고집에 중년 관리는 길게 한숨을 내쉬더니 클라리사 쪽으로 시선을 돌렸다.

"저어… 그럼 아가씨께선……."

"난 괜찮을 거예요. 같이 가겠어요."

클라리사의 단호한 말에 중년 관리는 잠시 머뭇거렸지만, 곧 그녀가 헤스딩스 남작가 사람이라는 걸 상기했는지 선선히 고개를 끄덕였다.

"에… 뭐, 그러시겠지요. 그럼 잠시만 기다려 주십시오. 그분들은 지금 아침 식사를 하고 계시거든요. 보통 한 시간 정도 걸렸으니… 조금만 기다리시면 돌아오실 겁니다."

드워프란 종족이 유사 인종이긴 하지만 인간과 다른 문화를 가지고 있는데, 그중 가장 유명한 것이 서열이라는 것을 중요하게 생각지 않는다는 것이다.

인간이야 같은 인간끼리라도 왕족, 귀족, 기사, 평민 등등으로 나누어서 윗계급 사람들에게는 철저하게 복종하는 것은 물론이고, 나이를 가지고도 서열을 따져서 수용하길 강요하지 않던가 말이다.

그러나 드워프들은 자신보다 나이 많은 사람은 물론이거니와 그 마을의 원로나 족장의 말도 자기가 안 내키면 무시해 버리기 일쑤라고 했다.

그런데도 불구하고 드워프들이 족장과 헤스딩스 남작의 선조와 친분이 있다는 이유로 인간들과 교류할 수 있었던 이유는 바로 인간들의 요리 실력 때문이었다.

드워프들이 이 세계에서 가장 뛰어난 장인이라고 하지만, 모든 면에서 완벽할 수는 없었는지 딱 한 곳에서 인간들보다 떨어지는 것이 있었으니, 그것이 바로 요리라고 한다(아, 술 담그는 것도). 아무래도 드워프들은 선천적인 요리치들인 모양인지.

그럼에도 불구하고 드워프들은 미식가이자 대식가이며 대단한 애주가들이란다.

헤스딩스 남작의 선조는 드워프의 족장에게 그 사실을 알아내서 그걸 이용해 유혹했고, 그게 주요했는지 헤스딩스 남작가와 친분을 가진 드워프 족장의 마을에선 전 마을 주민이 토론을 하고 투표한 결과, 다수결로 교류를 하기로 결정이 났다고 한다.

드워프들은 윗사람의 말을 마음대로 무시하는 대신, 이렇게 한 마을 주민들이 모두 모여 다수결로 결정한 사항은 절대적으로 지킨다고 한다. 하기야 그러니까 드워프의 사회가 유지될 수 있는 거겠지만.

하여간 그렇게 교류가 결정되자, 헤스딩스 남작가에서는 사방으로 손을 써서 이름있는 요리사들을 대거 도시에 데려다 놨다. 드워프들의 입맛을 충족시켜 주기 위해서였다. 그 때문에 헤스딩스 남작가와 교류를 하는 드워프 마을에서는 자주자주 놀고 먹으러 이쪽으로 많이 내려옴은 물론이요, 가끔 정식으로 교류를 하는 마을 말고 옆 마을의 드워프들도 기웃기웃하면서 내려온다고 한다.

길 가다 쉽게 드워프들을 볼 수 있는 도시가 전국에서 유일하게 자기네 도시라고 중년 관리는 자랑을 덧붙였다. 뭐, 우리는 관청으로 오면서 보지 못했지만, 그건 너무 이른 시각이라 그런 거라나?

그렇게 맛난 음식을 무지무지 좋아하는 드워프들은 당연하겠지만, 먹을 때 건드리는 걸 무지 싫어한다고 한다. 될 수 있는 한 드워프들의 기분을 맞춰줘야 하는 관리로서는 절대적으로 피해야 할 사항이었기에, 우리는 사람을 보내 드워프들을 오게 하는 대신 그들이 식사를 다 마치고 올 때까지 기다려야 했다.

뭐, 드워프들이 올 때까지 중년 관리가 우리들을 대접하며 드워프들에 대한 이러저러한 이야기를 많이 해줬기에 기다리는 데 딱히 큰 불만은 없었다. 아무래도 이런 대접은 클라리사가 우리 일행이라 받을 수 있는 거겠지?

"그럼 여기 돈 많이 벌겠네요? 드워프들이 그렇게 많이 찾아온다니."

선애의 질문에 관리는 고개를 저었다.

"아닙니다. 여기서 드워프들이 사용하는 모든 비용은 남작가에서 대주고 있습니다."

"헤에, 그럼 드워프들은 모두 꽁짜?"

"그렇습니다."

"그런데 왜 드워프들이 사람들에게 호감을 안 갖는 거죠?"

"그게… 좀 더 정확하게 말한다면, 사람들을 싫어하는 게 아니라 거래를 하기 위하여 오는 사람들을 만나는 걸 싫어하는 겁니다. 상인들이 이것저것 따지는 게 오죽이나 많습니까? 게다가 드워프들은 상업이라는 것과는 전혀 맞지 않는 체질이니… 그나마 거래를 하러 오는 사람들을 만나주기라도 하는 게 감지덕지인 상황이죠."

"아아……."

"그러니 거래를 새로 트는 건 무척이나 어려울 겁니다."

관리는 벨타이거를 힐끔 바라보며 다시 한 번 걱정스러운 어조로 말했다. 아마 불가능할 테니 미리미리 마음의 준비를 하고 있으라는 뜻인가 보다.

벨타이거의 표정 또한 그렇게 밝지만은 않았다. 이곳에 올 때 드워프들과 거래를 하는 게 어려울 거란 짐작을 하고 어떻게 틈을 노려볼 생각이었는데, 그 틈이라는 것이 아예 보이지 않는 것 같으니 그가 걱정스러워하는 건 당연했다.

관리의 말에 의하면 아예 이곳에 오래 머물면서 드워프 파견자가 바뀔 때마다 시도해 보는 사람들도 있다고 하는데, 우리는 그럴 정도로 인력이나 시간이 많은 게 아니었다. 상회의 주요 인사들이란 여기에 와 있는 일행이 다인 데다, 최대한 시간을 많이 내봐야 두어 달 이상 머물기 어려웠다. 늦어도 겨울이 되기 전에는 돌아가서 내년 봄을 위해 준비할 게 많으니 말이다. 가게를 구하는 것은 물론이거니와 인테리어도 꾸며야 하고, 안에 들여놓을 상품의 종류도 늘려놔야 하고 사람들도 구해야 하고…….

'아무래도 선애가 나나 클라리사를 많이 부려먹게 될 것 같아. 돈도 많이 들 테니 아예 클라리사도 동업자로 만들어서 투자하라고 하면 좋을지도.'

그렇게 잠시 상회의 미래를 생각하는데, 우리가 있는 응접실의 문을 노크하는 소리가 들리더니 젊은 관리 한 명이 들어왔다.

"드워프들께서 오셨습니다."

드워프들이 이곳에 머물 때 생활한다는 응접실로 안내되어 들어가니, 늘어져 있다시피 앉아 있던 두 드워프가 우리를 보자마자 인상을 파악 찡그렸다. 마치 우리가 상종하기도 싫은 웬수들이 된 것만 같은 기분이었다. 뭐, 맛난 것 잔뜩 먹고 오자마자 다시 하기 싫은 일에 돌입해야 하니 기분이 안 좋은 건 이해가 가지만, 그래도 그 대상이 내 동생이 된다는 게 열받았다. 그래도 우선은 칼자루를 저쪽이 쥐고 있으니 어쩔 수가 없었다.

"뭐야?"

드워프란 종족의 생김새는 이곳에 오기 전에 들었다. 성인 남자의 허리를 좀 넘는—추측컨대 대략 110~120 정도가 아닌가 싶다—키에 단단한 체구를 가진 종족이라고 했다. 그리고 보니 내가 한국에 있을 때 읽은 판타지 자료에서는 '백설공주와 일곱 난쟁이'에서 등장하는 일곱 난쟁이가 바로 드워프들이 아닌가 하는 추측이 있었던 걸로 기억한다.

과연, 보디빌더들이 부러워할 만한 단단하고 두터운 몸집의 키가 작은 두 명의 종족이 우리 앞에 있었다. 한 드워프는 불타오르는 것만 같은 선홍색에 가까운 붉은 머리에 붉은 눈동자를, 다른 사람은 갈색 머리에 갈색 눈을 가지고 있었는데, 둘 다 멋들어진 수염을 기르고 있었다.

'아, 그리고 보니 드워프들은 젊을 때부터 수염을 기른다고 했었지?'

그중 띠껍게라도 말문을 연 쪽이 붉은 머리 쪽이었고, 갈색 머리는 들어서는 우리를 한 번 힐끔 보더니 그대로 눈을 감고 소파 깊숙이 몸을 파묻었다.

참 냉정한 반응이 아닐 수 없다. 오기 전에 관리에게 듣기는 했지만, 이래서는 어디 말이라도 끝까지 할 수 있을런지.

같이 들어온 관리는 거 보라는 듯 그만 나가자고 했지만, 그래도 벨타이거는 여기까지 온 거 찔러나 보기라도 했는지 침착하게 입을 열었다.

"제의할 게 있어서 왔습니다."

그러나 그 제의를 말하기도 전에 붉은 머리의 드워프가 불쑥 말했다.

"싫. 어. 그러니 그만 나가 봐."

그러며 손을 휘휘 내저어 보이는 것이 아닌가.

그에 아무리 뺀질거리는 벨타이거라도 기가 막힌 모양이었다.

"아직 제의는 말하지도 않았습니다만?"

"그래도 싫은 건 싫은 거야. 그러니 얌전히 나가."

"들어보지도 않는 겁니까?"

"내가 왜 들어야 하는데?"

"상인들의 제의를 듣기 위해서 여기 계시는 거 아닙니까?"

"이거 웃기는 놈이네? 누가 네놈들 제의를 듣기 위해서 왔대? 우리는 만나면 그만이야, 만나면. 얼굴 봤으니까 됐잖아. 당장 나가. 귀찮게 하지 말고."

난 세상에서 미란다가 가장 안하무인인 줄 알았다. 그런데 지금 여기에서 더 안하무인 녀석을 보게 될 줄이야…….

'허어, 세상에 뛰는 자 위에 나는 자 있는 법이라더니…….'

울 꼬맹이가 열받았는지 온몸이 부들부들 떨리고 있다. 살짝 건드리기만 하면 폭발할 것만 같은 징조.

'으음… 저 녀석들을 날려 버리라 그럴까, 태워 버리라 그럴까?'

그런데 그때, 그동안 조용히 있었던 페르티니어스 마법사가 나섰다.

"나가기 전에 한 가지만 질문해도 되겠소?"

거래 이야기가 아니라 질문이라는 것에 붉은 머리의 드워프가 의아한 표정이었지만 곧 냉랭하게 바꼈다.

"지금 수 쓰는 거요? 하여간 인간들이란 잔머리는 잘 굴린다니까."

"그건 아니오. 단지 궁금한 게 있어서 이 세상에서 가장 뛰어난 장인인 드워프에게 묻고 싶을 뿐이오."

이제 보니 저 마법사도 머리를 굉장히 잘 굴리는 것 같았다. 하기야 마법사들은 모두 머리가 좋아야 한다고 했으니.

마법사의 진지한 말에—아니면 은근히 띄워주는 말에—붉은 머리의 드워프가 멈칫하더니 냉랭한 표정을 좀 누그러뜨렸다.

"묻고 싶은 게 뭐요?"

"철과 같은 질량을 가졌지만 무게는 더욱 가볍고 강도는 더 강한 금속을 알고 있소? 아니, 꼭 금속이 아니라 어떤 물질이라도 상관없는데… 한번 모양을 만들면 변형하지 않는 성질을 가지고 있는 것이면 좋겠소이다만."

마법사의 말에 드워프가 고개를 갸웃거리더니 물었다.

"혹시 미스릴을 말하는 거요? 철보다 더 강도가 높지만 가벼운 금속이지. 그러나 제련하기가 쉽지 않아 우리 드워프들만 다룰 수 있다는……."

"미스릴은 나도 알고 있소이다. 하지만 그건 구하기가 어려운 거잖소? 나는 좀 더 많고 쉽게 구할 수 있는 걸 원하오이다. 혹시 당신들 드워프라면 알 수 있지 않을까 해서 찾아온 거라오."

그렇게 말한 마법사는 품속에서 뭔가 가죽 꾸러미 같은 걸 꺼내 들었다. 그걸 펴니, 선풍기의 날개 한 짝 모양을 하고 있었다.

"보시오, 이 가죽의 두께로 이것과 같은 모양과 크기를 가지고 있으면서 빠르게 휘둘러도 모양이 변형되지 않는 단단한 물질을 구하고 있소."

자신의 전공에 관한 이야기라 그런지 붉은 머리의 드워프는 냉랭하던 기색을 완전히 지우고 마법사에게서 선풍기 한쪽 날개의 모양을 하고 있는 가죽을 받아 들었다. 그러자 그 옆에서 아예 관심을 끊은 채 눈을 감고 있던 갈색 머리의 드워프도 호기심이 생겼는지 눈을 뜨고 바라봤다.

"흐음… 이거 두께가 상당히 얇은데?"

가죽의 두께를 그 짧고 통통한 손으로 만져 보며 붉은 머리의 드워프가 중얼거리자 마법사가 끼어들었다.

"철로 그렇게 만들어봤는데, 조금 휘두르니까 금방 휘어졌다오. 좀 더 두껍게 하면 무게가 상당히 나가기 때문에 안 좋고."

"미스릴로 하면 될 텐데."

갈색 머리의 드워프가 말하자 마법사는 고개를 저었다.

"철만큼이나 구하기 쉬운 거였으면 좋겠소."

마법사의 말에 두 드워프가 머리를 맞대었다.

"합금을 사용하면 어떨까?"

"에… 나 합금은 잘 모르는데……."

"두랄루민이라면 알지도 몰라."

"하긴, 그 금속에 미친 영감이라면… 얼마 전에도 괜찮은 합금을 만들어냈다며 좋아하는 것 같던데."

거기까지 둘이 속닥대던 드워프가 마법사를 돌아보았다.

"좋소. 당신의 질문에 우리가 대답 못한다는 건 드워프로서의 자존심이 용납 못하지. 당신을 드워프의 마을로 데리고 가겠소."

드워프의 말에 거기 있던 이들의 안색이 화악 펴졌다. 드디어 성공했다고 생각한 것이었다. 그러나 그것도 잠시, 붉은 머리의 드워프에 의해 그 기분은 싸악 구겨지고 말았다.

"누가 너희들을 데리고 간대? 내가 허락한 건 저 사람 단 한 명뿐이라고. 너희들은 꿈도 꾸지 마."

어쩜, 저렇게 말을 해도 기분 나쁘게 말할 수 있는 건지…….

그에 클라리사가 나서서 뭐라고 하려고 했지만, 그보다도 먼저 우리의 꼬맹이가 앞으로 나섰다. 드디어 인내의 한계를 넘어버리고 말았나보다.

"이것 보세요, 당신들이 그렇게 잘났어요? 생긴 건 꼭 난쟁이 똥자루같이 생겨서는."

만약 비슷한 또래였다면 다짜고짜로 반 토막 말이 나갔을 테지만, 나이가 많아 보이는 둘에게 차마 반말은 할 수 없었던지 존대로 말했다. 뭐, 그래도 드워프들을 화나게 하기에는 충분했던 모양이지만.

"뭐어어~? 이런 건방진! 야, 너 당장 나가! 너랑은 거래고 뭐고 아무것도 없을 줄 알아!"

그 말에 선애도 빡 돌았는지 그나마 해주던 존대도 가라앉혀 버렸다.

"건방지기는 누가 건방지다는 거야? 그리고 어차피 거래고 뭐고 할 생각도 없었던 주제에 이제 와서 안 한다고 하면 누가 겁나냐? 이 바아~보야!"

선애 언니로서, 이 정도면 지금까지 보아왔던 말싸움 중에서도 무척이나 정도가 약한 편이라고 자신있게 말할 수 있었다. 성년이 되더니만 말싸움할 때의 말투가 고상해진(?) 모양이었다.

그러나 드워프는 그걸 알아주지 않았다. 대신 엄청 화가 났는지 그동안 눕다시피 앉아 있던 소파에서 벌떡 일어나 당당히 선애 앞에 버티고 섰다. 그래 봤자 선애가 여전히 내려다보는 모양새였지만 말이다.

"감히… 감히이~ 이 세상에서 가장 위대한 장인 종족 드워프를 보고 바보라고 하다닛! 당장에 결투다!"

머리 못지않게 붉어진 얼굴로 소리치자, 목청이 얼마나 좋은지 귀가

찌릿찌릿할 것 같았다.

갈색 머리 드워프도 기분이 나빴는지 소파에서 똑바로 앉은 채 선애를 노려보고 있었다. 여차하면 나설 태세였지만, 그래도 자기의 동료의 실력을 믿고 있는지 느긋한 태도였다.

그러나 우리의 꼬맹이씨는 뒤에 내가 있어서 그런지 조금도 꿀리지 않았다.

"세상에서 가장 위대한 장인 종족 좋아하네. 안됐지만 난 지금 당장이라도 당신들보다 더 뛰어난 실력으로 만들어진 물품을 내놓을 수 있다고."

"웃기지 마! 이 세상에서 우리 드워프가 만든 것보다 더 뛰어난 물품은 없다!"

"있다면 어쩔래?"

그러자 그동안 가만히 보고만 있던 갈색 머리의 드워프가 자리에서 일어났다.

"그거… 우리 드워프가 만든 게 아니라면, 인간이 만들었단 소리인가?"

"당연하지. 그건 분. 명. 히. 인간이 만들었어."

"그냥 넘어갈 수 있는 이야기가 아니군. 보여줄 수 있겠는가?"

"얼마든지. 에……."

자신있게 말하던 선애가 멈칫거리자 기회를 잡았다는 듯 붉은 머리의 드워프가 의기양양하게 외쳤다.

"헤에, 거 봐라, 이 계집. 없는 거지?"

"시끄러. 내 숙소에 있단 말이야. 갔다 오려면 시간이 좀……."

선애가 가기 귀찮다는 표정으로 말하자 갈색 머리의 드워프가 말했다.

"얼마든지 기다리겠다. 가지고 와라."

그러자 붉은 드워프가 질 수 없다는 듯 끼어들었다.

"흥, 봐서 별것 아니면 가만 안 둘 줄 알아."

그러자 좀 가라앉은 듯 보였던 꼬맹이가 다시 열받았다.

"웃기고 있네. 그럼 별거라면 어쩔 건데? 앙? 어쩔 거냐고?"

선애는 아마 단순히 붉은 머리의 드워프에게 다다다 쏘기 위해 꺼낸 말에 불과했을 터였다. 그런데 의외로 대답이 다른 곳에서 나왔다. 바로 갈색 머리의 드워프에게서 말이다.

"만약 우리가 놀랄 만한 물품이라면… 너희 일행 모두를 드워프의 마을에 데리고 가주지."

"엥?"

생각지도 못한 말을 들었다는 듯 선애의 눈이 동그랗게 떠지는데, 붉은 머리의 드워프가 갈색 머리의 드워프가 한 말을 진지하게 생각하는 듯하더니 고개를 끄덕였다.

"하긴, 그런 물품을 가지고 있는 자라면 마을에 들어갈 자격이 충분하다."

"어이구, 그 마을이 얼마나 대단하다구……."

황당함 반 기가 막힘 반에 선애가 중얼거리는데 다가온 클라리사가 선애의 손을 화악 잡아끌었다.

"언니, 뭐 해? 빨리 그 물품을 가지러 가자고. 나도 그 물품이 뭔지 무척 기대가 된단 말이야."

"나도 기대가 되는군."

두 눈을 반짝이며 벨타이거가 한 말이었다. 그는 생각지 못했던 상황에 놀란 표정이었지만, 그 이면에는 기대감도 어려 있었다.

클라리사와 서둘러 묵고 있던 여관으로 달려온 선애가 꺼내 든 것은 역시나 손목시계와 핸드폰이 들어 있는 주머니였다. 안에 들어 있던 두 개의 물건을 꺼내 가만히 들여다보는 선애의 옆에서 같이 그 물건을 들여다본 클라리사의 눈이 동그랗게 떠졌다.

"헤에~ 이게 언니가 말한 그 물건이야? 되게 신기하게 생겼네."

그러나 그녀의 표정은 신기하게 생기긴 했지만, 생각했던 것보다 대단해 보이지는 않았는지 약간 실망하는 표정이었다. 거기에, 이걸 드워프들에게 보이고 난 후의 반응이 걱정되는지 약간 염려스러운 기색으로 선애를 보는 것이었다.

그런데 그 시계를 보는 순간 나는 문득 떠오른 생각에 손목시계와 핸드폰을 주머니에 넣으려고 하는 선애를 향해 속삭였다.

[야, 잠깐만 그거 그냥 들고 있어봐.]

의아한 듯이 날 잠깐 쳐다보는 선애였지만, 묵묵히 행동을 멈추고 기다려 주는 기색에 씨익 웃으며 손목시계 속으로 내 손가락을 집어넣었다.

예전에 어떤 책에서 읽은 적이 있었는데, 유령에게는 미미하게나마 마이너스적 에너지가 방출된다고 했다. 뭐, 반대로 살아 있는 존재들에게는 플러스적인 에너지가 방출된다고 쓰여 있었지만. 하여간 그 마이너스적 에너지는 전기와 비슷한 힘을 가지고 있어서 유령이 나타났을 때 멈춰 있던 시계가 움직인 적도 있었다고 한다. 사실 그 책이 '세상에 이런 일이… 믿거나 말거나'란 책이라서 그때는 그냥 재미로 '설마…' 하며 읽어 넘겼지만, 그 책에 의하면 그런 에너지를 이용해서 유령이 나타났을 때를 체크하는 장치를 만들려는 시도가 있었다고 한다. 그 장치가 성공적으로 만들어졌는지는 모르겠지만, 지금 갑자기 생각이 나서 그냥 한번 해보는 거였다. 혹시나 뭔가 다된 시계 건전지에 도움이 되지 않을까 싶어서 말이다. 안 되면 그만이고 되면 좋은 일 아니겠는가?

그래서 한번 해본 거였는데, 정말로 잠시 후에 시계의 초침이 째깍째깍 하고 움직이기 시작하는 거였다.

[우와아앗! 이거 그냥 한번 해본 건데 정말 되네?]

마침 다시 근심스런 시선으로 시계를 내려다보던 클라리사의 눈이 커졌다.

"어어? 이거 움직이고 있잖아? 어떻게 된 거야? 혹시… 이거 마법 물품이었어?"

그에 선애가 잠깐 당황했지만, 얼른 얼버무렸다.

"아, 아니… 움직이게 만든 스위치를 누른 거야. 마법은 아니고."

"이게 정말 마법 물품이 아니란 말이야? 그럼 이게 어떻게 움직이는 거야?"

"으음… 그러니까 번개의 힘을 약하게 만들어서 저장해 놓았는데, 그 힘으로 움직인 거야."

클라리사가 전기라는 걸 모르니, 대충 번개의 힘이라고 설명한 모양이다. 하기야 번개도 전기긴 전기니까.

그런데 그게 오히려 클라리사를 알쏭달쏭하게 만든 모양이다.

"번개의 힘? 그걸 어떻게 저장해? 오오라, 그러니까 혹시 마법으로 번개를 만들어 저장해 놓은 거야?"

그러나 클라리사의 질문은 오히려 선애의 반문을 낳았다.

"뭐? 마법으로 번개도 만들 수 있어?"

"엑? 마법으로 번개를 만들 수 있는 것도 몰랐어? 뭐야, 페르티니어스 마법사님도 만들 수 있을 텐데."

"정말? 난 몰랐네."

선애의 반응에 클라리사는 실망한 어투로 말했다.

"에이, 그럼 이거 마법 물품 맞잖아. 난 또……."

"어어… 아닌데……."

"아니긴 뭐가 아니야. 어쨌든 신기하긴 하네. 그건 그렇고 빨리 가자. 모두 기다릴 텐데. 그런데 이걸로 드워프들을 놀라게 할 수 있을라나……."

클라리사는 그렇게 걱정하며 선애의 팔을 잡아끌었다.

드워프가 기다리고 있는 건물로 가는 동안 나는 선애의 날카로운 쩨림을 받으면서 손목시계는 물론이거니와 핸드폰 속에도 손을 넣고 있어야 했다.

[야아… 그런 눈으로 보지 마라. 나도 정말 몰랐다니까. 지금도 그냥 생각난 김에 한번 해본 거였다고… 이렇게 움직일 줄 알았으면 내가 진작에 했지.]

열심히 변명을 해봤지만, 선애의 눈초리는 풀릴 줄 몰랐다.

'에휴, 내가 왜 이렇게 되었을까나…….'

입구에 들어서기 전 선애는 잠시 발걸음을 멈추고 내가 손을 집어넣고(?) 있었던 휴대폰을 꺼내 들고는 전원을 넣었다.

그러자…

또로롱~ 하면서 전원이 켜지는 것이 아닌가.

이로써 나는 휴대용 라이터였다가 이제는 휴대용 충전기 신세가 되게 생겼다.

옆에서 보고 있던 클라리사의 눈이 커지며 뭐라 말하려고 입을 움찔거렸지만, 선애의 표정이 너무 심각해 보였는지 선애의 눈치를 살피며 그냥 입을 다물었다.

너무나 오랜만에 보는 액정 화면을 한참이나 물끄러미 들여다보고 있던 선애는 통화 버튼 쪽으로 손가락을 옮기는가 싶더니만 움찔거리다가 결국 전원을 끄고 폴더를 덮었다. 그리고는 클라리사를 보지도 않고 무뚝뚝하게 입을 열었다.

"가자."

"응? 아, 응……."

클라리사가 먼저 걸어가는 선애의 뒷모습에 어리둥절한 시선을 주었지만, 저만치 나가는 선애와 거리가 떨어지자 허둥지둥 뒤를 좇았다.

그 모습에 나는 왠지 모르게 걱정이 되었다.

'아아… 괜한 짓을 한 건가? 이럴 줄 알았으면 그냥 아무것도 모르는 척, 시계나 핸드폰을 만지지 말고 그냥 냅둘걸… 괜한 짓을 해서 향수를 일으킨 건가?

드워프를 비롯한 나머지 일행들이 기다리는 응접실에 들어간 선애는 굳은 표정으로 척척 걸어가 붉은 머리의 드워프의 손에 손목시계를 턱 하니 내려놨다.

"자, 당신들이 이런 거 만들 수나 있어?"

그에 사람들의 시선이 붉은 드워프의 손으로 쏠렸지만, 모두들 처음 보는 거라 어리둥절한 모양이었다.

"이, 이게 뭐지?"

"어라, 쬐끄만 막대기가 움직이네?"

"마법 물품?"

드워프의 가까이에 모여들어 손 안을 들여다보던 사람들은 한마디씩 하고 있었지만, 어찌 된 일인지 드워프들은 손목시계만 뚫어져라 쳐다볼 뿐 아무 말도 없는 것이었다.

그 모습에 괜히 초조해진 사람들이 저희들끼리 속닥거리기 시작했다.

"왜, 왜 저러지?"

"글쎄요."

"혹시 이게 마법 물품이라서 그런 걸까요?"

벨타이거의 걱정 어린 질문에 드워프들처럼 시계만 뚫어져라 바라보고 있던 페르티니어스 마법사가 고개를 저었다.

"아니야. 저 물품에서는 마나의 흐름이 느껴지지 않아. 내 이름을 걸고 말하지만, 저건 절대로 마법 물품이 아니야."

"그럼 왜 아무런 반응을 보이지 않는 걸까요?"

클라리사도 걱정스럽다는 듯 끼어들었다. 하기야 그녀는 처음 손목시계를 봤을 때부터 드워프들의 성에 차지 않을 거라 짐작하고 계속 걱정했으니 말이다.

"너무 놀란 게 아닐까 싶습니다."

"왜요? 혹시… 큰소리친 거에 비해 너무 물품이……."

"아뇨. 저도 이런 물품을 처음 봅니다만, 다른 건 몰라도 단 한 가지는 무척이나 놀랍군요. 저 유리 막 안에서 움직이고 있는 금속 막대 말입니다. 제가 이날 이때까지 여러 가지 진귀한 물품도 보고 드워프들이 만든 몇몇 작품도 봤지만, 저렇게 가느다란 금속 막대는 처음 봤습니다."

"사실이야."

페르티니어스 마법사의 말이 끝나자마자 꺼칠한 음성이 들려왔다. 시선을 돌려보니 붉은 머리의 드워프가 무지 분하다는 표정으로 선애를 노려보고 있었고, 손목시계는 갈색 머리의 드워프 손에 옮겨져 있었다.

갈색 머리 드워프는 마치 시계를 해부라도 할 듯이 이리 보고 저리 보고 돌려 보고 하더니만 선애에게 시선을 던지며 물었다.

"이거… 정말 인간이 만든 게 맞나?"

"맞아."

선애가 그 드워프를 보지도 않고 퉁명스레 대답하자 붉은 머리 드워프가 버럭 소리쳤다.

"거짓말!"

그러자 그제야 붉은 머리 드워프에게 시선을 돌리는 꼬맹이.

"내가 왜 당신에게 거짓말을 해야 하는데?"

"웃기지 마! 그럼 이걸 어떻게 인간이 만들었다는 거지?"

"내가 기술자가 아닌데 어떻게 알아?"

"거짓말이야. 이렇게 가느다란 금속 막대를 인간이 만들 수 있을 리가 없어!"

"흥, 네놈이 아무리 뭐라 해도 그건 인간이 만든 거야. 폼을 보아하니 그런 건 못 만드나 보지? 이 세계 최고의 장인이라고 자랑하더니만."

"뭐, 뭣이라?"

선애의 약 올리는 기색이 역력한 말에 붉은 머리 드워프가 자신의 머리카락 색만큼이나 얼굴을 붉게 물들이며 뭐라 하려는 찰나, 갈색 머리 드워프가 끼어들었다.

"이거… 안에 여러 장치가 있는 것 같은데, 맞나? 이 가느다란 금속 막대기가 움직이는 장치 말이야."

손목시계를 들어 보이며 묻자 선애가 고개를 끄덕였다.

"맞아. 나는 잘 모르지만, 복잡한 장치가 들어 있는 건 틀림없지."

"이거… 왜 막대기가 세 개나 있는 거지? 보아하니 움직이는 건 가장 가는 막대기뿐인 거 같은데… 나머지 두 개 막대기를 그냥 장식 삼아 붙여놓은 건 아니겠지?"

갈색 머리의 드워프가 다시 시계를 바라보며 말하자 선애가 그의 손에서 시계를 받아 들더니 두 드워프가 보는 앞에서 시계 옆면에 있는, 시간 맞추는 태엽 막대기를 살짝 잡아당겼다. 그러자 머리가 톡 하고 튀어나오며 초침이 멈췄다.

"이건 시계야. 내가 있던 곳에서는 하루를 24시간이라고 잡았어. 오전 12시간, 오후 12시간. 이 짧은 막대는 '시'를 가리키는 거지. 그리고 한 시간은 60분으로 나뉘어. 기다란 막대기가 분을 나타내는 것으로, 한 바퀴를 돌면 60분, 즉 한 시간이 지났다는 거야."

선애는 그렇게 설명하며 옆에 튀어나온, 시간 맞추는 태엽의 돌림쇠를 살살 돌렸다. 선애의 조작에 움직이는 것처럼 보이지 않던 길다란 막대기(분침)가 움직여 한 바퀴 돌자 짧은 막대기(시침)가 시계에 표시되어 있는 한 칸의 간격만큼 움직였다.

"움직이는 게 보이는 이건 초를 나타내. 1분은 60초. 이 가장 가는 막대기가 한 바퀴 돌면 여기 보이는 이 한 칸을 다섯 등분으로 나눈 범위만큼 움직여. 그러니까 이 한 칸을 움직이려면 이 가느다란 막대기가 다섯 바퀴를 돌아야 하지."

선애의 설명에 갈색 머리의 드워프 표정이 점점 더 침중해진다.

"한 바퀴 돌 때마다 한 칸이라… 거기에 가장 가느다란 게 제일 먼저 움직이고… 그럼 이 원리가……."

혼자 중얼중얼대면서 어느 순간은 짧고 뭉툭한 손가락으로 뭔가를 허공에 그리거나 계산도 하는 것처럼 보인다. 그러더니만 한참 후에 선애를 바라봤다.

"그거… 뜯어봐도 되냐?"

그런데 선애가 미처 뭐라고 말하기도 전에 갑자기 벨타이거가 끼어들었다.

"잠시만 기다려 주시겠습니까?"

무지무지 중요한 일을 하고 있었는데 방해받은 것마냥 갈색 머리의 드워프 인상이 사나워졌지만, 벨타이거는 눈썹 하나 까딱 안 하고 자기가 하고 싶은 말을 꺼냈다.

"그 물건에 대한 처리를 의논하기 전에 확실하게 하고 싶은 일이 있는데요?"

"뭐지?"

"드워프께선 분명히 선애가 당신들을 놀라게 할 물품을 가지고 온다면 우리 일행 모두를 마을로 데려가 준다고 하지 않으셨습니까? 제가 보니 그 물품이 두 분을 놀라게 한 것 같으니 마을로 데려가 주겠다는 확답을 해주셨으면 하는데요."

벨타이거의 말에 선애도 그제야 생각난 듯 갈색 머리의 드워프를 바라보며 물었다.

"맞아, 그게 있었군. 어떻게 할 거지?"

그러자 붉은 머리의 드워프는 기분 나쁘다는 듯 고개를 획 돌리며 갈색 머리의 드워프에게 모든 대답을 일임했고, 갈색 머리의 드워프가 졌다는 포즈로 긴 한숨을 내쉬며 입을 열었다.

"좋아, 너희들을 마을에 데리고 가겠어."

그에 벨타이거가 됐다는 듯이 씨익 웃자 그게 기분 나빴는지 일침을 가하는 걸 잊지 않았다.

"하지만 거래 성사까지는 장담 못해."

그러더니 갑자기 선애를, 아니, 정확히는 선애가 들고 있는 시계를 힐끔 바라보는 거였다.

"뭐어… 그걸 나에게 주겠다면 내가 거래에 응할지도 모르겠지만."

그 드워프의 말에 선애는 기가 막히다는 표정으로 그를 바라봤다.

"이걸 달라고?"

"뭐어… 거래의 대가라고나 할까……."

확실하게 말하지 않고 말끝을 흐리는 걸 보니, '그 시계 나 주면 안 되냐?'고 말하는 게 무지무지 어려웠던 모양이다. 하기야 저 드워프라는 종족이 이 세계 최고의 장인이라는 자부심을 가지고 있는 것 같은데, 자기네들이 만들지 못한 새로운 물건을 달라고 하는 게 무지 자존심이 상하는 일이겠지.

그렇게 말한 갈색 머리의 드워프는 머쓱한지 괜히 머리만 긁적이며 시선을 딴 데로 돌렸지만, 그래도 힐끔힐끔 선애를 보는 것이 시계가 무지 가지고 싶은 모양이다.

그 모습을 가만히 지켜본 벨타이거가 슬그머니 선애 옆으로 다가오더니만 그 응접실에서 데리고 밖으로 나갔다.

"그거 어디서 난 거야?"

"예전에 선물받은 거예요."

"그래? 예전이라면… 혹시 고향에서?"

벨타이거가 조심스레 선애의 얼굴을 살펴보며 묻자 선애가 고개를 끄덕였다.

"으음… 그렇다면 드워프에게 넘기기… 힘들겠네?"

그제야 나는 벨타이거 녀석이 선애에게 무슨 말을 하고 싶은 건지 알아챌 수 있었다. 그는 선애의 시계를 사용하여 드워프와 좀 더 쉽고 유리하게 거래를 할 수 있게 되길 바라는 거였다.

벨타이거의 말에 선애가 묵묵히 시계만 들여다보고 있자, 그가 다시 조심스레 입을 열었다.

"으음… 내가 그것과 비슷한 것을 구해줄 수는 없겠지만… 네가 원하는 만큼의 값을 치른다고 하면 어떨까? 물론 드워프들에게도 받아낼 수 있을 때까지는 받아내 주겠어."

그의 말에 선애가 슬쩍 고개를 들어 벨타이거를 바라봤다. 뭔 생각을 하는지 도통 알 수 없는 선애의 무표정한 얼굴에서 뭔가 답을 찾아내길 바라는 건지 벨타이거 녀석이 뚫어져라 바라보는데 선애가 피식 웃었다.

"뭐, 나쁘지는 않군요. 나중에 고향에 갈 수 있을지 없을지도 모르고."

"괜찮겠어?"

선애가 선뜻 긍정적인 대답을 내놓자 벨타이거가 좀 당혹스러웠는지 조심스레 묻는다. 비록 원하는 대답이었다고 해도 너무 쉽게 얻게 되니 오히려 불안해진 모양이다.

"대가가 생각보다 나쁘다면 안 괜찮을지도 모르죠."

농담 섞인 선애의 말에 그제야 벨타이거가 표정을 풀고 씨익 웃었다.

"만족할 수 있도록 최선을 다하도록 하지."

선애가 허락한 것에 안도한 표정으로 벨타이거가 먼저 들어가자 나는 주변을 둘러보고 아무도 없다는 것을 확인한 다음 속삭였다.

[야, 괜찮겠냐? 그래도 네 친구들이 선물해 준 건데.]

"됐어. 어차피 여기서 시계가 필요한 것두 아니고… 정 필요하다면 핸드폰 있잖아. 이왕 이렇게 된 거 회장이랑 드워프들에게 긁어낼 수 있을 만큼 긁어내야지. 후후후."

그 음침하게 웃고 있는 모습을 보고 있자니, 정말 좋아서 웃는 건지 아니면 그냥 만사 다 포기한 웃음인지 헷갈렸다.

'그래도 뭐… 시계가 필요없는 건 사실이니까… 괜찮겠지 뭐.'

그리하여 우리 일행들은 모두 드워프 마을에 갈 수 있게 되었다. 그 가는 길에 문제가 있었는데, 그건 그 깊은 산속에 있는 오지의(?) 마을까지 걸어가야 한다는 것이었다.

나는 드워프가 키가 작은 종족이라는 것만 알았지, 키가 작아서 말은 절대로 안 탄다는 것을 몰랐다. 하지만 뭐, 말을 안 탄다는 건 그럴 수도 있다고 생각한다. 사람들도 가끔 말 높이에도 고소 공포증을 느끼는 사람이 있고 멀미를 하는 사람도 있으니까 말이다.

'그런데 왜 마차도 안 타고 간다고 하는 거야?'

길 안내를 하는 두 드워프가 바득바득 우겨서 튼튼한 다리로 산길을 걸어가게 되자 길 안내를 받는 사람들이 어쩌겠는가? 울며 겨자 먹기로 같이 걸어갈 수밖에 없었다.

처음에는 이 드워프들이 쪼잔하게 선애에게 한 방 먹은 거 가지고 복수를 하는 게 아닌가 하는 의심도 했었지만, 드워프들을 오랜 기간 봐온 중년 관리의 말에 의하면 드워프들은 원래 뭔가를 타고 다니는 걸 별로 안 좋아한단다.

이 세상 최고의 장인이라면 뭔가 탈 것을 멋들어지게 만들어서 타고 다닐 거라고 생각했건만, 의외의 모습에 좀 당혹스러웠다. 뭐, 그래도 종족이 다르니만치 뭔가 우리랑 생각이 다른 건가 보다 하고 넘어갔다.

그것보다, 그 깊은 산속까지 걸어가야 하는 꼬맹이가 걱정이었다.

다행이라고 한다면 드워프 마을까지의 길은 그럭저럭 왕래가 계속 있었기 때문에 잘 닦여 있다는 거였다. 드워프들이야 계속 걸어 다녔지만, 인간들은 말, 혹은 마차를 타고 왕래를 한 데다가 드워프의 마을에서 물건을 싣고 오려면 수레 같은 것도 필요했을 테니 길이 잘 닦인 건 당연한 일이었을 거다.

산이 꽤나 험악했음에도 불구하고 길이 구불구불하게 있어서 그런지 크게 가파르지도 않아서 내심 속으로 다행이라고 생각했는데, 거리가 문제였다.

드워프들이 자신있게 하루 만에 도착할 거라고 말해서 나는 산속에 있어도 크게 멀지 않은 줄 알았다. 그런데 이게 웬걸, 드워프들의 걸음은 벨타이거나 잭 조셉이 가볍게 뛰어야만 따라잡을 수 있는 속력이었던 것이다. 산속에서 살아 그런 건지, 아니면 걸어 다니는 걸 좋아해서 그런 건지, 다리도 짧은 주제에 걷는 속도가 엄청 빨랐다. 그런 속도로 걸어서 하루 종일 걸리는 거리라면 보통 사람이 그곳에 도착하려면 이틀 정도는 걸릴 거다.

벨타이거 녀석이나 잭 조셉, 하다못해 젊은 사람 못지않은 체력을 가진 페르티니어스 마법사는 괜찮았지만, 선애나 클라리사가 걱정이었다. 그렇다고 그 둘을—특히 선애를—놓고 갈 수는 없는 일이었기에 두 드워프와 일행은 의논 끝에 클라리사와 선애는 말을 타고 가기로 했다. 처음에 선애는 말을 못 타니 마차가 어떨까 했지만, 아무리 그래도 다른 사람들은 걸어가는데 마차를 타기는 모양새가 좋지 않았는지 그냥 말로 낙찰된 것이었다. 개인적인 생각으로는 수레가 어떨까 싶었지만—드워프 마을에서 올 때 혹시 뭔가 짐을 싣고 오게 될지도 모르는 일 아닌가 말이다—클라리사가 절대 수레는 못 탄다고 바득바득 우겨서—사실 선애가 수레를 거론했다—그냥 무산됐다.

클라리사는 선애에게 사근사근 굴어서 모든 면에 털털한 줄 알았더니만, 그래도 가끔은 '역시 남작 영애였군' 하는 말이 나오게 하는 구석이 있었다. 뭐, 원래 남작 영애가 맞는 데다 크게 거슬리지는 않은 정도라 그냥 한 번 웃고 만다. 평소에는 안 그러다가 가끔 많이, 혹은 막내티를 내는 사람들을 보는 양 말이다. 사실 말이야 바른말이지, 미란다 녀석에 비하면 클라리사는 완전 천사가 아닌가 말이다.

하여간 그렇게 해서 선애와 클라리사는 덩치가 작은 편이고 성격도 온순한—물론 중년 관리가 알아서 구해준 거다—말을 타게 되었다. 선애가 말을 못 타서 걱정되었지만, 다행히 클라리사가 말을 탈 줄 알아서 클라리사가 고삐를 잡고 선애는 그 뒤에 타고 가게 되었다.

그렇게 가장 체력이 약한 두 아가씨가 말을 타고 가게 되었지만, 문제는 또 있었다. 아무리 체력 만빵인 젊은 남정네 둘과 그 못지않은 중년 남자라고 해도 드워프들의 걸음을 쫓아가려면 계속 뛰어야 했는데, 마라토너도 아니고 하루 종일 뛸 수는 없는 거 아닌가? 그리하여 결국 드워프들은 그들에게 맞춰 걷는 속도를 늦출 수밖에 없었고, 그건 하룻밤을 길거리에서 노숙하게 만드는 결과를 가지고 왔다.

어차피 이럴 줄 알고 도시락을 넉넉히 싸와서 끼니를 간단하게 빵한 조각에 물로 때우는 일은 없었지만, 노숙한다고 두 드워프가 얼마나 못마땅해했는지 모른다. 특히나 붉은 머리의 드워프는 드러내 놓고 투덜투덜대는 것이다.

그걸 다른 사람들이 듣고 좋아할 리는 없었지만, 드워프들과의 관계를 생각해 그냥 참고 있었다.

단 한 사람 빼고는.

"아씨, 야, 씨끄러!"

우리의 위대한 꼬맹이.

선애는 저렇게 괜히 남에게 피해주는 걸 무척이나 싫어하는 데다 그 자신의 성격도 안 좋았다. 게다가 얼마든지 맞먹을 수 있는 상대였으니 가만히 있을 리가 없었다.

선애의 날카로운 말에 붉은 머리의 드워프 눈에 분노가 어리더니만 그 짧은 다리로 순식간에 선애 앞으로 다다다 달려왔다.

"뭣이라? 이게 정말……."

그러나 선애는 조금도 위축되지 않고 오히려 싸늘한 눈길로 드워프를 바라보며 입을 열었다.

"남들에게 피해 좀 주지 말지?"

"노숙하는 게 너희들 때문이잖아!"

"우릴 데리고 가겠다고 말한 건 네놈들이야. 그러니 시끄럽게 굴지 좀 마."

"아오~ 이걸 정말……."

붉은 머리의 드워프는 씨근덕거리며 주먹을 들었지만, 차마 때리지는 못하겠는지 부르르 떨었다.

"지금 나 위협하냐? 미리 말해 두겠는데, 넌 나에게 손 못 대."

그러나 이 세계에 와서 험한 꼴 몇 번 당한 선애는 간이 무척이나 커져 버렸는지 무지 당당하게 선언했다.

"너, 너, 너, 그걸 가지고 있다고… 이씨……."

선애의 말에 부들부들 떨며 말까지 더듬던 그 드워프는 결국 혼자화를 내고는 몸을 돌려 걸어가 버리는 것이었다.

그 모습을 보자니 지금까지 생각했던 게 틀린 건 아닌가 하고 여겨졌다. 중년 아니면 장년 정도라고 여겼는데, 그 모습에서는 마치 십대 소년 같은 느낌이 났던 것이다.

'에… 그리고 보니 드워프들은 성년이 되기 전부터 수염을 기른다고 했었지? 에… 그럼 혹시……?

수염 때문에 생각해 볼 것도 없이 중, 장년이라고 인식해 버렸는데 의심이 되어 다시 얼굴을 자세히 들여다보니 의외로 주름살도 없고 탱탱한 얼굴이었다.

[이런, 생각보다 더 젊은 드워프였나 본데?]

차마 선애에게 화풀이를 하지 못하니까—시계의 위력이 이만큼이나 대단할 줄이야…—붉은 머리의 드워프는 괜히 죄없는 근처의 커다란 나무들을 퍽퍽 두들겨 댔다. 그런데 그 모습은 꿍얼꿍얼대는 것보다 더 사람들을 신경 쓰게 만드는 거였다. 아까 투덜투덜댈 때는 좀 시끄럽다 정도였지만, 지금은 살벌한 기세가 사방으로 풀풀 날려 클라리사는 드워프가 나무를 한 대 퍽 칠 때마다 움찔움찔하고 있었다. 이런 걸 바로 긁어 부스럼이라고 하는 거겠지?

이래서는 도저히 잠을 자기는 그를 것 같았다. 그렇지 않아도 노숙이라 잠자리가 불편한데 말이다.

그래 사람들이 선애를 향해 원망 반, 어떻게 좀 해보라는 애원의 시선을 보내자 선애가 한숨을 폭 내쉬었다. 뭐, 꼬맹이 녀석이 엄청 열받았으면 그런 시선들쯤이야 싸악 무시해 버렸을 테지만 지금은 자기가 드워프에게 좀 심했다고 생각한 모양이다.

"야, 야, 괜한 나무에게 화풀이하지 말고 이리 와봐."

"뭐? 야, 내가 네가 부르면 조르르 달려오는 강아지인 줄 알아? 이게 정말……."

멀찍이 떨어져서 나무에 화풀이하던 붉은 머리의 드워프는 선애의 부름과 손짓에 다시 한 번 길길이 날뛰었다. 하지만 날뛸 뿐 다가오려 하지 않는 그를 보자 선애가 다시 불렀다.

"화내지 말고 이리 와. 내가 또 신기한 거 보여줄게."

"됐네. 너, 아까 그 시계라는 거 보여주려는 거지? 아까 봤으니까 됐어."

헹 하고 콧바람까지 불며 고개를 팩 돌리자 선애가 피식 하고 웃었다.

"아냐, 다른 건데… 뭐, 보기 싫으면 말고."

다른 거라는 말에 붉은 머리 드워프뿐만이 아니라 갈색 머리 드워프도, 그리고 모닥불 주위에 옹기종기 모여 앉아 이제나저제나 붉은 머리 드워프의 난리가 그치길 기다리고 있는 사람들까지 시선을 보내왔다.

"왜? 다른 사람은 안 보여줄 거야."

선애가 씨익 웃으며 말하자 붉은 머리의 드워프가 슬금슬금 다가왔다.

"뭐, 뭔데? 너 별거 아니면 정말 가만 안 둔다?"

그러자 선애가 피식 웃었다.

"그럼 별거라면 어쩔 건데?"

"그… 에이 씨, 안 본다, 안 봐."

뭐라 말하려고 했지만, 말문이 막히는지 붉은 머리의 드워프가 팩 하니 몸을 돌렸다.

"그래? 그럼 보지 말아라."

선애가 피식피식 웃으며 대꾸한다. 어지간히 붉은 머리의 드워프가 웃겼나 보다.

선애의 반응에 붉은 머리 드워프의 어깨가 다시 파르르 떨렸지만, 잠시 후에 슬그머니 근처에 주저앉아 힐끗힐끗 시선을 던지는 게 아무래

도 선애가 가지고 있는 물건이 뭔지 무척이나 궁금한 모양이다. 그런
모습을 선애도 알아채고 있으면서도—물론 내가 말해 줬지만—모르는 체
하자 결국 잠시 후 붉은 머리의 드워프가 못 참겠던지 척츠 다가왔다.

"야."

"왜?"

"보자."

"별거 아니면 가만 안 둔다며?"

"이씨… 별거 아니라도 가만있을게."

"싫어. 내가 보기에는 분명히 별거거든."

"쳇… 알았다, 알았어. 하여간 성질은… 그럼 나중에 마을에 가서
내가 만든 것 중에 네 마음에 드는 게 있으면 하나 줄게. 단, 내가 놀랄
정도로 대단한 물건이라야 해."

그러면서 선애 곁에 털썩 주저앉으며 눈을 반짝반짝 빛내는 폼이 무
지 웃겼다.

[푸하하하~ 얘 되게 귀엽다~]

내가 옆에서 웃거나 말거나 선애는 별로 내키지 않는다는 표정으로
입을 열었다.

"야."

"왜?"

"네가 만든 물건이 좋냐?"

"뭐? 야, 내가 이래 뵈도 드워프야, 드워프. 그… 영감텅이들한테까
지는 못 미치더라도 그래도 그럭저럭 괜찮은 것들도 꽤 있다고."

선애의 질문이 자존심을 건드렸는지 녀석이 정색을 한다.

그러자 선애도 진지한 표정으로 녀석을 바라봤다.

"뭘 만들었는데?"

"으음… 난 무기 종류를 만드는데, 그중에서 특히 검이랑 도를 다루고 있지."

"거엄? 나는 검 같은 거 별로."

선애가 시큰둥하니 고개를 저어 보이자 붉은 머리의 드워프가 황급히 말을 이었다.

"아니, 검도 여러 종류가 있잖아. 장검도 있고 소검도 있고, 아아, 단검도 있는데… 자그마하니 가지고 다니기 편한 걸로."

"단검?"

[헤에, 그거 잘됐네. 자그마한 칼 하나 가지고 있는 게 좋지 않아? 왜, 은장도 식으로 호신용으로 쓰거나 아니면 맥가이버칼처럼 여러 쓸모가 있을 것 같은데.]

내 말에 선애가 마음이 동한 모양이다.

"으음… 봐서 내가 좋은 거 아무거나 가져도 돼?"

선애가 조심스레 묻자 붉은 머리의 드워프가 크게 고개를 끄덕인다.

"응웅."

"그런데 내 마음에 드는 게 없으면……."

"그럼 네가 원하는 형식을 말해. 내가 그대로 만들어 줄게."

"오, 그거 나쁘지 않다. 좋아, 그럼 그렇게 할까?"

붉은 머리 드워프의 제안이 나쁘지 않았는지 선애가 흔쾌히 고개를 끄덕이며 주머니를 열어 핸드폰을 꺼내려는 찰나, 저쪽에서 물끄러미 보고만 있던 갈색 머리의 드워프가 슬그머니 다가왔다.

"흠, 흠."

"에?"

괜히 헛기침을 해서 선애와 붉은 머리 드워프의 주의를 끈 갈색 머리 드워프는 슬그머니 붉은 머리 드워프의 옆 자리에 앉으며 입을 열었다.

"나도 줄 수 있는데……."

[푸하하하~ 아… 정말 웃긴다. 드워프들이 아주 귀엽게 노는구나.]

선애도 웃겼지만 차마 대놓고 크게 웃지는 못하겠는지 피식피식 웃는 걸로 대신하더니 입을 열었다.

"당신은 뭘 만드는데?"

"나도 무기를 다뤄. 그런데 이 녀석과는 약간 방향이 다르지. 나는 소형 지향이거든. 신발 속이나 허리띠 속에 겉으로는 표가 안 나도록 숨길 수 있게 만든다면 이해하려나?"

"이야~ 그거 참 신기하겠네. 좋아, 나쁠 건 없지. 보여준다고 닳는 것도 아니니."

그러면서 선애는 핸드폰을 꺼내 들었다. 아까 잠깐 꺼내보고 집어넣었을 때 전원을 꺼놨기 때문에 폴더를 열었을 때 액정 화면은 검게 죽어 있었다.

그걸 보더니 갈색 머리 드워프가 아는 척 줄줄 말을 꺼내는 것이었다.

"이건 거울인가? 흐음… 휴대용 거울로 나쁘지는 않은데? 접었다 폈다 할 수 있는 걸 보니 유리를 보호하려는 의도로 만든 거군. 이왕 만들 거 은 거울로 하지… 그런데 접었다 폈다 하는 거 괜찮네. 나도 그런 칼이나 한번 만들어볼까나?"

'오오, 휴대폰 하나로 이 세계에서 접이식 칼이 탄생하게 생겼군.'

그걸 가만히 듣고 있던 선애는 다시 배시시 웃으며 핸드폰의 전원 스위치를 눌렀다. 이곳에 오는 내내 내가 손을 집어넣고(?) 있어서 그런지 디리링~ 하면서 켜지는 액정 화면을 보니 건전지의 칸이 꽉 차 있었다.

검게 변한 화면이 밝은 빛이 나며 예쁘게 색칠된, 기저귀 찬 아기가 소주병을 들고 나타나자 두 드워프의 눈이 휘둥그레 떠졌다.

"이, 이게 뭐냐?"

갈색 머리의 드워프가 더듬거리며 묻자 선애가 기꺼이 대답해 줬다.

"핸드폰."

"뭐 하는 건데?"

붉은 머리 드워프의 질문에 선애는 잠시 고민하더니 입을 열었다.

"으음… 그러니까 시계 역할도 하고 노래도 듣고 알람 역할도 하고… 뭐, 여러 가지."

핸드폰의 가장 중요한 통신 기능을 빼먹은 거 보니, 여기서는 그런 기능을 사용할 수 없으니 말 안 한 것 같다.

'그걸 말하면 또 마법 물품이니 아니니 하겠지?'

"헤에, 그럼 마법 물품?"

'통신 기능을 빼도 마법 물품이냐고 묻는구만. 여긴 신기하면 무조건 마법 물품이라고 하남?'

마법 물품이라는 소리에 약간 떨어져 있던 페르티니어스 마법사의 눈빛이 번쩍 하는가 싶더니만 그가 슬금슬금 다가온다.

"마법 물품이라고?"

"미안하지만 아니에요. 아까 내가 보여줬던 시계와 비슷한 원리로 움직이는 건데, 그보다 훨씬 정밀하고 훨씬 복잡한 원리가 더해져 있을 뿐이라고요."

선애가 말했지만, 모두 핸드폰에 시선이 쏠려 있는 관계로 모두 듣는 둥 마는 둥 했다.

페르티니어스 마법사가 손을 뻗어 핸드폰을 만져 보려 했지만, 그보다도 먼저 갈색 머리 드워프가 핸드폰을 채가더니만 폴더를 덮었다가 다시 열었다.

"호오… 이거 열리는 각도가 정해져 있군? 그런데 덮었다가 열었는데 왜 빛이 꺼지지 않지?"

"꺼지게 하는 스위치가 따로 있어."

"허어……."

선애의 설명에 갈색 머리의 드워프가 감탄의 목소리를 내며 핸드폰을 이리저리 돌려 살펴보는데, 그의 손에서 붉은 머리 드워프가 핸드폰을 탁~ 하고 채가더니만 선애 앞으로 내밀었다. 그러면서 '잘했지~'란 표정으로 바라보는데…

[푸크크크크크~ 귀여워어어어~]

"아, 고마워."

선애가 피식 웃으며 받아 들자 조심스럽게 말한다.

"저기… 노래도 들을 수 있다고? 그럼 서대륙 세계의 노래를 들을 수 있는 건가?"

"서대륙 노래라… 글쎄, 서대륙 전체에서 이런 노래를 부르는 줄은 모르겠지만, 하여간 내 고향에서 부르던 노래를 들을 수는 있지."

"그럼 들려주라."

강아지 같은 눈빛으로 선애를 바라보며 요청하자 선애가 피식 웃으며 잠시 머뭇거리다가 벨소리 코너를 열었다. 이게 우리가 이 세계로 넘어오기 얼마 전에 산 최신식 핸드폰이었다면 mp3 기능이 있었겠지만, mp3 기능이 핸드폰에 넣어지기 전에 산 거라 노래를 들으려면 벨소리 쪽으로 가야 했다. 그중 선애가 선택한 것은 '당신은 사랑받기 위해 태어난 사람'이란 노래였다. 복음성가임에도 불구하고 온 국민의 사랑을 받는 위치에 오른 노래. 하기야 노래 내용이 무지 좋지 않은가 말이다. 내 주위에 있던 어린애들은 교회가 아니라 유치원이나 유아원에서 그 노래를 배운다고 하더라만.

원래 선애는 유행가 쪽을 선호하는 타입이었다. 그래서 **빠르면** 한 달에 한 번, 보통은 두 달에 한 번, 늦으면 서너 달에 한 번 정도 벨소리를 바꿔주고는 했는데, 가끔은 벨소리를 다운받을 때 나보고 선택권을 줬었다. 그리하여 내가 선택한 것은 '카드 캡터 체리' 애니메이션의 주제가랑 바로 이 '당신은 사랑받기 위해 태어난 사람'이었다. 나는 유행가보다는 애니메이션 주제가들을 선호하는 타입이라.

선애가 버튼을 누르자 정말 오랜만에 듣는 멜로디가 흘러나왔다.

당신은~ 사랑받기 위해 태어난 사람
당신의 삶 속에서 그 사랑받고 있지요.
당신은~ 사랑받기 위해 태어난 사람
당신의 삶 속에서 그 사랑받고 있지요.
…….

[이야, 정말 오랜만에 들어보는군.]

갑자기 노랫소리가 조용한 밤 공기를 타고 퍼져 나가자 나머지 사람들도 호기심 어린 표정으로 조심스레 다가왔다.

"이, 이거… 정말 마법 물품 아니야? 어떻게 사람들 목소리가 여기서 나오지?"

이건 페르티니어스 마법사의 말.

"저기… 이거 악기가 뭐야? 처음 들어보는 악기인데."

이건 갈색 머리 드워프의 말.

"이게… 서대륙 사람들이 부르는 노래? 헤에, 신기하다……."

이건 클라리사의 말.

"딴 건 또 없어?"

벨소리가 한참 흐르다 멈추자 붉은 머리의 드워프가 물어본다.

그에 나는 얼른 말했다.

[야, 야. '카드 캡터 체리' 노래. 응?]

나의 애원에 선애가 힐끔 눈길을 한 번 주더니만 내 말대로 '카드 캡터 체리' 노래를 틀었다.

만날 수 없어~ 만나고 싶은데
그런 슬픈 기분인걸.
말할 수 없어~ 말하고 싶은데
속마음만 들키는걸.
…….

[아아~ 이 얼마나 들어보는 노래더냐…….]

나는 너무 감격스러운 마음에 중얼거렸다.

"멜로디가 굉장히 경쾌하다. 언니, 이 노래 좋아해?"

가만히 귀 기울여 듣고 있던 클라리사가 묻자 선애가 피식 웃었다.

"나도 좋아하지만 우리 언니가 무척이나 좋아하지."

"언니? 언니가 있었어?"

놀라움이 담긴 목소리로 클라리사가 물었다. 하기야 그동안 선애가 자기에 대한 이야기를 거의 안 하긴 했다. 다른 세계에서 온 것을 발설할까 봐 함부로 말할 수도 없었겠지만 말이다.

"웅, 언니가 한 명 있어. 이것도 언니가 사준 거야. 되게 비싸다고 투덜투덜대면서 사줬지."

[야, 야, 네가 그거 사달라고 엄청 졸라댔잖아. 하필 그 모델 나오자마자 사달라고 해서 얼마나 비싸게 샀는데……]

선애의 말에 나는 즉각적으로 반발했다.

그러나 내가 옆에 있다는 걸 모르는 다른 사람들은 선애의 말이 끝나자 따악 굳어지더니만 잠시 후 슬금슬금 자리에서 멀어졌다.

"아아… 슬슬 졸리운데……."

"내일을 위해 선애 너도 빨리 자라."

"언니, 난 이만 잘게. 언니도 잘 자."

선애 혼자 딸랑 서대륙에서 왔다는 걸 모르는 사람들은 없었으니 선애의 말이 무지 불편했던 모양이다.

그러나 그걸 모르는 드워프들은 갑자기 멀어져서 다시 자리를 잡고 자리에 눕는 사람들을 이해 못해 멀뚱멀뚱 쳐다보기만 했다.

"저기, 다른 기능은 없어?"

"있어."

붉은 머리의 드워프가 사람들의 반응에 관심을 끊고 다시 선애에게 묻자 선애가 씨익 웃으며 버튼을 조작한다. 그리고는 갑자기 붉은 머리 드워프를 바라보며

"나를 따라 해봐. 치즈~"

"치즈?"

얼결에 선애를 따라 말하자 선애가 버튼을 눌렀다.

찰칵~!

이 모델이 비록 mp3는 없다고 해도 카메라는 달려 있었던 것이다.

'흠, 그러고 보니 카메라 장착된 게 mp3 장착보다 빨랐구만?'

붉은 머리 드워프는 갑자기 자기 앞에 핸드폰을 들이대는가 싶더니 찰칵~ 소리가 나자 당황스러웠던 모양이다.

"뭐, 뭐야?"

"뭐긴, 널 찍은 거지. 자, 볼래?"

그러면서 선애가 붉은 드워프를 향해 내민 핸드폰의 액정 화면에는 당황해하는 표정으로 선애를 따라 어색하게 '치즈~'라고 발음하는 붉은 드워프의 모습이 찍혀 있었다. 비록 어두운 밤에 작은 모닥불 하나를 조명 삼아 찍어서 어둡게 나왔지만, 드워프의 모습이라는 것은 어렵지 않게 알아볼 수 있었다.

"…나?"

"그래, 너. 이거 사물을 찍는 기능도 있거든."

선애의 설명에 옆에서 같이 고개를 빼어 들여다보던 갈색 머리의 드워프가 의혹 어린 눈초리로 선애를 바라봤다.

"이거… 정말 마법 물품 아니냐? 마법 물품 중에 이런 게 있다는 소리를 들었는데……"

"다시 한 번 말하지만, 절대 아니야. 그런데 그 마법 물품 중에 사물을 찍는 것도 있어?"

선애의 질문에 대한 대답은 뒤에서 들려왔다.

"이미지 저장 마법이라고 하지. 어디, 나 좀 봐도 되나?"

아까 선애가 내 이야기를 꺼내자 다른 사람들과 같이 떨어져 나갔지만, 호기심은 도저히 참을 수 없었는지 어느새 페르티니어스 마법사가 다가와 있었다. 그에 붉은 머리 드워프가 떨떠름한 표정이면서도 순순히 핸드폰을 넘겨주자 그가 받아서 액정 화면을 보더니 입을 열었다.

"으음… 이미지가 그다지 선명하지는 못하구만. 이건 확실히 이쪽 마법이 훨 나아."

핸드폰보다 나은 마법을 발견해서 그런지 페르티니어스의 말에는 은근히 자랑스러움이 배어 있었다.

반대로 내 기분은 꽉 상했지만 말이다.

[거야… 하드가 적어서 카메라 기능이 낮으니까 그렇지. 최신형 디지털 카메라라도 사 가지고 올 걸 그랬나?]

나는 입술을 삐죽이며 중얼거렸다. 이럴 줄 알았으면 매정하게 대학 갈 때까지 안 사준다고 하지 말고 300만 화소인지 뭔지 하는 카메라 기능이 달린 데다 mp3 기능까지 있는 최신형 모델 핸드폰을 사서 꼬맹이 품에 안겨줄 걸 그랬다.

하여간 그의 말에 화가 난 건 나만이 아니라 선애도 마찬가지였는지 꼬맹이 녀석이 마법사에게서 핸드폰을 돌려받아 폴더를 탁~ 하고 덮곤 주머니에 집어넣었고, 그로써 핸드폰 보여주기는 막을 내렸다.

당연히 마법사는 아무 말 못하고 뒤로 물러났고, 그 마법사를 원망의 눈초리로 바라본 드워프들도 뭐라 말하지는 못했다. 어쨌든 처음 약속은 보여준다는 거였고, 보여주긴 줬으니 말이다.

그리고 꼬맹이는 두 드워프를 돌아보며 쐐기를 박았다.

"자, 그러면 둘 다 나에게 물건 하나씩은 빚진 거지?"

Chapter 19

다음날 아침, 전날 여관에서 싸온 다 식어 빠진 음식으로 대충 아침을 때우고 다시 산길을 걸어 올라가고 있는데, 갑자기 붉은 머리 드워프가 클라리사와 선애가 탄 말 가까이 다가오더니 뜬금없이 말을 걸었다.

"야."

그러나 클라리사는 자신을 부른 게 아니라고 생각했는지 그냥 한번 시선을 보냈을 뿐 아무 말도 안 했고, 선애도 딴 데 보느라 대답을 안 했다. 그러자 당연하겠지만 붉은 머리 드워프의 목소리가 커졌다.

"야아~!!"

그제야 돌아보는 울 꼬맹이.

"누굴 부르는 거야?"

"내가 부를 사람이 너밖에 더 있어?"

선애의 반응에 붉은 머리 드워프가 인상을 찡그리며 툴툴댔다.

키 작은 드워프는 아래에서 올려다보고, 선애는 내려다보며 말하는 폼이 참 웃겼는지 모든 사람들이 한 번씩 돌아보며 피식피식 웃었다.

"너가 언제 그렇게 나랑 친했다고 네가 부르면 날 부르는 줄 척 알아듣냐?"

선애가 따져 묻자 붉은 머리의 드워프가 불퉁하니 대답한다.

"네가 부르면 난 알아들어."

"그거 모르는 사람이 들었다면 오해할 만한 발언이라는 거 아냐? 거야 내가 '야 라고 부르는 존재가 여기 너밖에 없으니까 그런 거지."

"나도 너한테만 '야 라고 불러."

"그랬나?"

선애가 고개를 갸웃거린다.

'그러고 보니 그랬던 것 같기도 하고… 하기야 저 드워프들에게 대든 게 선애밖에 없었으니…….'

"그랬어."

단호하게 대답한 붉은 머리의 드워프.

"그래, 그랬다 치고… 왜 불렀는데?"

결국 수긍하는 듯 말하는 꼬맹이.

"너, 이름이 뭐냐?"

"내… 이름?"

그러고 보니 그렇게 싸워댔던 둘이었으면서 서로의 이름을 말한 적이 한 번도 없었다. 뭐, 그래 봤자 부르는 데 하등 불편함이 없어서 이름도 모르고 있었다는 걸 지금 알았지만 말이다.

선애도 그걸 그제야 알아챘는지 당혹스러운 표정이었다.

"아아… 내 이름은 선애야."

"그래? 정말 특이한 이름이군. 내 이름은 스터링이다. 아, 저놈은 브론즈야."

붉은 머리 드워프, 아니, 스터링의 소개에 선애랑 내가 풋 하고 웃음을 흘렸다.

[하하하… 브론즈라… 과연 장인 종족의 이름답다. 청동이라니… 그럼 혹시 아이언이란 이름도 있을까?]

내 말에 혹시나 했던지 선애가 스터링에게 물었다.

"혹시 아이언이란 이름도 있어?"

선애의 질문에 놀랍다는 듯이 스터링이 선애를 바라봤다.

"어? 어떻게 알아? 옆 마을의 한 놈 이름이 아이언인데… 너 그 녀석 알아?"

[푸하하하~ 구리하고 철하고 잘 어울리는구만.]

"아니, 그냥 어디서 들어본 것 같아서 물어본 거야."

선애가 둘러대자 스터링이 고개를 갸웃거렸지만 그런가 보다 했는지 고개를 끄덕이다가 기분 나쁜 어조로 투덜댔다.

"쳇, 그놈이 왜 알려진 거지? 나보다 잘난 게 없는 놈인데…….."

그의 말에 선애가 쿡쿡 웃다가 갑자기 뭔가 생각난 듯 물었다.

"야, 그런데 네 이름은 왜 스터링이야? 스틸(강철)이 아니구?"

"거야… 울 아부지 이름이 스틸이니까 그렇지. 어, 그런데 네가 울 아부지 이름을 어떻게 아니?"

"쿡쿡쿡… 아냐, 그 이름도 들어본 것 같아서."

선애가 웃음을 참지 못하겠는지 어깨까지 떨며 말하자 스터링이 인상을 찡그렸다.

"쳇, 어째 그 웃음 기분 나쁘다 너."

"아, 미안… 그냥 좀……."

그에 선애가 얼른 웃음을 그치고 사과하자—아무리 웃겨도 이름 가지고 웃어대는 건 실례가 아닌가 말이다—스터링이 놀랍다는 듯 올려다보며 입을 떠억 벌리는 거였다.

"우와……."

그의 그런 반응에 선애도 덩달아 놀라 그를 내려다보며 물었다.

"왜?"

"아니, 난 네가 사과라는 걸 할 줄 모르는 인간이라고 생각했거든. 그런데 지금 보니 사과도 할 줄 아네?"

정말 의외라는 듯한 그의 말에 선애의 인상이 찡그러졌다.

"야, 내가 후안무치의 인간인 줄 아냐? 나도 잘못한 거 있으면 인정도 한다고."

[아아, 물론 인정이야 하지. 그 인정이라는 게 쉽게 볼 수 없는 거라 문제지.]

내가 옆에서 걷다 참견하자 선애의 살벌한 시선이 달라붙는다. 하지만 그 시선은 얼마 있지 않아 곧바로 다음 말을 내뱉는 스터링에게 날아갔다.

"이야~ 그거 믿기 어려운데."

"야, 네가 날 알아? 얼굴 본 지 이제 며칠이나 되었다고……."

선애의 살벌한 어투에 스터링이 찔끔했는지 물러났다.

"아니, 뭐… 그럴 것 같다 이거지."

"그럴 것 같긴 뭘 그럴 것 같다는 거야?"

"에? 아니……."

"이거 왜 이래. 내가 이래 봬도 한 예의 하는 사람이라고."

선애의 당찬 어조에 스터링의 표정에 믿기 힘들다는 기색이 떠올랐다.

"예의……."

"뭐야, 너! 내 말을 못 믿겠다는 거야?"

"그게 아니라……."

"시끄! 내가 그렇다면 그런 줄 알아, 앙?"

"아니, 그게……."

선애의 말에 더 기가 죽었지만, 그래도 어물어물하면서도 버티자 선애의 눈썹이 올라갔다.

"뭐라고?"

"아니, 알았다고……."

완전 항복. 스터링이 귀 늘어뜨린 강아지같이 풀이 죽어서 뿔뿔뿔하고 멀어진다.

[쿡쿡쿡, 말싸움으로 선애를 당하려고 하다니……. 그런데 어제 보여준 다혈질 성격은 어디다 버리고는 오늘은 금방 기가 죽네?]

하기야 저쪽으로 떨어진 스터링도 자기가 왜 금방 풀이 죽는지 이해하지 못하는 얼굴이다. 열받아서 뭐라 하고 싶은데 하지 못해 불만에 찬 표정도 섞여 있다.

[쿡쿡쿡, 귀여운 녀석…….]

그날도 점심 먹을 때만 잠깐 쉬고 하루 종일 계속 걸었던 덕분인지 우리는 서산에 노을이 질 무렵 드디어 드워프 마을에 도착할 수 있었다. 드워프 마을에 들어서서 주변을 살펴보니 제일 먼저 드는 생각이 장난감 세계에 온 것만 같다는 거였다. 그 왜 있지 않은가, 장난감을 애들 크기에 맞게 만들어놓은 놀이터 말이다. 아무래도 키가 작은 종족인 드워프들의 신체에 맞게 만들어진 곳이다 보니 모든 것들이 인간 세상에서 보던 것들보다 작아서 꼭 그런 기분이 들었다. 게다가 장인 종족이라 불리는 드워프들이 만든 마을답게 아기자기하면서도 멋스러운 가지각색의 자그마한 집들을 보고 있자니 한 시간을 구경한다 해도 질리지가 않을 것 같았다. 아마 관광지로 만들면 엄청나게 돈을 벌지도 몰랐다.

그렇게 주변을 구경하느라 정신없는 사람들을 이끌고 우리를 안내해 온 두 드워프는 돌을 잘 깔아놓은 길을 따라 마을 중심부로 가는 게 아니라 입구에서 별로 떨어지지 않은 곳으로 이끌었다.

그곳에서 이 장난감 같은 세상에서 유일하게 튀는 한 건물이 있었다. 단층의 아담하다… 라고 말하고 싶지만, 그보다 더 아담하다 못해 아기자기한 건물들이 옆에 옹기종기 있으니 단층이 아니라 2층 건물을 보는 기분이었다.

하여간 단층이지만 제법 넓은 면적을 차지하는 그 건물은 아무래도 드워프 마을에 오는 사람들을 위한 건물인 듯, 낮은 울타리 틈에 버티고 서 있는 정문을 열고 들어가자 안에서 두 사람이 무슨 일인가 하는 표정으로 나오는 게 보였다. 당연하겠지만 모르는 사람들이었다.

한 사람은 고급스럽고 깨끗한 옷을 입고 있는 게 상인인 듯했고, 그 옆에 있는 단단해 보이는 덩치에 투박하고 질긴 옷을 입고 있는 사람은 용병으로 보였다. 아무래도 드워프들과 거래에 성공한, 운과 실력이 무척이나 좋은 상인 무리인 듯.

그러나 그들과 우리 일행 사이에 안면이 없으니 이 두 무리를 인사시켜야 할 존재는 당연히 이 마을의 주민인 드워프들일 텐데, 웃기게도 두 드워프는 그런 데에는 전혀 관심이 없는 듯—아니면 인간들끼리의 일은 인간들끼리 알아서 하라는 뜻인지—그냥 우리를 보며 말을 던지는 거였다.

"여기가 인간 손님이 머무는 곳이오. 마을 안으로 들어오는 건 드워프를 대동하거나 허락을 받지 않는 한 금지되어 있으니 함부로 돌아다니지 마시오. 내일 데리러 올 때까지 여기서 알아서 머물도록 하시오."

갈색 머리의 드워프 브론즈가 설명을 끝내자마자 두 드워프는 지체 없이 몸을 돌려 그곳을 나가 버렸다.

그 두 드워프가 가는 걸 잡을 명분이 없었기에 멀뚱히 보고만 있던 우리들은 다시 우리들을 뚫어져라 바라보는 두 사람에게 시선을 돌렸다.

처음에는 양쪽 다 아무 말 없이 탐색전만 펼치다가 밤늦게까지 이러고 있는 게 아닌가 하는 걱정도 들었지만, 기우였는지 서로의 탐색전은 잠깐이었고, 집 안에서 나온 상인으로 보이는 사람이 먼저 싱긋 웃어 보였다. 그러자 우리 쪽 대표인 벨타이거도 마주 싱긋 웃어 보였고, 그걸 기점으로 침묵이 깨졌다.

"이거, 여기선 처음 뵙는 분 같은데… 거래를 트기 위해 오신 건가 봅니다?"

말투가 자신은 꽤 오랜 시간 동안 거래를 해왔다는 듯이 들렸다.

"아, 예, 거래를 오래 해오셨나 보죠?"

"아아… 한 10년 정도 되었습니다. 이거, 인사가 늦었습니다."

로 시작해서 본격적으로 어디 상회의 누구다까지 자기소개가 오가고 나서야 우리 일행은 안으로 들어갈 수 있었다.

그 상인의 친절한 설명에 의하면 복도를 따라 양옆으로 줄줄이 방이 있었는데 그중 아무 데나 알아서 쓰면 된다고 했다.

근처 비어 있다는 방에 들어가 보니 안에는 침대 두 개와 탁자 하나, 의자 두 개, 그리고 작은 옷장이 있었… 으면 좋았겠지만, 아무것도 없었다. 텅 빈 방의 모습에 황당한 시선으로 먼저 온 상인을 바라보자 그가 이해한다는 표정으로 웃어 보였다.

"이런이런, 아무것도 모르고 오신 거군요. 드워프 쪽에서는 그냥 건물만 제공해 주는 겁니다. 나머지는 다 우리가 알아서 해야 해요. 침대를 가지고 다닐 수는 없으니 침낭을 가지고 와서 깔고 자야 하죠. 먹을 것도 알아서 가지고 와야 하고요, 청소도 알아서 해야 합니다."

그의 친절한 설명에 우리 일행은 입을 떠억 벌렸다.

이건 그 도시에 있던 중년 관리는 물론이거니와 우리를 안내해 준 드워프들도 말 안 해준 거라 우리는 그런 준비는 하나도 안 해왔던 것이다. 그나마 노숙에 대비하여 두터운 망토는 하나씩 가지고 왔으니 잠이야 그럭저럭 잘 수 있다지만, 먹는 것은 어떻게 한단 말인가.

우리 일행의 모습을 살펴보던 상인이 조심스레 물었다.

"아… 저 혹시나 물어보는 거지만… 아무 준비도 안 해오신 겁니까?"

그에 벨타이거가 조심스레 고개를 끄덕였다.

"노숙 준비도?"

"아, 그거야 각자 두터운 망토를 가지고 왔으니 잠이야 그럭저럭 자겠지만……"

"먹을 것은?"

상인의 말에 이번에는 침울하게 고개를 좌우로 저어 보인다.

그에 상인이 안타까운 표정을 지어 보였다.

"어허… 이거 참 큰일이시겠군요. 이를 어쩝니까? 저희 걸 나누어 드리고 싶어도 저희는 내일 출발하기 때문에 남은 게 얼마 없습니다 만……."

그에 다시 한 번 입을 벌리는 일행들의 시선이 갑자기 일제히 선애를 향했다.

"왜, 왜?"

그러한 시선들에 선애가 당혹스러운 표정으로 묻자 벨타이거가 진지한 표정으로 다가와 선애의 손을 꼬옥 잡았다.

"선애야, 우리가 굶느냐 먹느냐는 너에게 달렸다."

"왜 나한테 그러시는데요?"

선애가 뚱하게 묻자 그에 대한 답이 다른 데서 나왔다.

"여기서 아까 그 드워프들하고 맞먹는 사람이 너밖에 더 있냐?"

페르티니어스 마법사였다.

"언니, 난 굶고 싶지 않아."

클라리사까지 거들고 나서자 선애의 인상이 찡그려진다.

"리사야, 네가 나서도 되지 않냐?"

그러자 벨타이거의 고개가 클라리사에게로 돌아갔다.

"그렇군, 리사도 있었어. 다행히 굶어 죽지는 않겠군."

이런 일행들의 대화를 가만 듣고 있던 상인이 더 이상 있을 필요를 못 느꼈는지 간단히 인사를 하고 자기 일행들에게 가버리자 우리 일행들은 꽤 큰 방에 옹기종기 모여 앉았다.

"나원… 이거 방에다 모닥불이라도 피워야 할 기세군."

그러고 보니 다행히 방마다 벽난로는 붙어 있었다.

이제 슬슬 가을이 다가오는 계절인데다 여기는 산속이라서 밤에는 꽤나 쌀쌀했기에 불은 필수였다.

페르티니어스 마법사의 말에 잭 조셉이 슬그머니 일어나 방 밖으로 나가더니만 한참 있다가 장작을 한 아름 구해 가지고 왔다. 그러자 벨타이거도 밖으로 나가더니 한참 후에 커다란 솥 하나와 약간의 먹을 것을 가지고 돌아왔다.

"아까 그 상인 일행에게 가서 얻어왔어. 솥은 다른 상인이 여기에 아예 가져다 놓은 거니 마음대로 쓰라고 하더군. 이거면 오늘 저녁은 그럭저럭 버틸 수 있을 것 같아."

다행히 여기로 출발하기 전 넉넉하게 챙겼던 음식 중에서 남은 것이 약간 있었다. 그것과 옆에 있던 상인 일행에게 얻은 먹거리를 어떻게 섞어서 물에 넣더니만 페르티니어스 마법사와 잭 조셉이 피운 벽난로 불 위에 올려놓는다.

"이거야 원… 건물 안에서 캠핑하는 건 참 색다른 기분이구면."

페르티니어스 마법사의 말에 일행들이 고개를 끄덕였다.

다음날, 이틀이나 연속으로 딱딱한 바닥에서 자고 일어나는 바람에 몸이 찌뿌둥해 개운하지 못한 표정의 다른 일행과는 달리 선애는 잘 자고 일어났는지 상큼한 얼굴이었다. 뭐, 폭신한 베개와 이불이 아닌 달랑 두터운 망토 하나 둘둘 말고 잤기 때문에 약간 불편했겠지만, 그래도 숙면을 취하는 데는 방해를 받지 않은 모양이다. 그도 그럴 것이, 꼬맹이는 한국에 있을 때는 항상 바닥에 요 깔고 자던 애였던 것이다.

'역시 온돌방이 잠자리로는 최고라니까.'

그러나 잘 잤든 못 잤든 일행은 곧바로 문제에 직면했다. 먹을 것이 없었던 것이다. 어제저녁을 먹을 때 약간 남겼으면 좋았을지도 모르지만, 사실 어제저녁도 푸짐하게 먹은 것이 아니라 대충 배를 채우는 정도였기에 남기고 자시고 할 것도 없었다. 그렇다고 또 옆 상인 일행에게 먹을 것을 구하기는 난처했던 터라 벨타이거는 비장한 표정으로 선애와 클라리사를 바라봤다.

"자, 우리 일행의 미래는 너희 둘에게 달려 있어. 잘 부탁한다."

남작 집안의 막내로 태어나 금이야 옥이야 키워졌을 클라리사는 그 말에 무지 난처한 표정이었다. 돈을 내고 사 먹는 것도 아니고 먹을 걸 부탁해서 얻어야 하는데, 언제 이런 일을 해봤겠는가. 그것도 무지무지 창피한 일을 말이다. 우물우물대며 사방의 눈치를 살피고 있는 클라리사를 보던 선애가 한숨을 푹 내쉬며 자리에서 일어났다.

"됐어요. 나 혼자 해도 충분할 것 같아. 어제 곰곰이 생각해 봤는데, 스터링하고 브론즈는 나에게 물건 하나씩 빚을 지고 있잖아요. 그걸 제해주는 대신 여기 있는 동안 식사를 책임지라고 하죠, 뭐."

선애의 말에 일행의 눈들이 커졌다.

"어, 언니……."

"정말 그래도 괜찮겠어?"

그도 그럴 것이, 선애가 포기하는 드워프 제품의 물건이란 아무리 못해도 가격이 백금화 대에서 노는 것들이었다. 그러니 하나만 시중에 내다 팔아도 지금 일행의 열 배나 되는 사람들이 1년간 먹을 식량을 충분히 사고도 남을 터였다. 그런 걸 단 몇 끼, 혹은 며칠의 식량을 위해 포기하겠다니 일행의 눈들이 커지는 건 당연했다. 아마 그들, 아니, 나라고 해도 그 정도의 물건을 받을 수 있다면야 몇 끼 정도 굶는 게 대수겠는가 말이다.

자신들 때문이라는 생각이 들었는지 일행들의 얼굴에 죄책감이 깃들자 선애가 피식 웃는다.

"너무 좋아들 할 건 없는데요? 돌아가는 즉시 알아서 대금은 치러주길 바라요. 설마, 공짜로 음식을 먹을 건 아니겠지요?"

선애의 말에 일행들의 얼굴에 부드러운 웃음이 걸렸다. 분위기를 보아하니, 아무래도 저들은 선애가 자신들의 죄책감을 덜어주기 위해 그런 말을 한 줄 안 모양이다.

그러나 내 보기에 꼬맹이의 말은 진심이었다. 드워프가 만든 물건의 가치를 이제는 대략이나마 아는 선애로서는 그걸 포기한다는 게 엄청 속 쓰린 일일 터. 그럼에도 불구하고 지금 상황이 어쩔 수 없으니까 포기하는 걸 거다.

'저 봐, 저 봐, 속 엄청 쓰리다는 표정…….'

선애는 그 표정 그대로 드워프에게 가려는지 방 밖으로 나섰다. 그런 선애를 따라나서던 나는 아무래도 걱정이 되어 슬그머니 다가가 속삭였다.

[야, 정말 괜찮아?]

"뭐, 별루……."

그런데 내 생각보다 덤덤한 선애의 말투에 오히려 내가 놀랐다.

[어라, 생각 외로 괜찮은 것 같다?]

"그럼, 통곡이라도 할까?"

[말이 그렇다는 거지… 그런데 정말 괜찮아?]

"아씨, 괜찮아, 괜찮아."

[헤에… 네가 웬일이냐. 성인이 되더니 마음이 좀 너그러워진 건가?]

"이거 왜 이러서, 나 원래 마음이 넓은 사람이었어."

어째 정말 괜찮은 것 같다. 저런 말도 하는 거 보니.

[야, 넌 네 입으로 그런 말이 나오냐?]

그래 나도 마음 놓고 기가 막힌 표정을 지어 보이자 선애가 피식 웃더니 돌연 진지한 표정을 짓는 것이었다.

"사실… 핸드폰 한 번 보여주고 뭐 받는 것도 좀 그렇잖아? 처음에는 전에 괘씸죄도 있고 해서 반 장난으로 한 거였는데 덜컥 준다고 할 줄은 몰랐지. 뭐, 준다는 거 거절할 필요 없으니 얼씨구나 받는다고 한 거지만… 그래도 좀 그렇잖아? 차라리 이게 딱 좋은 것 같아. 뭐, 돌아가면 리사나 회장이 대가도 준다니… 으흐흐흐…….."

'얘가 잘 나가다가… 뭐, 그려. 그나마 양심도 있는 것 같고, 이게 바로 내 동생이지. 그리고 저건 입 다물고 있는 게 좋겠지?

나는 멀찍이 떨어져서 선애 뒤를 따라오던 일행들이—아마 선애가 걱정스러워서 따라온 모양이다—선애가 혼자 중얼중얼거리다 음침하게 웃자 무지무지 당혹스러운 표정을 짓는 걸 보고 생각했다.

그런데 선애가 채 건물 밖으로 나오기도 전이었다.

두두두두~

밖에서 웬 떼거지가 달려오는 소리에 선애가 당혹해하는데, 멀찍이서 따라오던 벨타이거와 잭 조셉이 얼른 달려와 선애를 자신들의 등 뒤로 밀었다.

그 소리를 들은 건 옆 상인 일행도 마찬가지였던지 방 여기저기서 사람들이 뛰쳐나왔다.

그들이 먼저 건물 밖으로 나가기에 일행들도 그 뒤를 따라 밖으로 나갔더니, 드워프 마을 쪽에서 한 떼의 검은 무리가 이쪽을 향해 빠른 속도로 달려오는 모습이 보였다.

"뭐, 뭐야?"

사람들이 당혹스러워하며 지켜보는 가운데, 그 검은 무리는 점점 가까워져 곧 그 정체를 알 수 있었다. 그건 무지무지 험악한 인상을 짓고 있는 드워프 무리였다. 얼마나 무시무시하게 달려오는지 그 모습에 사람들은 서로를 바라보며 혹여 자신들이 드워프들에게 뭔가 무례를 저질렀는지 알아볼 정도였다. 그러나 드워프들에게 잘 보이려고 애를 써도 모자랄 판에 누가 무례를 저질렀겠는가? 그래 결국 잘못한 걸 찾지는 못하고 얼떨떨하게 달려오는 드워프들을 바라보다 어쨌든 드워프들이 오니 맞아야겠다 싶었는지 옆 상인 일행의 대표와 우리 일행의 대표가—당연히 벨타이거 녀석이다—앞으로 나섰다.

먼저 옆 상인 일행 대표가 그래도 드워프들과 안면이 있다고 몇 걸음 더 앞으로 나서서 맨 앞에서 달려오는 드워프를 향해 입을 열었다.

"아니, 족장님께서 이 아침에……."

그러나 그 족장이라 불린 드워프는 인사를 받기는커녕 냉정하게도 그를 그대로 지나쳐 버리는 거였다. 덕분에 바로 뒤에 있다가 얼결에 족장을 맞이하게 된 벨타이거는 반사적으로 입을 열었다.

"아, 안녕하십……."

하지만 그 또한 채 말을 꺼내기도 전에 족장 드워프에게 거칠게 밀쳐져 버리고 말았다.

"저리 비켜!"

뭐, 그래도 힘껏 밀친 게 아니라서 약간 비틀 하며 두어 걸음 옆으로 간 것뿐이지만, 족장 드워프의 뒤를 따라 우르르 달려오는 드워프의 모습에 히껍한 벨타이거 녀석은 얼른 그 옆으로 더 비켜서야 했다.

이해할 수 없는 상황에 사람들이 당황해하는 사이, 어느새 벨타이거 뒤쪽에 포진해 있던 용병들을 지나쳐 맨 뒤에 있던 우리 일행 앞으로 온 족장 드워프는 휘익 일행을 둘러보다 다짜고짜로 선애의 손을 터억 하니 잡는 것이었다.

"처자, 나느… 꽤엑~!!"

하지만 그 족장 드워프가 뭐라 하기도 전에 뒤에서 달려오던 두 드워프가 갑자기 몸을 날려 이단 옆차기로 그를 쳐내는 것이었다. 어쩜 그렇게 손발이 척척 맞는지, 쌍둥이라고 해도 믿을 것 같았다. 꽤나 심하게 맞았는지 벨타이거보다도 더 멀리 날아가 데굴데굴 구르는 족장은 본체만체하고는 선애의 옆에 착~! 멋들어지게 착지한 두 드워프는 얼떨떨한 표정을 하고 있는 선애의 손을 잡았다.

"처자, 처자가 드워프보다 뛰어난… 컥……."

그러나 그 두 드워프도 말을 끝까지 하지 못했다. 뒤에서 두 드워프들을 향한 태클이 이어졌던 것이다.

"비켜, 이 영감탱이들아!"

태클을 당하고 있는 두 드워프 사이를 밀치고 한 드워프가 목청을 높였다. 그런데 놀랍게도 그 드워프의 목소리가 걸걸한 게 아니라 톤이 높은 거였다.

'여자… 드워프?'

하지만 그 여자 드워프는 선애에게 뭐라 말하기도 전에 뒤에서 우르르 달려온 드워프들 때문에 밑에 깔리고 말았다.

"꾸워워워~!!"

요상한 비명을 지르며 드워프의 산 밑으로 사라져 가는 그 여자 분 드워프가 안됐지만, 너무나 무서운 기세로 인해 구할 생각은 못하고 나는 얼른 선애를 뒤로 잡아당겼다.

그러자 얼마 있지 않아 너무 많은 드워프가 한꺼번에 몰린 탓인지 갑자기 만들어진 드워프의 산이 사태를 일으키고 말았다.

"쫴액~!"

"비켜~ 으윽……."

"살류~!!"

조금만 늦었으면 선애도 저 밑에 깔릴 뻔한 아주 위험한 순간이었다.

잠시 후, 사태가 진정되어 보이는 건 많은 드워프들이 그 건물 마당에 뻗어 있는 광경이었다. 사태를 피하려고 멀찍이 떨어져 있던 사람들이 황당함을 금치 못하는 가운데, 유일하게 멀쩡한 맨 뒤에 있던 드워프가 그 참상을 한 번 쭈욱 훑어보더니 피식 웃는 것이었다.

"훗, 멍청한 놈들."

그리고는 척척 걸어와서 선애 앞에 턱 하니 서는 거였다.

그 순간 나는 그 드워프에게 'You Win' 이라고 외쳐 주고 싶었다.

드워프는 황당하다는 표정으로 바라보고 있는 선애를 향해 씨익 미소를 지어 보이더니 물었다.

"처자가 그렇게 대단한 물건을 가지고 있다며? 그거 나 좀 보여줄 수 없을까?"

다짜고짜로 본론을 꺼내는 드워프에게 선애는 이제는 기가 막힌 표정이었다.

"에… 저… 누구세요?"

그런데 그때, 저 뒤쪽에서 다다다 달려오는 두 드워프가 있었으니… 무척이나 낯익은 갈색 머리와 붉은 머리를 휘날리며 뛰어오는 드워프들은 우리를 데리고 온 브론즈와 스터링이었다.

브론즈는 건물 앞에 처참하게 널브러져 있는 드워프들 앞에 멈춰 서서 황당함을 금치 못한 채 이리저리 둘러보다가 한쪽으로 뛰어갔다. 그가 가는 방향으로 시선을 돌리니, 아까 맨 처음 선애 앞에 당도했다가 뒤에서 두 드워프에게 이단 옆차기를 당해 저~쪽으로 나가떨어져 아직도 정신 못 차리고 뻗어 있는 족장 드워프가 있었다.

그러나 스터링은 다른 드워프들이 뻗어 있든 널려 있든 상관 않고 장애물 경주하듯 요리조리 피해 달려오더니 선애 앞에 당당하게 승리자의 표정으로 서 있는 드워프를 향해 외쳤다.

"이 영감탱이가~!! 내가 먼저 점찍었단 말이야~!"

"어허, 저놈 말하는 폼새 좀 보소. 이놈아, 내가 먼저 왔느니라."

"흥, 난 그걸 벌써 봤다고! 게다가 선애는 나랑 아~주~ 친밀한 사이야, 그치이~?"

마지막에 선애를 향해 열렬한 시선을 보내며 묻는 그 드워프 모습에 나는 푸훗 하고 웃음을 터뜨렸다.

그러나 나와는 달리 직접 그 시선을 받는 선애는 압박을 무시하지 못하겠는지 얼결에 고개를 끄덕이는 거였다.

그에 의기양양해진 우리의 귀여운 스터링 군.

"거봐, 내 말이 맞지? 이래 뵈도 쟨 나랑 정식으로 이름까지 소개한 사이라구. 그러니 우선권은 나에게 있어."

스터링의 말에 경계하는 시선으로 그를 살펴보던, 승리자 드워프의 표정이 순식간에 풀리더니 덥석 스터링의 손을 잡는 거였다.

"잘 해보자꾸나, 내 아들."

[아, 아들이었어? 그럼… 그 스틸이라는 이름을 가진……?]

그러고 보니 그 승리자 드워프의 머리도 스터링과 비슷한 붉은색이었다.

그러나 이 두 부자는 사이가 별로 안 좋았던지 스터링은 자신의 손을 다정스레 꼬옥 잡은 아버지의 손을 냉정하게 쳐냈다.

"웃기지 맛! 택도 없어!"

그렇게 자신만만하게 외치던 스터링이었지만, 뒤에서 들려온 외침에 압축기에 찌그러진 깡통처럼 얼굴이 찌그러졌다.

"스터링, 내 너랑 같이 왔지만 선애가 보여준다고는 했어도 너에게 준다는 소리는 못 들은 것 같은데?"

브론즈였다. 그는 이제 정신을 차린 족장을 부축하고 있었다.

그러고 보니 아까 드워프 산사태 때문에 정신을 잃었던 드워프들이 하나둘 정신을 차리며 몸을 일으키고 있었다.

"시, 시끄럿! 그래도 내가 유리할걸? 선애와 나의 관계를 생각하면……."

"홍, 너랑 선애의 관계가 뭐였는데?"

"뭐야, 너, 왜 끼어들고 그래?"

"내가 뭘?"

어제까지만 해도 무지 사이가 좋아 보이던 둘이 하룻밤 새 뭔 일이 있었는지 서로 못 잡아먹어 으르렁거리는 그 상황에 사람들이 멀뚱멀뚱 쳐다보는 사이, 족장 드워프가 쩔뚝거리며 다가왔다. 그는 선애 옆에 버티고 있던 스틸을 은근슬쩍 밀어젖히더니 선애를 향해 근엄한 표정을 지어 보였다.

'그래 봤자 아까 이미지는 왕창 깨졌지만.'

"험험, 나는 이 마을의 족장인 자몬이라고 하네. 이 마을에 온 걸 환영하네."

난 순간적으로 그의 이름을 '자몽'이라고 들었다.

선애는 족장 드워프가 내민 짜리몽땅한 손을 반사적으로 잡으며 대답했다.

"아, 예, 환영해 주셔서 감사합니다, 자몽 족장님."

선애도 '자몽'이라고 들은 듯.

[푸하하하~ 여기 드워프들은 재밌는 이름이 많구나~]

선애의 인사에 족장 드워프가 크게 헛기침을 했다.

"크험험, 자몽이 아니라 자몬이라네. 그런데 처자는 이름이 뭔가?"

"아, 예, 전 선애라고 합니다."

"그래, 선애 처자. 내 듣기로 처자에게 우리 드워프가 놀랄 만한 물건이 있다고 들었는데, 그거 나 좀 보여줄 수 없겠나?"

이미지가 이미 깨졌든 말든 근엄한 표정으로 계속 말을 이으려는 족장의 노력은 대단해 보였지만, 참 안타깝게도 그 노력에 또 태클이 들어왔다.

"야! 이 빌어먹을 족장 영감탱이야! 족장이랍시고 네놈 혼자 독차지하려고 그러냐?"

아까 나에게 가장 큰 놀라움을 안겨준 괄괄한 여성 드워프께서 맨처음 소리치자 그 뒤를 이어 동조하는 목소리들이 흘러나왔다.

"우우~ 독재자는 물러가라~!!"

"네놈 혼자 독차지하면 뜨거운 쇳물에 담가줄 테다~!!"

"거기에 담금질도 덤으로 해주마!"

그러자 뒤를 돌아보며 버럭 소리치는 자몬 족장.

"시끄럿, 이것들아! 그냥 물어보는 것뿐이잖아. 계속 너희들이 보는 데서 물어볼 테니까 입 좀 다물엇!"

그 순간 나는 이 드워프 종족들이 족장을 뽑을 때는 목소리 크기로 뽑는 게 아닌가 하는 생각이 들었다. 그만큼 족장 드워프의 목소리는 우렁차서 주위에 있던 인간들이 자신들의 귀를 막을 정도였던 것이다.

그 큰 외침이 효과는 있었는지 족장 드워프의 외침이 끝나자마자 주변에 있던 드워프들은 비록 불만에 찬 표정이었지만 그래도 선선히 입을 다물었다. 대신 선애에게 엄청나게 부담스러운 시선들이 쏟아졌지만 말이다.

그런 모습에 족장은 만족스러운 표정으로 다시 고개를 선애에게 돌렸다.

"에헴, 그러니까 처자……."

하지만 이번에도 자몬 족장의 말을 방해하는 소리가 있었으니…

꼬르르륵~

"저기… 아침 좀 먹고 이야기하면 안 될까요? 너무 배가 고픈데…….."

내 다시 말하지만, 울 꼬맹이는 먹는 거 가지고 절대로 내숭 안 떠는 애다.

선애의 표정이 무지 절절했는지 자몬 족장은 자신이 하려던 말을 접었다.

"어허허허, 그래… 이거 내가 실례를 했군. 그럼 우리는 자네들이 아침을 다 먹을 때까지 밖에서 기다리도록 하지."

나중에 만나자도 아니고 밖에서 진을 치고 기다린다면 먹는 사람 어디 부담스러워서 밥을 제대로 넘길 수나 있겠는가?

그러나 지금은 그것보다도 더 큰 문제가 있었으니…

"아, 그래서 부탁이 있는데… 저희가 여기서는 알아서 챙겨 먹어야 한다는 걸 모르고 식량을 미처 안 챙겨왔거든요. 그래서 식량을 좀 얻었으면 하는데……."

선애의 말이 채 끝나기도 전이었다.

"그럼 우리 집에서 먹어. 내가 줄게!"

빽 소리를 지르는 스터링의 말이 마치 스타트의 총소리인 양, 그의 말이 끝나자마자 이번에는 드워프의 거대한 파도가 밀려왔다.

"아냐, 우리 집에서 먹어. 내 음식 솜씨가 뛰어나니 만족할 거야."

"우리 집에는 어제 갓 따온 싱싱한 과일이 있어!"

"난 어제 사냥을 해서 바비큐 해줄 수 있어!"

"따뜻한 스튜가 있다오!"

"빵 안 좋아해?"

"맥주가 있는데!!"

덕분에 선애는 식량을 얻으려고 뭔가를 다시 하기는커녕, 오히려 반대로 드워프의 파도를 피하기 위해 건물 안으로 뛰어들어 가야 했다.

결국 그 드워프의 파도를 해결한 건, 역시 자몬 족장이었다. 드워프들이 족장의 말을 껌으로 여긴다고 하지만, 역시 족장은 족장이었던 모양이다.

그리하여 우리 일행의 아침 식사는 옆 상인 일행이 식사를 하고 드위프들과의 거래를 끝낸 뒤 마을을 떠나가자 드워프들이 의논할 때 모인다는 광장에서 드워프 마을 잔치 같은 분위기로 하게 되었다. 어느 한 드워프를 딱 집어 그 드워프네 집에 가기 뭣하니까 다 같이 먹자고 결론이 났기 때문이었다.

『선애야, 선애야』 4권에 계속…